GOTHIC

哥特小说的叙事艺术研究

The Narrative Arts of Gothic Novels

海晓丽　著

经济管理出版社
ECONOMY & MANAGEMENT PUBLISHING HOUSE

图书在版编目（CIP）数据

哥特小说的叙事艺术研究/海晓丽著 .—北京：经济管理出版社，
2022.8
ISBN 978-7-5096-8577-8

Ⅰ.①哥… Ⅱ.①海… Ⅲ.①小说研究—英国—18 世纪 Ⅳ.①I561.074

中国版本图书馆 CIP 数据核字（2022）第 118190 号

组稿编辑：梁植睿
责任编辑：梁植睿 丁光尧
责任印制：黄章平
责任校对：陈 颖

出版发行：经济管理出版社
　　　　　（北京市海淀区北蜂窝 8 号中雅大厦 A 座 11 层　100038）
网　　址：www.E-mp.com.cn
电　　话：(010) 51915602
印　　刷：唐山玺诚印务有限公司
经　　销：新华书店
开　　本：880mm×1230mm/32
印　　张：8
字　　数：194 千字
版　　次：2022 年 8 月第 1 版　　2022 年 8 月第 1 次印刷
书　　号：ISBN 978-7-5096-8577-8
定　　价：58.00 元

前　言

　　英国哥特小说产生于 18 世纪中后期，通常描写发生在中世纪城堡和修道院的恐怖、血腥、诡异事件，并时常伴以鬼怪和其他超自然元素的出现。国内外对哥特小说的文学评论呈现出视角多元化的特点。评论家多运用女性主义、精神分析、结构主义、解构主义、后殖民主义和新历史主义等理论来解读这类文学作品。

　　本书第一章对英国哥特小说产生的社会背景、哲学文化背景、宗教背景和文学背景进行了梳理。哥特小说的兴起与 18 世纪英国动荡的政治局势密切关联。这一时期的哥特小说体现出英国中产阶级对未来政治形势的焦虑、对个人身份认识的危机以及对旧体制的留恋等复杂、矛盾的思想观念。从哥特小说兴起的哲学文化背景来看，朗吉努斯、埃德蒙·伯克等学者的崇高理论是创作和欣赏哥特小说的重要理论依据。就宗教背景而言，英国 18 世纪末所面临的政治危机也是宗教信仰危机。英国哥特小说产生在旧的宗教体制土崩瓦解、新的宗教制度逐步建立之际，而哥特小说的文学渊源远可追溯到古希腊、古罗马文化，后又受到英国莎士比亚的悲喜剧和诗歌创作的影响。

　　哥特小说在情节设置上通过描写光怪陆离的鬼怪故事与神秘事件来展现黑暗的超自然元素。因此，与魔鬼、幽灵打交道以及死而复生等情节成为哥特作品中重复出现的主题。在第二章,《奥托兰多城堡》重点描述了幽灵现身等超自然事件,使小说具有一种令人不安的滑稽感。哥特故事的开始和发展过程存在多重悬念,并逐渐形成复杂情节,吸引读者参与到解谜的过程中。《修道士》中最突出的悬念在于安布罗西欧的身份之谜和命运之谜。而《奥托兰多城堡》中的身份之谜则集中于西奥多身上。哥特小说中所描绘的超自然元素以及层层设置的悬念,带给读者感官体验上和思想意识上的双重恐惧,促使读者获得人生启迪和道德升华。

第三章主要以恶棍形象、少女形象、圣者形象和鬼怪形象等方面为切入点分析哥特小说中的人物刻画手法。恶棍形象是哥特小说中反面角色的代表,主要分为恶棍暴君和恶棍英雄。其中,恶棍英雄作为哥特作品中独创的出彩形象,既拥有超凡的性格,又拥有巨大的破坏力,其恐怖、偏执的行为使作品蒙上了一层黑色的恐惧氛围。哥特作品中的女性人物依照其性格特点,可以分为柔弱少女形象、坚韧少女形象和邪恶少女形象。代表着宗教的圣者形象多以邪恶的反面人物展现在读者面前,他们冷酷、自私、贪婪、狂暴又野心勃勃,寓意着宗教之恶。鬼怪形象作为故事情节的重要组成部分,其功能重在丰富故事内容,推动小说情节的发展。例如,《奥托兰多城堡》中的鬼怪形象起着提醒、警告后人之功能;《修道士》中滴血修女的频繁出现是为了复仇。从总体上看,哥特作家善于运用极端化的人物刻画手法,塑造出一批模式化、类型化的人物形象来获得极致的美感。

叙述者在叙事文本层面的交流功能不容忽视。英国哥特小说中的叙述者传递着隐含作者的思想道德规范,推动故事情节朝着设定的方向发展,吸引读者参与故事内容的建构,实现了作者与读者的有效互动和交流。在第四章中,在本书重点探讨的四部作品中,《弗兰肯斯坦》采用故事内叙述者,而其他三部作品的叙述者均未以故事中人物的身份参与话语叙事，多为故事外叙述者。《弗兰肯斯坦》中的三位故事内叙述者分别是沃尔顿船长、弗兰肯斯坦以及恶魔，他们均采用第一人称"我"的叙述角度轮番进行故事的讲述。在叙述过程中产生的叙事盲点会在下一位叙述者的讲解中得以弥补，有助于加强读者对作品主题、意义的认知。就故事外叙述者来说，叙述者与故事中的人物处于不同的叙事层次，在叙事文本中承担着叙述、交流和说服等基本功能。本书还重点分析了故事外叙述者的叙事干预功能。这类叙事干预多以叙述者对人物、事件、环境甚至作品本身进行评论的方式来实现。以《修道士》为例，卷首引语与此后的人物塑造和剧情发展相配合，进一步加深作品的批判力度，将隐含作者的思想价值观和意识形态准确地传达给隐含读者，实现着作品的叙事交流功能。

　　第五章先对叙事视角研究的发展历程以及叙事视角的具体分类展开综述性介绍。在此基础上，笔者重点分析了哥特作品中叙事视角的运用以及其所达到的叙事效果。在《弗兰肯斯坦》中，作者综合运用第一人称叙述的见证人旁观视角和主人公叙述的回顾性视角，使作品内容的冲突定位于两个主体间的对立，增强了文学作品的叙事张力。另外三部作品则主要采用了全知视角、固定式人物有限视角以及戏剧式与摄像式视角相结合的方式，展现曲折繁多的故事事件和错综复杂的人物关系。

　　鉴于作品中的叙事时间呈线性特点，第六章以"时序""时长""频率"三个概念为线索，对哥特小说中的时间叙事技巧进行分析。作为叙事文本研究中最容易观察到的关系，时序分为预叙和追叙。哥特小说中的预叙现象多以梦或预言形式出现。这些预叙既提前为读者提供了故事人物尚未获知的信息，也在叙事结构上形成前后呼应，为作品中故事情节的发展蒙上神秘色彩，体现出浓厚的宿命论色彩。《弗兰肯斯坦》和《修道士》

中出现的追叙多属于整体性追叙，而《奥多芙的神秘》和《奥托兰多城堡》则多采用局部性追叙。追叙的使用能较好地避免叙述的单一性和平淡性，增强作品的生动性。就叙事时长而言，哥特作品虽然在篇幅上长短不一，但是作者们将概要、场景、省略和停顿四种叙述运动形式娴熟、自然地运用于作品之中，加快或延缓作品的叙事节奏，连接叙事场景，增强叙事张力。哥特作品中还存在大量的重复叙事，其目的在于方便读者去理解某个特殊事件对人物产生的重要意义或体会故事人物彼时的心理情感，进而引发读者对相关作品主题进行深思并领会作品的创作主题。

本书第七章还对哥特小说叙事中的故事空间和话语空间展开探讨。哥特小说中存在三个故事空间层次：恐怖的密闭空间、开放的自然空间和复杂的心理空间。笔者以本书重点分析的四部哥特作品为例，详细分析说明这些故事空间的功能。

概括来说，哥特作为西方文化中的一种独特现象，数百年来影响着民族、政治、宗教等社会生活的诸多领域。哥特作为一种美学思想，又渗透在文学、建筑、影视等不同的表现形式中。基于哥特的以上特点，首先，本书以英国经典哥特作品为研究对象，运用叙事学理论分析了哥特小说的文体特征，试图探索出一条新的研究之路，全面概括哥特作品的叙事理论机制，并将其运用于文学创作中。

其次，本书在广泛分析英国哥特小说的基础上，根据故事叙事的时间模式和空间模式分别对其叙事功能进行提炼总结。从文学叙事的社会学角度来看，哥特作品将叙事者与叙事视角巧妙结合，对人类的内心世界和外在现实世界进行比较，以哥特式恐怖揭露畸形变态的社会，警醒麻木的世人，同时又帮助人类释放受压抑的情感，实现心理治愈的功效。

总之，本书对英国哥特小说的叙事学研究，在一定程度上总结了其结构特色，有助于读者全面了解哥特小说的叙事艺术。但事物的存在总是不断变化的，在笔者的研究中还存在很多不足之处。例如分析的角度具有局限性，分析的文本并未覆盖所有的哥特作品，研究结果也可能不够全面。随着对哥特作品研究兴趣的不断增加，笔者也会运用更广泛的视角对更多哥特作品展开研究，以弥补本书的缺憾。

目 录

绪　论

第一节　叙事学理论综述

在众多批评理论中，诞生于法国的西方叙事学作为一门独立的学科在文学评论领域大放异彩。正如华莱士·马丁所说："在过去 15 年间，叙事理论已经取代小说理论而成为文学研究主要关心的一个论题。"[①] 进入 21 世纪，对叙事学理论的研究热潮不仅延续着，而且有越来越多的学者运用叙事学理论对小说作品进行研究分析。仅以"叙事"为关键词在中国知网进行搜索，截至 2021 年 6 月，共有 9.5 万篇期刊论文、3 万多篇硕博学位论文。毫无疑问，叙事学在已有研究的基础上，通过不断深化，将文本与语境密切结合，使其持续向纵深扩展。

叙事学关注叙事文本，采用结构主义方法对作品的叙事层次、叙事时间、叙事空间和叙述者等方面展开分析研究。现代叙事学的发展深受俄国形式主义和法国结构主义的影响。其中，普罗普在《民间故事形态学》中所运用的叙事理论功能、雅各布逊提出的"文学性"以及法国结构主义文论均着眼于文本内

---

① 华莱士·马丁：《当代叙事学》，伍晓明译，北京大学出版社 2005 年版，第 1 页。

部，意在系统性地探讨叙事作品的内部结构规律和各种要素之间的关联。1966 年出版于巴黎的《交际》杂志在第 8 期中刊登了《符号学研究——叙事作品结构分析》。在这一专刊中，罗兰·巴特、克洛德·布雷蒙等学者发表了关于叙事分析的重要论著，对叙事学的基本理论和方法进行了定性。1969 年，法国文艺理论家茨维坦·托多洛夫在《〈十日谈〉语法》一书中对《十日谈》进行了结构上的语法分析。他这样写道："这部著作属于一门尚未存在的科学，我们暂且将这门科学取名为叙述学，即关于叙事作品的科学。"① 至此，叙述学作为一门全新的学科出现在学术界。1972 年，杰出的叙事学家热拉尔·热奈特在著作《叙事话语》中对普鲁斯特的长篇小说《追忆似水年华》展开详尽分析，在此基础上创立了一套可广泛应用于叙事作品分析的理论体系，奠定了叙事学发展的理论基础。

　　热奈特在《叙事话语》中区分了叙事作品中的三个基本要素：故事、叙事和叙述。故事中的事件通常依照时间顺序自然呈现，并且通过一系列连贯的叙事来作为文本呈现在读者面前。但是在叙事过程中，故事并不一定按照时间顺序出现，因此，叙事文本中的叙事时间与故事时间的顺序错置问题可根据时序、时长和频率等关系来展开分析。根据故事时间和叙事时间的顺序差异，热奈特将提前叙述未发生的事件及其发展过程界定为预叙，事件时间早于叙述时间则为追叙。根据叙事时间和故事时间的长度不同，热奈特又提出了概述、场景、省略和停顿等叙述运动。根据叙述事件在文本中出现的次数，热奈特区分了单一叙述、重复叙述和概括叙述。在区分谁看和谁说的问题时，热奈特引入了"聚焦"一词。聚焦由叙事主体（谁叙述）、聚焦者（谁看见）和被聚焦者（被看见和被叙述的事物）构成。

---

① Tzvetan Todorov, *Grammaire du Decameron*, The Hague：Mounton, 1969, p. 10.

根据叙述者与聚焦者和被聚焦者的接近程度，将其分为三类：零聚焦、外聚焦和内聚焦。在零聚焦中，叙述者属于传统的全知叙事者，没有固定的聚焦者；在外聚焦中，作为叙述者的聚焦者将叙述范围限制在其从外部观察到的范围；内聚焦往往采用作品中的一个角色充当聚焦者，将故事叙述限制在角色自身的所知、所思和所感中。内聚焦又被细分为固定式内聚焦、变换式内聚焦和多重式内聚焦三种类型。

　　1974 年，布拉格学派代表人物罗曼·雅各布逊提出了一种具有广泛影响的叙事交流模式。他所列的图表包括六个要素，分别是：发送者、接受者、信息自身、代码、语境和联系。也就是说，如果发送者的信息要传递给接受者，这就需要联系某种语境。而这种语境通常采用信息发送者和接受者都熟悉的符号代码，"无论是以语言符号出现的，还是以光、色、线条、视觉形象等其他符号所表现出来的。最后还需要通过某种联系，一种在发送者和接受者之间保持畅通的物质通道和心理联系，以使两者进入并保持这一传达交流过程"①。这个图表的重要意义在于它突出了语言是人际间的交流系统，仅适用于一般的言语交流。鉴于文学作品具有众多不同类型的语言特征，1978 年，查特曼以真实作者、隐含作者、叙述者、受述者、隐含读者和真实读者六个要素来说明文学叙事文本中的交流过程，其中隐含作者和叙述者被认为是叙事文本交流中的两个核心成分。美国学者韦恩·C. 布斯在《小说修辞学》中进一步阐释了隐含作者和真实作者的区别：隐含作者在智力和道德标准上常常高于真实作者本人，但是隐含作者并不承担叙述任务，"与叙述者不同，隐含作者什么也不能告诉我们。他，或更确切地说，它，

---

① Roman Jakobson, " *Closing Statement: Linguistics and Poetics* ", in Thomas A. Sebeok ed. , *Style in Language*, Cambridge: MIT Press, 1974, p.356.

没有声音，没有直接交流的手段。它通过整体的设计，借助于所有的声音，采用它所选择的使我们得以理解的所有手段，无声地指导着我们"①。叙述者是作者创作出来生活在作品中的人物，他既可以只承担叙事任务，也可以作为叙事文本中的一个人物来进行叙事。

在经典叙事学理论中，叙事学家肯定了时间是一种必备的叙事因素，但是较少专门探讨叙事中的空间问题。西摩·查特曼、里蒙-凯南和米克·巴尔等理论家在其著作中均将时间单列一章或一节进行论述。论述的内容集中在空间的概念、内涵和功能方面，因为叙事时间从本质上来说属于空间范畴。任何小说文本对故事时间的再现都需要借助一定的空间来进行展示。热奈特也提出："在小说的世界里，故事必然要在一定的场所里展开，没有空间，小说故事的叙述根本无法进行。小说既具有时间维度，也具备空间维度。"② 因此，文本时间与故事时间的关系应该属于空间-时间的关系。

本书将选取经典叙事学理论中的几组关系对英国哥特小说展开研究，即叙事交流模式、叙事视角、叙事时间和叙事空间。

第二节　哥特小说的发展

18 世纪末 19 世纪初，英国正处在王权斗争、宗教争端和政治制度变革的重重矛盾中。在这个以理性主义为重要特征的启蒙时代，文学艺术领域却推崇感性审美趣味的培养。不少文学家以中世纪为创作背景，将篡权夺位、财产继承和宗教争端等

---

① Seymour Chatman, *Story and Discourse：Narrative Structure in Fiction and Film*, Ithaca：Cornell University Press, 1978, p. 148.

② 热奈特：《热奈特论文集》，史忠义译，武汉出版社 2006 年版，第 55 页。

主题与恐怖氛围相结合，形成了独具一格的哥特文学。它"是历史传奇的一种独特形式，是一种关于过去历史与异域文化的幻想形式，它通过种种文化和政治的折射而对现代读者产生意义"①。

1764 年，"哥特小说之父"贺拉斯·沃波尔以匿名方式在英国伦敦出版了怪诞小说《奥托兰多城堡》。沃波尔在作品确认成功之前，"试图隐藏他的作者身份"②。他在译者前言中声称："这部小说是在英格兰北部一个古老天主教家庭的书房里发现的，1529 年在那不勒斯黑体印行，至于写作年代则无从考证。主要故事发生在通常所说的黑暗时代，但是语言行为则绝无野蛮迹象，行文是纯粹意大利风格。假如该书写于所叙述故事发生后不久，那么它成书于十字军出征第一次至最后一次之间，或稍后一点。"③ 该书首次发行的 500 册深受读者欢迎，因此很快售罄。1765 年该书再版时，沃波尔在副标题中加上"哥特式"一词，并且在前言中提到他的创作目的是要将"古今两种传奇结合起来"呈现在哥特故事中。④《奥托兰多城堡》的写作是在离伦敦不远的哥特式建筑草莓山庄中完成的，作品中的人物和场景均具有哥特时代特征，普遍被人们认为是哥特小说的开山之作。小说讲述了发生在中世纪一座名叫奥托兰多古堡中的故事。城堡的统治者曼弗雷德终日为一则预言所扰："奥托兰多城堡及其权力，一旦它真正的主人扩大到城堡容纳不下，将

————————

① Victor Sage ed., *The Gothic Novel*, London：The Macmillan Press, 1990, p. 17.

② Eino Railo, *The Haunted Castle：A Study of the Gothic Romance*, London：Routledge, 1927, p. 6.

③ Mario Praz ed., *Three Gothic Novels*, Baltimore：Penguin Books, 1968, p. 39.

④ 同③, p. 43.

不再属于它现在的主人。"① 为了保全家族的统治地位，曼弗雷德急忙命令身患重病的儿子康拉德迎娶伊莎贝拉。婚礼当天意外发生，康拉德竟被从天而降的头盔压死。为了传宗接代维持家族地位，曼弗雷德不顾伦理道德强求伊莎贝拉嫁给自己。身陷囹圄的伊莎贝拉在陌生人西奥多的帮助下，从古堡迂回曲折的长廊逃到圣尼古拉斯教堂寻求神父的保护。随后法利德里克侯爵到古堡寻找女儿伊莎贝拉，并要求曼弗雷德辞去王位。狡猾的曼弗雷德却游说侯爵娶他的女儿玛蒂尔达进行联姻，以达到权力的平衡。随后曼弗雷德得知西奥多和伊莎贝拉在阿方索墓前幽会，他便悄悄潜入墓地，却拔出匕首错杀了女儿玛蒂尔达。最终所有人齐聚城堡，真相大白于天下，西奥多的合法身份得以恢复，他也顺理成章地继承了古堡，和伊莎贝拉喜结连理。

随着该作品在英国的流行，众多作家相继模仿其人物创作手法和故事情节模式发表文学作品，促进了哥特小说的繁荣发展。例如，克拉拉·里夫、威廉·贝克福德和夏洛特·史密斯等作家以古堡或洞穴为故事场景，将孤独柔弱的女性和专横跋扈的男性与隐秘身世、家族权力继承、神秘诅咒和超自然现象等情节并置，来营造悬疑恐怖的故事氛围。其中悬疑故事的揭开往往与爱情故事的发展交织在一起，使作品具有"历史和浪漫相融合的重要特点"②，形成哥特式历史小说。

30 年后，安·拉德克利夫凭借《西西里传奇》《森林传奇》《奥多芙的神秘》等多部畅销作品"将哥特传奇从其早期的死亡

---

① 贺拉斯·沃波尔：《奥托兰多城堡》，高万隆译，浙江工商大学出版社 2016年版，第 9 页。

② 黄禄善：《境遇·范式·演进——英国哥特式小说研究》，上海外语教育出版社 2012 年版，第 3 页。

状态中解救出来"①。安·拉德克利夫开拓出独具一格的恐怖派哥特式小说，被称为"英国哥特小说之母"。《奥多芙的神秘》描写了少女艾米丽在父母双亡后跟随姑父芒托尼从法国来到意大利生活。阴险残暴的芒托尼为了得到艾米丽和她姑妈的财产，费尽心思囚禁她们，不断施压。柔弱的艾米丽在不断反抗、不时昏厥的过程中渐渐成长，终于成功逃离魔窟，重获自由并与爱人结合。同《奥托兰多城堡》一样，该作品中有大量关于莫名的音乐、黑暗的走廊、阴森的古堡和神秘的黑色幕布等哥特元素的描写，但是这些超自然行为最终都拥有合理的解释。同时，文中优美的自然景观描写与女主人公的精神成长相融合，反映出独特的崇高美学，给读者带来耳目一新的阅读体验。一时间，众多类似场景、人物和主题的哥特小说相继面世，成为当时的畅销书。哥特小说的发展呈现出一派欣欣向荣的景象。

1796 年，马修·刘易斯在英国伦敦出版了《修道士》一书。该书"通过一系列的骇人听闻的故事情节，极力表现男主人公安布罗西欧的凶残和堕落"②。

修道士安布罗西欧品行高尚、学识渊博，深受马德里人民的敬仰。一天布道结束后，安布罗西欧在花园里偶遇见习修道士罗萨里欧。在两人交流的过程中，罗萨里欧坦言自己本名叫玛蒂尔达，因为爱慕安布罗西欧而女扮男装接近他。玛蒂尔达不仅以自杀威胁安布罗西欧不要把她赶出修道院，还冒死救助被毒蛇咬伤的修道士。最终玛蒂尔达以自己的性命和女性的妩媚征服了安布罗西欧。然而沉迷于人性欲望中的安布罗西欧很快开始喜新厌旧，移情别恋，爱上了纯洁少女安东尼娅。为了

---

① Edith Birkhead, *The Tale of Terror: A Study of the Gothic Romance*, London: Constable, 1921, p. 38.

② 黄禄善:《境遇·范式·演进——英国哥特式小说研究》，上海外语教育出版社 2012 年版，第 4 页。

接近安东尼娅，他不惜打破自己绝不离开修道院的承诺，多次到她家里做忏悔神父。此时，有所察觉的玛蒂尔达向安布罗西欧透露了她和魔鬼的关系，并用巫术帮助他实施强奸行为，做出杀死安东尼娅和她母亲等残暴行为。最后，在安布罗西欧的罪行暴露在民众面前并接受宗教审判之际，他出卖自己的灵魂和魔鬼达成协议，结果却遭受到更多的痛苦折磨而惨死。《修道士》中离经叛道的故事情节、对人类邪恶的恐怖夸张表现手法以及对人物心理意识的深入探索使它不同于沃波尔和拉德克利夫的作品，被评论界称为是具有新浪漫主义特点的恐怖式哥特小说。

　　玛丽·雪莱创作的《弗兰肯斯坦》是英国哥特小说中的另一杰作。该作品将哥特小说与科幻小说融为一体，讲述造人的恐怖故事，首创了科幻式哥特小说。雪莱称她的写作灵感源于1816年夏季出游时拜伦的一则提议：

　　　　1816年夏天，我们访问了瑞士，在那里成了拜伦勋爵的邻居……可是，那年夏天多雨阴冷，连绵的大雨经常把我们困在家中数天之久……"我们每个人写一个鬼故事吧"，拜伦勋爵说。他的建议得到了大家的一致赞同。①

　　在写作过程中，雪莱的脑海中时常浮现出这样一幅画面："我看到一个面色苍白、亵渎创造的学生跪在一个已经组合好了的人体面前，我看到一个极其丑陋可怕、像幽灵一样的男人四肢伸开摊在那里。不一会儿，在某种力量强大的工具的作用下，这具人体不自然、没精打采地动了动，他有了生命。"② 后经作

---

① Mary Shelley, "*Frankenstein*", in Nora Crook ed., *The Novels and Selected Works of Mary Shelley*, London：William Pickering, 1996, pp. 176-177.

② 同①，pp. 179-180.

家本人对画面内容进行扩充和修改，最终该作品在 1818 年以《弗兰肯斯坦》之名正式出版。主人公维克多·弗兰肯斯坦痴迷于自然科学，大学期间，他待在实验室里研究人体生命的秘密，实现了造人梦想。但这个通过科学实验创造出来的巨怪有着无比丑陋的容貌和一颗叛逆的心灵。面对无法融入人类社会所带来的悲惨生活，巨怪选择了对弗兰肯斯坦实施一系列的报复行为：他杀死了弗兰肯斯坦年幼的弟弟、亲密的朋友和新婚的妻子。弗兰肯斯坦在追寻巨怪的过程中也因耗尽心力而亡。最后，巨怪从北极荒野的船上一跃而下，消失在历史的长河中。雪莱借助弗兰肯斯坦的悲剧故事展现了作家本人对理性主义的质疑和批判。这一时期的理性主义者将自然万物视为被探索和被征服的对象，相信凭借理性可以把握世间万物的生长规律。弗兰肯斯坦这一人物也因为其性格中高度膨胀的自我意识和对理性主义的盲目崇拜而付出了惨痛的代价。该作品的影响力还体现在其对科技发展和进步的再思考上。面对 19 世纪自然科学发展的突飞猛进，雪莱预见并警示人类，科技发展将不可避免地使人类走向异化，并成为束缚人类的新型牢笼。

　　19 世纪 20 年代后期，英国哥特小说的销量逐渐下滑，但哥特式创作却经久不衰，继续出现在以《简·爱》和《呼啸山庄》为代表的维多利亚时期的小说之中。20 世纪的哥特派作家福克纳、莱辛和卡波特等创作的系列小说将诡异、恐怖的哥特式内容模式融入当代小说创作中，成为小说艺术的有机构成部分。曾经作为一种流行现象出现的哥特式小说为当代小说创作提供了经久不衰的文学创作源泉，以另一种形式焕发着独特的文学魅力。

　　作为文学史上具有重要影响力的小说类型，哥特小说在其诞生后的一个世纪里却备受学术界和评论家的贬斥。《奥托兰多城堡》首次出版就遭到《每月评论》的质疑，认为"该书中含有如此腐烂的东西让人无法理解"①。《18世纪英国浪漫主义史》的作者亨利·A. 比尔斯在1899年把沃波尔评论为"无聊鼠辈；他那无可救药的肤浅、半吊子作风和没正经，使他所有的聪敏才思在运用到《奥托兰多城堡》这样一个题目上时毫无用处"②。塞缪尔·柯勒律治认为，《奥多芙的神秘》"行文沉闷，语言呆滞，人物平乏"，其解释性结尾"不恰当地满足了读者的期望"③。马修·刘易斯、威廉·贝克福德、玛丽·雪莱等哥特作家出版的作品全部被冠以不道德或低俗的文学作品之名。究其缘由，当时文学批评界占主流地位的新古典主义学派强调文学作品的道德教育性和高雅趣味的塑造性。

　　从18世纪中后期到20世纪20年代这一个多世纪，只有极少数评论家对哥特小说进行正面性、全面性的评价。瓦尔特·司各特在《英国小说家传》中首先采用中立的态度对沃波尔、拉德克利夫等英国哥特小说家及其作品进行客观、公正的评论。他对这些哥特作品的原创性持肯定态度，并详细解读了作品中恐惧感和超自然现象等美学问题。司各特这样评论沃波尔作品中超自然手法的运用："他的目的是描绘在封建时代可能确实存在的家庭生活习俗，并用当时人们坚信不疑的超自然手法来调节或增强故事的曲折性。"④ 他对拉德克利夫的评论是："把美妙新奇的自然描写和动人叙事引入小说的第一人。"⑤ 拉德克利夫

① John Langhorne, *A Review of the Castle of Otranto* (*Second Edition*), *Monthly Review*, May 1765, p. 394.

② Frank F. S. , *Gothic Fiction*: *A Master List of Twentieth Century Criticism and Research*, London: Meckler Corporation, 1988, p. X.

③ Samuel Taylor Coleridge, "A Review of Mysteries of Udolpho", *Critical Review*, August 1794, pp. 361-372.

④ Walter Scott, *Lives of the Novelists*, London: J. M. Dent and Sons, 1906, p. 197.

⑤ 同④, pp. 213-214.

的小说"通过诉之于自然危险或迷信观念引起的恐惧感"① 来吸引读者，使读者产生超强的想象力和强烈的感情。"在对自然或超自然恐惧感的表现过程中，拉德克利夫大量使用模糊和悬念，这或许是崇高情感最丰富的来源。"②作为一个关注读者反应的评论家，司各特不仅提出模糊和悬念在塑造哥特小说恐惧感中的重要性，而且肯定了超自然主义手法在激起读者阅读反应中的积极功能，使饱受争议的哥特小说具有了文学性。受伯克的崇高理论影响，安娜·拉蒂西亚·艾金也对哥特小说的美学问题有所关注，认为《奥托兰多托堡》是一种"恐怖加惊奇"的"混合型恐怖"，在"激情和幻想的共同作用"下"将灵魂提升到最兴奋的状态"③。综上所述，这一时期的哥特小说研究处于边缘化阶段，主流文学评论界多为批判，正面评价较少。

　　20世纪20年代至70年代，文学评论界逐渐将目光投向哥特小说，相关论著陆续出版发行。众多评论家试图重新构建和评价哥特小说，提升其文学地位。伊迪斯·伯克黑德首先在《恐惧故事：哥特罗曼史研究》中对英美文学中的哥特文学发展史展开追溯，并在现有作品的基础上进行阅读性分析。在《1770—1800的英国通俗小说》一书中，汤普金斯以小说形式发展史为切入点，既分析了哥特小说中情节模式的必要性，又全面展示了英国哥特小说形成的历史背景。特别值得一提的是蒙塔古·萨默斯的论著《哥特探索：哥特式小说的历史》，该书不仅探寻了文学历史长河中的众多哥特作品，而且明确提出哥

---

① Walter Scott, *Lives of the Novelists*, London：J. M. Dent and Sons, 1906, p. 225.

② 同①，p. 231.

③ Rictor Norton ed., *Gothic Readings：The First Wave 1764-1840*, New York：Leicester University Press, 2000, p. 280.

特小说"绝非低俗的大众艺术,而是文学中的佼佼者"①。霍华德·菲利普·洛夫克拉夫特的《文学中的超自然恐怖》一书除了对世界各地的哥特小说创作状况进行梳理,还将19世纪末柯南·道尔、威尔斯、史蒂文森、勃朗特姐妹等的小说创作归类到哥特小说中。总体来说,这一批哥特小说评论著作的研究重在追溯哥特小说的发展历史,评论重点仅停留在对文本的描述性介绍以及其所产生的影响力,尚未触及文本的深层含义分析。

从1930年开始,弗洛伊德的精神分析法为哥特小说评论带来了新的灵感。安德烈·布勒东运用精神分析术语"爱欲"和"本能"来解释哥特小说中的紧张、焦虑,同时,认为"哥特小说中破败的建筑物表现了封建主义的崩溃,而其中不可或缺的、纠缠不休的鬼魂则显示了对过去的封建专权重新得势的强烈恐惧"。"弗洛伊德的心理学和超现实主义重新发现了哥特小说的价值"②,赋予哥特小说研究意义上的深度。伴随着世界格局的改变以及人们思想道德观念的转变,英国哥特式小说研究在20世纪五六十年代全面复兴。埃德蒙·威尔逊、彼得·彭佐尔茨和罗伯特·梅奥等文学研究者出版了极具影响力的介绍性论文和研究专著,这些论文和研究专著以新批判主义为理论基础,着重分析作者的创作意图、读者的反应以及进行个人心理的解读。根据拉德克利夫关于恐惧和恐怖的论断,评论家将哥特小说分类为"恐惧型哥特式小说"和"恐怖型哥特式小说"。

从20世纪70年代到现在,哥特小说逐渐摆脱边缘文学身份,其文学评论也进入视角多元化阶段。批评家试图运用各种

---

① Montague Summers, *The Gothic Quest*: *A History of the Gothic Novel*, New York: Russell and Russell, 1964, p. 397.

② Devendra P. Varma, *The Gothic Flame*: *Being a History of the Gothic Novel in England*: *Its Origins*, *Efflorescence*, *Disintegration*, *and Residuary Influences*, London: The Scarecrow Press, 1987, p. 7.

不同的理论视角和话语如语言学、精神分析、女性主义、结构主义、解构主义①重新审视独具一格的哥特小说。这一时期的研究成果主要集中在以下两大方面：

一是对哥特小说的女性主义的研究。埃伦·莫尔斯、桑德拉·古尔伯特和苏珊·古芭等运用女性主义理论对哥特文本展开研究。其中，埃伦·莫尔斯提出了"女性哥特"这一定义，认为《弗兰肯斯坦》中描写的"出生之谜体现了玛丽·雪莱对自己降生，以及围绕着降生所带来的极大负疚、恐惧和磨难的厌恨"②。桑德拉·吉尔伯特和苏珊·古芭在《阁楼上的疯女人》中指出，《简·爱》表达了"通过有策略地对自我、艺术和社会的重新界定，来对抗社会和文学的束缚，以求获得自由的女性欲望"③。此类批评内容主要集中在女性作家的哥特小说，旨在确立女性作家的文学身份。20 世纪 80 年代后期，哥特主义批评家将心理学和历史主义等评论视角融入女性主义哥特文学研究。例如，米切尔·A. 玛茜将哥特小说中女性身份的建构与精神分析中的"受虐狂"这一概念相结合，独具创意地提出哥特小说中女性被虐身份的形成是"长期的各种成功的文化训练的结果，只要造成受虐狂的精神创伤仍然存在，只要西方文化的性别定位依然存在，哥特小说就会一直存在"④；塔马·赫勒和艾莉森·米尔班克等将评论方向转向男性主义对女性哥特小

---

① Jonathan Culler, *Framing the Sign*: *Criticism and Its Institutions*, Norman: University of Oklahoma Press, 1988, p. 15.

② Ellen Moers, *Literary Women*: *The Great Writers*, New York: Doubleday, 1976, p. 92.

③ Sandra M. Gillbert, Susan Gubar, *The Madwoman in the Attic*: *The Woman Writer and the Nineteenth - Century Literary Imagination*. Princeton, N. J.: Yale University Press, 1979, p. Ⅻ.

④ Michelle A. Massé, *In the Name of Love*: *Women*, *Masochism*, *and the Gothic*, Itahca and London: Cornell University Press, 1992, p. 3.

说创作的影响。

二是对哥特小说的心理的研究。本阶段，众多评论家将精神分析批判与历史主义、结构主义和马克思主义等理论相结合进行分析。其中，帕特里克·戴认为，哥特小说"将历史和地理（的因素）转换为幻想的某些组成部分，营造哥特式幻想王国就是断言在历史之外存在一种永恒的真实"①。特里·赫勒以弗洛伊德的"不可知"理论为基础，对哥特小说进行结构主义式的精神分析，指出"自我与他者、生存与死亡、现实与虚幻的界限崩溃是这类小说产生的文学恐怖的基础"②。罗伯特·凯利采用形式主义解析了哥特小说的结构形式，即"想象及自我至上与理性及民众安康的相互抗争"③。而戴维·庞特则运用西方马克思主义理论解读哥特小说的生成环境建立在哲学、心理、社会、经济、政治等基础之上。④总之，这个时期的学者多将哥特小说的心理学研究与其他批评理论相融合，为此类文本研究提供全新的评论视角。

此外，伴随着评论界对英国哥特小说研究热度的不断增加，结构主义、解构主义、后殖民主义和新历史主义等理论都被用来解读该文类的内容和创作方式。如今国外学者对哥特小说的研究成果已经由最初的几百部增加到 6000 多部，曾经处于边缘文学的哥特式小说终于度过了学术研究的寒冬期，进入了百花盛放的繁荣期。

① Patrick Day, *In the Circles of Fear and Desire: A Study of Gothic Fantasy*, Chicago: Chicago University Press, 1985, p. 30.

② 黄禄善：《境遇·范式·演进——英国哥特式小说研究》，上海外语教育出版社 2012 年版，第 13 页。

③ Robert Keily, *The Romantic Novel in England*, Cambridge: Harvard University Press, 1972, p. 25.

④ David Punter, *The Literature of Terror: A History of Gothic Fictions from 1765 to the Present Day*, London: Longman Group Limited, 1980, p. vi.

20世纪50年代，我国的外国文学研究逐渐步入正轨。由于哥特文学的黑色性，当时国内文学史类的专著大多对其只字不提。在20世纪90年代初的改革开放大潮中，新学术思潮和文学批评理论大放异彩，英国哥特小说也成为当时的热门研究题材。以"哥特小说"为关键词在中国知网进行检索，截至2021年6月，1990~2021年我国各类杂志和学位论文共发表此类文章1075篇。其中，韩加明、於鲸、陈榕、高万隆和肖明翰等学者对英美文学中哥特小说的产生、发展和批评史进行了全面梳理，指出哥特小说不仅影响浪漫主义文学创作，而且对维多利亚时期小说家和19世纪美国小说家的作品也具有重要意义。另有一部分学者运用精神分析、女性主义和叙事学等批评理论对具体的哥特文本展开分析。其中，陈姝波从政体、身份、性别三方面解读《奥托兰多城堡》中所呈现出的中产阶级的焦虑以及舒缓焦虑的策略。① 李伟昉等学者分别运用伦理学和崇高理论等批评视角对《修道士》中的人物形象展开分析，认为"刘易斯对痛苦、恐怖、邪恶心理的描写，对沉溺于孤独、自恋情绪状态下的彷徨矛盾世界的剖析，对潜意识变态心理与罪恶意识的挖掘等，对后世许多著名作家的文学创作都产生了深远的影响。这正是刘易斯对心理世界描写的开拓性贡献"②。近10年来，国内学者李伟昉、苏耕欣、肖明翰、黄禄善、王晓姝等陆续出版了相关专著。李伟昉在其著作《英国哥特小说与中国六朝志怪小说比较研究》中对英国哥特小说和中国六朝志怪小说展开对比性研究，对两种小说的情节、主题、人物和叙事等要素进行了深入阐释，较为系统地探讨了两类小说的思想价值和艺术成

① 陈姝波：《沃波尔的焦虑和愿景：〈奥特朗托城堡〉中哥特想象的政治解读》，《外国文学评论》2017年第1期。

② 转引自：李伟昉：《西方哥特式小说的经典之作——论马修·刘易斯的〈修道士〉》，《河南大学学报（社会科学版）》2002年第3期，第39页。

就。2010年苏耕欣在专著《哥特小说——社会转型时期的矛盾文学》中，立足文学与社会现实的关系，从文化与传统、历史，现实与自我，个人与社会，男女矛盾和政治性等方面展开论述，将哥特小说归结为"一种政治味很浓的小说，这种政治敏感性也是哥特小说在当时引发矛盾的原因之一"①。

综上所述，国内对哥特文学进行系统性研究的学者相对较少，研究成果明显滞后。国内评论界对哥特小说的研究多从崇高理论、精神分析、女性主义、小说发展脉络和比较文学等方面对经典文本展开解读，而对哥特小说进行系统性的叙事学研究尚存在不足。

本书将采用经典叙事学理论，相对系统地对英国哥特小说进行文本研究。本书分为七个部分：第一章对英国哥特小说产生的社会背景、哲学文化背景、宗教背景和文学背景进行梳理。第二章重点分析哥特小说的情节设置。哥特小说多通过描写光怪陆离的鬼怪故事与神秘事件来展现黑暗的超自然元素。第三章主要以恶棍形象、少女形象、堕落的圣者形象和鬼怪形象等方面为切入点，分析哥特小说中的人物刻画手法。第四章探讨英国哥特小说的叙事交流模式，主要以叙事交流过程为理论基础，重点分析故事内叙述者和故事外叙述者在叙事交流中的功能。第五章主要研究英国哥特小说中叙事视角的应用。根据国内学者申丹总结出来的分类方法，重点讨论哥特小说《弗兰肯斯坦》中第一人称叙述中的旁观者视角和体验性视角的运用，以及《奥托兰多城堡》《修道士》《奥多芙的神秘》中全知视角、固定式人物有限视角、戏剧式和摄像式视角相结合的叙事视角模式。另外，本章还将讨论在四部哥特小说中从全知视角

---

① 苏耕欣：《哥特小说——社会转型时期的矛盾文学》，北京大学出版社2010年版，第15页。

到变换式人物有限视角的转换、从第一人称回顾性视角到第一人称体验性视角的转换以及其产生的叙事影响。第六章重点讨论哥特小说的叙事时间模式。以非线性叙事时序、多变的叙事时长和多样化叙事频率三个概念为线索，对哥特小说中的时间叙事技巧展开分析。第七章是对哥特小说的叙事空间模式研究。笔者首先对哥特小说叙事中的故事空间和话语空间展开探讨，然后重点分析哥特小说中密闭空间、自然空间和心理空间的建构及其对应功能。

第一章　英国哥特小说的产生背景

美国学者里克托·诺顿曾经说过："在 18 世纪末和 19 世纪初，不列颠最流行的文学不是浪漫主义诗歌，而是当时所谓最时髦的垃圾——哥特小说。"①产生于 18 世纪后期的英国哥特小说通常以中世纪城堡和修道院为故事场景，主要描写恐怖、血腥的诡异事件，并时常伴以鬼怪和其他超自然元素的出现，成为英国文学史上独具一格且颇有影响力的小说流派之一。

第一节　哥特族的起源

哥特小说中故事情节的夸张性和离奇性常常让读者惊叹不已，也引起文学评论界对哥特和哥特式等词的意义诠释。"哥特"一词的产生和哥特族的发展有着密切联系。我们要想对哥特族的来龙去脉进行有效梳理，最可靠的方法是查找相关历史文献。但是西方历史文献中对哥特族的记载寥寥无几，仅有的一些记录也只是从侧面提及哥特族，并无专门的著作。公元 551 年前后，哥特人乔丹尼斯用拉丁文书写的著作《格蒂卡》是一部以哥特视角完成写作的古籍。全书记录了自公元 1 世纪哥特

---

① Rictor Norton ed. , *Gothic Readings*：*The First Wave* 1764 – 1840, London and New York：Leicester University Press, 2000, p. vii.

族离开部落集聚地斯堪的泽岛到 6 世纪东哥特王国消亡期间的
重要历史事件。该书的创作源泉来自乔丹尼斯熟悉的哥特族口
头传说和意大利史学家卡西奥多勒斯所著的史书。但由于卡西
奥多勒斯曾担任东哥特国王的意大利文秘书，他编写这部史书
的目的在于让当时的罗马人服从哥特族的统治。同时，乔丹尼
斯在书中过分夸大哥特族的辉煌历史，为哥特族添金加银，令
现代学者对哥特族的真实身份产生怀疑。塞缪尔·克利杰曾指
出："乔丹尼斯有意或无意追随奥罗西厄斯、卡西奥多勒斯等历
史学家，采用混淆其辞的手法，把哥特与格蒂相提并论，并认为
两者皆属塞西亚人，由此把哥特族的发源地扩展到了远在罗马帝
国疆域之外的斯堪的纳维亚，也由此有了后来把所有的日耳曼部
落称为哥特的说法。"① 随着现代历史学的发展，几十年来关于
哥特族发展的来龙去脉等历史疑点逐渐明朗。经证实，哥特族
起源于公元 1 世纪的波兰北部，随着文化的传播和社会的发展，
哥特人从波罗的海出发向南迁移到黑海，随后哥特人、罗马人
以及匈奴人经历了极其复杂的相互攻击、相互约束的漫长历史
岁月。

　　作为一个尚未开化的民族，哥特族在历史上生存时间较短。
在其活跃的 500 多年间，哥特族没有留下任何语言和文化痕迹。
在人类历史长河中，哥特族所留下的记忆主要是哥特人和罗马
人之间充满着血腥味的掠夺、争斗、杀戮，以及永无休止的政
治斗争。作为罗马文明的对立面，哥特族成了野蛮、贪婪、奸
诈、愚昧和无知的代名词。因此，在文艺复兴时期的作品中经
常可以看到具有负面意义的哥特形象和哥特式词汇。例如，在

---

① Samuel Kliger, "The 'Goths' in England: An Introduction to the Gothic Vogue in Eighteenth-Century Aesthetic Discussion", *Modern Philology*, Vol. 43, No. 2, Nov. 1945, pp. 108–109.

大文豪莎士比亚的剧作《皆大欢喜》第三幕第三场中，试金石来到亚登森林的普通乡村。为了显示自己学识渊博，他向村姑奥德蕾献殷勤时试图使用富有诗意而儒雅的语言，但是奥德蕾听后一脸迷茫。于是试金石解释说："我陪着你和你的山羊在这里，就像那最会梦想的诗人奥维德在一群哥特人中间一样。"①在这里，莎士比亚把"哥特"一词同"山羊"相提并论，除了有语言修辞因素外，也凸显了莎士比亚对哥特人愚昧无知的鄙视。

第二节　哥特小说兴起的社会背景

某个时期某种文学类型的兴起和盛行与当时社会经济、哲学思想、宗教观念和政治态度有着千丝万缕的联系。那么，哥特小说是在什么样的社会背景下发展起来的？

众多学者在研究中提到，哥特文学虽然吸引着不同类型的读者，但是从开始到现在，其阅读主力军大部分是英国的中产阶级，因此，18~19世纪英国中产阶级的社会地位和政治态度对哥特小说的兴起产生至关重要的影响。

18世纪的英国正处于历史巨变时期，是各种政治力量此消彼长的过渡阶段。由于资产阶级革命的胜利，18世纪初英国对内大力发展工商业，技术的普及提升了民族自信心。对外则加快殖民扩张的步伐，使国力稳步增长。同时，工业的高速发展提高了生产效率，促进了新兴产业的进步，其中包括印刷业和出版业的蓬勃发展。当时农业生产总额只占国民生产总值的1/3，土地资源不再是收入和财产的主要来源。由工厂老板和当

---

① William Shakespear, *As You Like It*, Act Ⅲ, Scene Ⅲ, London: Everyman's Library, 1997, p. 9.

地熟练工人构成的新兴资产阶级依靠自己的努力获取大量的社会财富。中产阶级拥有大量的工业资本、个人财富、采矿权和政府股票等动产，因而在国内事务和社会文化等方面起到了重要的影响作用，英国的资本主义社会初露端倪。

作为体现资产阶级思想意识的小说创作，自然要紧跟时代潮流，勇于面对社会现实，如实反映时代风貌。因此，这一时期文学领域大力倡导理性主义和新古典主义。作家"更为明确地反对既往以传奇为主体的叙事文学，以普通个人的日常生活与情感为关注的中心，表现出写实主义与理性主义的特色"①。对于这一现象产生的原因，埃得柳在《小说的艺术》中这样论述："异想天开的传奇故事曾经是通例，而今却成了特例，因为小说现在的目的是要强化现实而不是逃避现实。小说的一般进程是从不可能的进到或然的再进到可能的，我们希望我们的小说家现在尽力地撒谎，但谎要撒得像是真情实事。反传奇的、理性化的18世纪精神使得这种转变变成了可能。因此，我们最好是在这个富于创生性的世纪去寻找现代小说的胚芽。"② 在这个时期，笛福和菲尔丁等现实主义作家多注重日常生活的真实描写；斯特恩等感伤主义小说家则注重内心世界的真实描写。在18世纪初期的文学作品中，真实成为小说创作的重要理念。一方面，小说成为文学家表现生活、反映生活的重要手段和方式；另一方面，它也成为普通民众观察生活和宣泄情感的重要渠道。18世纪前半期，英国小说家通常采用反传奇的、理性化的写作手法描写世态人情、社会百态。但这种以写实手法再现社会现实的小说无法满足读者多样化口味的需要。读者既希望

---

① 洛里哀：《比较文学史》，傅东华译，商务印书馆1931年版，第196页。
② 埃得柳：《小说的艺术》，载龚翰熊主编：《欧洲小说史》，四川大学出版社1997年版，第94页。

通过阅读故事来了解现实世界，同时也期望从一些不同寻常的超现实故事中获得阅读快感以调节身心。此时，以注重描写怪诞紧张情节和不同寻常故事为特征的哥特小说给人们提供了一种全新的观察事物的视角，拓展了小说的创作领域，丰富了小说的艺术表现形式。

哥特小说的故事场景通常是古堡、修道院、废墟和荒原等地点。故事时间往往发生在过去，特别是遥远的中世纪。故事情节异常恐怖，常常充斥着谋杀、暴力、复仇等主题。该类型小说主要通过营造阴森恐怖的气氛、建构充满悬念的情节等举措给读者带来全新的阅读体验。源于封建社会的哥特式文学有着自己独特的逻辑性和审美原则，展现着自身的文化价值。因此，理查德·赫德把哥特小说中的"英雄气概与封建时代划等号，赞赏哥特式传奇的肆意放纵和无限活力"①。"哥特"一词的词义渐渐拓展，由过去单指哥特民族变为泛指罗马帝国衰亡时期所有的北方蛮族部落。同时，"哥特"一词的含义也从野蛮的、凶残的转变为中世纪的黑暗的、恐怖的。

哥特小说崭露头角的同时，英国的建筑领域也开始出现哥特式特征。当时英国一些知名建筑师设计并建造了许多哥特式教堂和园林，其主要特征为：锥形尖顶、拱形天花板、大窗户以及绘有圣经故事的花窗玻璃。此类建筑在设计中利用尖肋拱顶、飞扶壁、修长束柱来营造轻盈修长、超凡脱俗、直指天国的意境。与当时盛行的新古典主义的简约式建筑相比，哥特式建筑是一种野蛮的、无实用意义的、彻头彻尾的畸形建筑。此时的哥特式代表着浮华、奢靡、粗野、狂乱、混乱无序，展现出与古典主义相对立的特性。但是在反理性主义艺术氛围的主

---

① Richard Hurd, *Letters on Chivalry and Romance*, Berkely: University of California Press, 1963, p. 4.

导下，哥特式建筑因在一些著名设计师的鼓吹下被赋予心灵探求、人性复苏等新内涵而在英国大肆兴起。社会名流和富豪大亨竞相花费巨资打造哥特式建筑。其中，家世显赫的沃波尔在泰晤士河附近买了一间农舍，耗费 13 年时间精心设计和施工将其改造成一座中世纪的哥特式城堡，取名为"草莓山庄"。著名诗人托马斯·格雷参观完草莓山庄后这样写道：

> 你可以从一扇尖耸的门厅，步入……一个立有睡床的凹室，这个凹室是用一个屏风隔开的，屏风当中挖有一扇很大的拱门，可窥见室内其余空间，另一端是蝶形窗户，亮着灯……顶部天花板嵌着教堂那种富丽堂皇的彩色玻璃，且被分割成内凹的五角星和四叶图案，相连处镶有纸型玫瑰，左侧的烟道处是鲁昂大教堂式的高高的祭坛……为一个低矮的硕大平台，两旁是八角形塔楼……座椅和镜台是地道的雕花乌木，拍卖场买来的，慢帐挂着紫色纸饰。①

贺拉斯·沃波尔不仅采用复制、粘贴的方法建造了一栋拥有浪漫色彩、奇异奔放气质的哥特式建筑样板，而且草莓山庄的意义还在于其孕育了英国小说史上第一部哥特小说《奥托兰多城堡》。这一点可以在沃波尔写给威廉·科尔牧师的信中得到证实。他在信中这样写道："当您读到'那幅画像离开画框'的时候，难道没想起我的画廊里有幅身穿白色套服的富兰克勋爵的肖像吗？我甚至可以向您坦诚，那就是这部小说的由来。"②同时，小说中"离开画框的画像""哥特式古城堡""盔甲"

---

① Duncan Tovey ed. , *The Letter of Thomas Grey*, New York: Kraus Reprint Co. , 1968，Ⅱ, p. 102.

② Wilmarth S. Lewis ed. , *The Yale Edition of Horace Walpole's Correspondence*, New Haven: Yale University Press, 1937-1983, I, p. 88.

"巨手"等元素都可以在草莓山庄中找到原型。

　　贺拉斯·沃波尔沉醉于哥特式故事创作的原因还在于他敏锐地察觉到早期现实主义小说中存在的种种弊端。他认为，要消除这些弊端，作家应该采用批判的眼光来继承传统小说中的合理成分。同时，要尽力恢复封建时代骑士文学的传奇故事以丰富和完善现实主义小说的形式。《奥托兰多城堡》发表后虽然获得了一些著名作家的赞扬，但更多的是遭受到古典主义作家的强力抨击。评论者纷纷在学术期刊上批判该书"内容低俗"，"故事情节混乱，人物性格发展突兀，对话矫揉造作，所有这些都令读者气馁，望而却步"①。面对种种负面评论，沃波尔毫不在意，因为他创作的目的就是改变人们对"哥特"一词的偏见。在《奥托兰多城堡》中，"哥特"一词成为勇气和活力的代名词。该书的写作方式改变了现实主义小说中说教、墨守成规的创作原则，向启蒙主义的理性思想发起了挑战。

　　18世纪后半期，工业革命的迅速发展加剧了城市和农村之间的贫富差距，致使国内各种矛盾越来越尖锐，社会冲突此起彼伏。代表王室和贵族利益的乔治三世打出"忠君爱国"的旗号，试图强化不断被削弱的王权。而英国的新兴资产阶级则积累了大量的社会财富，经济地位的稳步提高更需要政治势力的保护。因此，代表新兴资产阶级利益的政治精英呼喊着"天赋人权"的口号，力图推进民主自由的步伐。面对这样的社会现实，英国国王乔治三世采取高压手段，对于一切追求自由民主的行为进行打压。部队里有民主倾向的军官被清退，具有不同政治理念、宣传民主思想的市长、出版商、商人和进步人士纷纷被捕。理性主义者所提倡的自由、平等和博爱等社会理想在

---

　　① Jessica Bomarito ed. , *Gothic Literature: A Gale Critical Companion*, Vol. 3, Detroit: Gale Cengage, 2006, p. 432.

英国陷入了困境。

在这种政治背景和社会氛围中，英国中产阶级只能怀着恐惧和焦虑的复杂心态来了解动荡的新时代，原因如下：第一，随着工业革命的发展和资本主义生产方式的扩大，中产阶级的经济力量日益壮大。这些白手起家的中产阶级也非常看重社会公平和公正。在经济上获得独立的同时，他们也希望能够在政治地位和文化地位等方面有更大的提升空间，真正成为国家命运的主宰者。因此，面对资产阶级对封建贵族统治者的反抗和革新，广大中产阶级持赞成态度。第二，在等级观念浓重的英国社会，王室与贵族所拥有的权力和荣誉仍然起着无法估量的社会作用。英国中产阶级虽然一夜暴富，但是成员多来自平民阶层，缺乏显赫的家世和牢固的文化基础，而且在18世纪的英国，政治地位与地产数量密切关联，即拥有一定数量地产的人才有资格进入有选举权的议会。而在经济方面占主导地位的中产阶级多从事工商业，所以其政治地位并未得到实质性的提升。广大中产阶级内心深处对贵族所拥有的传统权力和外在荣耀羡慕不已。他们只能试图学习并模仿贵族阶级对艺术的爱好。同时，中产阶级对下层社会的贫困生活有所了解，下层社会人们所面临的困境也给中产阶级敲响了警钟。他们清楚地知道，如果其社会地位无法得以巩固，极有可能跌回之前的悲惨生活。归根结底，中产阶级彼时所面临的困境来自其社会身份和文化身份的认同危机。

英国中产阶级对未来政治形势的焦虑、对个人身份认知的危机和对旧体制的怀旧等复杂矛盾思想观念在18世纪末的哥特小说中多有体现。例如，哥特作家对封建贵族人物迥然不同的两面性刻画充分展现了其对革命进程摇摆不定的态度，以及对封建社会价值取向既向往又惧怕的矛盾心理。在哥特小说中，封建贵族祖先和贵族权力机构是主持正义、明辨是非、维持社会秩序的重要元素，但是这些贵族也具有恐怖凶残的一面，象征着社会的黑暗面。《奥托兰多城堡》中，阿方索借助于超自然元素——神秘的巨大头盔砸死了康拉德，挫败了曼弗雷德非法继承财产和权力的阴谋。当曼弗雷德决定抛妻娶媳时，是相貌酷似阿方索的青年农民西奥多帮助伊莎贝拉成功出逃。最后阿方索化身为幻影，解开谜团，迫使曼弗雷德承认自己和祖先杀人篡位的罪行。阿方索的真正继承人西奥多也得以继承财产并接管城堡。《修道士》中神父安布罗西欧德高望重，受人敬仰。"男女老少对他的崇拜可谓空前。高官显贵的馈赠不计其数，贵妇们除了他不要别的神父来听她们的忏悔，他被称为圣者，全城有名。"① 但是为了占有涉世未深的美丽少女安东尼娅，安布罗西欧残忍杀害安东尼娅的母亲，随后和魔鬼达成协议，使用魔法让安东尼娅假死并葬在修道院的墓地，以达到占有目的。

哥特小说中众多的身份揭秘情节也体现出英国中产阶级经历的身份危机。《奥托兰多城堡》中西奥多首次出场时，他只是附近村庄的一位普通农民。随着故事情节的发展，西奥多的身世越来越让人困惑，最后经罗杰神父的解释和先祖阿方索的显灵，才使得身份大白。《修道士》中安布罗西欧同样深陷身份之谜。有人说"已故的嘉布遣会修道院院长在门口发现他的时候，他还是个婴儿。他们本来想弄清楚是谁把婴儿丢在修道院门口的，但是所有的努力全白费了，孩子当然也说不出父母是谁"② 。后经魔鬼之口，读者得知他竟然是埃尔维拉的儿子、安东尼娅的哥哥。

综上所述，由于中产阶级在封建贵族的世袭等级制度中缺乏社会地位，他们多采取克制谨慎的处事态度。他们希望社会

---

① 马修·刘易斯：《修道士》，刘宏照译，浙江工商大学出版社 2016 年版，第10 页。

② 同①，第 11 页。

稳定，个人利益不受损害，不赞成任何暴力和过激行为，所以他们对进步人士所带来的旧社会结构和等级制度的瓦解信心不足。正如马克思在其著作中这样评价道："下层中产阶级、小生产者、店主、手工业者、农民，这些人都同资产阶级斗争，以保全其中产阶级地位。所以，他们并非革命者，而是保守派。不，他们甚至是反动派，因为他们总想使历史的车轮倒转。"①英国的中产阶级是一个摇摆不定、充满矛盾、具有两面性的社会群体。哥特小说在叙事内容上基本反映了这一社会现实，符合英国当时社会的主流意识形态。

第三节　哥特小说兴起的哲学文化背景

在 17~18 世纪理性主义盛行于欧洲大陆之际，英国却出现了与之相对应的经验主义。经验主义奠基人培根认为，要在感性认识和理性认识之间建起一座桥梁，既要突出感性经验在认识中的作用，又要重视理性认识的必要性。其后继者洛克和贝克莱等人则特别强调人的感官作用，认为色彩、味道、声音等的存在有赖于人体的感觉的组合。贝克莱认为："一切知识都是由观念和感觉构成的，而观念和感觉本身就是认识的对象。"②在这种思想的引领下，贝克莱逐渐把经验主义推向了唯心主义。随后休谟提出了不可知论哲学理念，他认为："至于由感官所发生的那些印象，据我看来，它们的最终原因是人类理性所完全不能解释的。"③至此，英国经验主义哲学已将理性主义中的理性精

---

① 苏耕欣：《哥特小说——社会转型时期的矛盾文学》，北京大学出版社 2010年版，第 7 页。

② 李伟昉：《英国哥特小说与中国六朝志怪小说比较研究》，中国社会科学出版社 2004 年版，第 39 页。

③ 休谟：《人性论》（上册），关文运译，商务印书馆 1994 年版，第 101 页。

神完全抹杀掉，彻头彻尾地强调感性认知中的非理性精神。在这种哲学思想影响下，"注重表现情感、想象、直觉以及人物身上其他种种非理性因素的哥特小说"① 在英国流行也就不足为奇了。

　　谈到经验主义哲学，人们不由得想起和其紧密关联的崇高理论。作为西方美学理论中的一个重要术语，崇高理论最早出现在古罗马作家朗吉努斯的美学论著《论崇高》中。朗吉努斯从语言创作技巧入手为当时的文学创作提供理论指导，更重要的是他首次界定了崇高这一美学范畴的基本特征和深刻含义。他在书中对崇高理论进行阐释时，多以古希腊哲学和文学以及《圣经》中诸如大洪水、上帝在电闪雷鸣中降临西夸山、耶稣死亡和末日审判等引起敬畏与恐惧的场景为例。朗吉努斯认为：

　　　　我们为自己点燃的小簇火焰一直明亮、稳定，然而我们并不因此认为它比常常被遮暗的天堂的火焰光灿烂，或者认为它比爆发中的埃特纳火山口更壮观——从深深的内部抛掷出岩石和整座的小山，有时甚至喷射出巨大的火焰流。关于这一切事物，我只能这么说，有用的以及实际上很必要的东西是廉价的；赢得我们惊叹的永远是不同寻常的事物。②

　　在朗吉努斯看来，崇高不仅是一座巨大的高山或者不同寻常的教堂等自然事物，而是讲述者采用一种难忘的语言叙述来影响听众和读者，使人们从心灵上对这些不同寻常的事物进行永恒的惊叹和热烈的追求，最终进入身心的美化阶段。

----

　　① 李伟昉：《英国哥特小说与中国六朝志怪小说比较研究》，中国社会科学出版社 2004 年版，第 40 页。

　　② 朗吉努斯：《论崇高》，载拉曼·塞尔登编：《文学批评理论——从柏拉图到现在》，刘象愚、陈永国译，北京大学出版社 2000 年版，第 160 页。

　　英国政治家、政论家和美学家埃德蒙·伯克进一步对崇高进行了全面、系统、深入的探讨和研究。《关于我们崇高与美观念之根源的哲学探讨》不仅颠覆了古希腊以来的崇高理论，对后来的美学思想也产生了巨大影响，也是一部关于哥特作品的理论专著，深刻地影响着哥特式小说作家的艺术创作。"其中的许多论析，特别是对构成崇高因素的朦胧模糊、苍茫无垠、不同寻常等的强调，对哥特作家有着实际的重要价值，但它重要的贡献在于，赋予了恐怖一个较为重要、有价值的文学地位。"①"于是哥特小说的研究者——无疑在追随许多哥特式小说家的脚步——时常咨询伯克的《关于我们崇高与美观念之根源的哲学探讨》，仿佛它是一个被认可的、有保障的恐怖储藏库。"②

　　伯克认为，能够激起主体痛苦和让其察觉到危险的事物，主体在情绪上一般表现为恐怖和惊惧，因此，"凡是能以某种方式引起苦痛或危险观念的事物，即凡是能以某种方式令人恐怖的、涉及可恐怖对象的，或是类似恐怖那样发挥作用的事物，就是崇高的一个来源。如果危险或苦痛太紧迫，它们就不能产生任何愉快，而只是恐怖。但是如果处在某种距离以外，或是受到了某些缓和，危险和苦痛也可以变成愉快的"③。也就是说，痛苦和恐惧是人类最强烈的情感，但是并非所有的痛苦和危险都能产生崇高感。主体能够触及的真实痛苦和危险、恐惧等元素不能逼迫太近，因为它们给主体带来真实可触及的恐怖感和痛楚感；同时，触及主体的自我保护机制。由此可见，伯克此

---

　　① David Punter, *The Literature of Terror: A History of Gothic Fictions from 1765 to the Present Day*, London: Longman Group Limited, 1980, p. 45.

　　② David B. Morris, "Gothic Sublimity", *Gothic: Critical Concepts in Literary and Cultural Studies*, edited by Fred Botting and Dale Townshend, Vol. II. London and New York: Routledge, 2004, p. 51.

　　③ 朱光潜：《西方美学史（上卷）》，人民文学出版社 1984 年版，第 237 页。

处所提及的痛苦和恐惧只是来自人们思想世界的想象空间，而并非人类自身同那些恐怖的载体进行真实而直接的碰撞和接触。

在该论著中，伯克还把美具体区分为秀美和壮美。秀美是人们所熟悉的事物，具有小巧、精致、和谐等特征。当观赏者面对这些事物时，其想象力进入超验主义状态，内心会产生甜蜜感、温馨感、愉悦感和激动之情。然而当观赏者靠近像高山、大海、森林、火山、地震、海啸、荒原等壮美自然景观时，人们总能体验到一种神秘的超自然力量，心中不由得充满敬畏之情。因而，壮美经常和恐惧紧密相连，在人们的大脑中激发痛苦、危险和死亡等恐怖意识，成为崇高的主要来源。

上面所提及的伯克式崇高理论是哥特小说创作和欣赏的重要理论依据，其在哥特小说文本中的体现具有多样性。例如，在《修道士》中，作者对下毒、乱伦、谋杀和弑亲等痛苦、丑恶事件和令人毛骨悚然的行为的描写立体、真实。读者在阅读中由此引起的恐惧和激动情绪能让其体会到由痛苦转化来的快感和美感。当作恶多端、罪孽深重的安布罗西欧遭受到痛苦漫长、令人作呕的恶报时，这种"壮美"的场景产生令人震撼的教育效果，起到净化心灵的作用，启迪人们正视非理性情欲与理性思考的关系，促使人们学会运用美德去协调两者的关系以获取永久的幸福。这一点与伯克所论及的"崇高"美感的心理内涵相一致。

在玛丽·雪莱的哥特式科幻小说《弗兰肯斯坦》中，崇高在文本中主要通过恐惧和怪诞有所体现。第一，作为恐惧之王的死亡主题是该小说的主叙事基调。为了研究生命起源，主人公整日待在墓穴和停尸房里观察尸体自然腐烂的过程；当主人公决定建造一个体型高大的巨人时，"我"从停尸房收集各种骨骸，拼凑出这样一个怪物："那黄色的皮肤几乎无法遮盖下面的肌肉和血管；他的头发乌黑发亮，光滑飘逸；他的牙齿珍珠亮白;可是这些色彩光亮与他那对湿漉漉的眼睛以及安放它们的同样暗淡苍白的眼窝,还有皱褶的皮肤和笔直的黑色嘴唇形成更为恐怖的对照。"[1] 故事后来的发展都围绕着弗兰肯斯坦的亲人、朋友、爱人以及他本人的死而展开。第二,作品中的怪诞美则通过弗兰肯斯坦创造的怪物得以体现:外表丑陋不堪的怪物一直渴望得到人类的认同,但是他一次又一次地被人类伤害和嫌弃,最终心地纯朴善良的怪物自愿选择走向死亡。读者可以通过《弗兰肯斯坦》中怪物相貌的丑探索其精神的美,从而感受到该作品中崇高的基调正是怪诞之美。正如维克多·雨果对丑的审美功能的论述:"近代的诗艺……会感觉到丑就在美的旁边,畸形靠近着优美,粗俗藏在崇高的背后……"[2] 崇高在文学作品中带给读者的负面审美往往能起到更好的教育和规范作用,其效果比正面说教内容描写更加有效,这也是哥特小说创作的深刻内涵。

第四节 哥特小说兴起的宗教背景

宗教和政治之间存在着密切的关系,几乎是浑然一体的。宗教神学把万物起源归因于神,政治起源自然而然也和宗教崇拜密不可分。随着社会分工的不断细化,宗教神学成为阶级斗争和政治斗争的工具,主要表现在统治阶级利用它作为巩固政治秩序的精神支柱。统治阶级为了维护自己的政治地位,往往把某一宗教定位成全民信仰的宗教,使其成为国教。前文提到英国国王乔治三世为强化王权所采取的高压手段其实也是为了

---

① 玛丽·雪莱:《弗兰肯斯坦》,丁超译,中国人民大学出版社 2004 年版,第 28 页。

② 伍蠡甫:《西方文论选》,上海译文出版社 1979 年版,第 183 页。

维护传统基督教的国教地位。而当时的自然神论者大多反对正统神学教条、教会专横和宗教压迫。他们要求信仰自由、思想自由，维护理性知识和科学知识，反映出当时新兴资产阶级反对封建主义的进步要求。宗教化和政治化背景下形成的社会矛盾冲击着英国社会既定的社会秩序，改变着人们心中长久以来形成的思想观念。因此，从本质上看，英国 18 世纪末所面临的政治危机也是宗教信仰危机。许多学者认为，英国哥特小说正是产生在旧宗教体制土崩瓦解、新宗教制度逐步建立的时期。

18 世纪末英国宗教信仰危机还和启蒙运动紧密相连。启蒙运动的开始不仅加速了英国的城市化进程，促进了工业革命的大力发展，而且带来了一场思想上的重大变革。启蒙主义者倡导使用理性眼光来审视社会各个方面，对一切陈规陋习采取批判态度，包括被普通人视为思想禁地的宗教领域。英国哲学家约翰·洛克首先提出宗教理性化口号，他认为："理性是一种自然展示，是永恒的光之父，亦即一切知识之源，借此与人类交流，把那部分真理放置在他们的自然能力所能抵达之处。"①在约翰·洛克宗教理性化思想的影响下，一批理性主义神学家虽然信奉上帝，但是这个上帝并非传统意义上三位一体的，替世人赎罪、承受罪孽的、干预人间事务的上帝。他们所崇敬的上帝通常采取理性的方法来修炼美德，用文明理性来裁定法庭。这一时期的自然神论者在大量阅读历史资料的基础上，采用质疑的态度来对基督教教权和神迹进行阐释。托马斯·查布和可尼尔斯·米德尔顿·邓恩都曾提到，早期神父宣扬的所谓神迹，不过是为了树立自己的权威，让信徒接受基督教的教义，"教会

---

① John Locke, *An Essay Concerning Human Understanding*, USA: Prometheus Books, 1995, p. 698.

不过是人的发明,目的是恐吓和奴役人类,以及垄断权力和利润"①。同时,他们深受自然科学的影响,认为一切事物的发展变化都有其产生的原因,是自然发展规律的必然结果。自然神论者的观点完全颠覆了基督教的基本教义。他们拒绝宣扬所谓的神迹、圣灵启示等内容,而是把宗教信仰变成一种既定理论框架里可供人们自由选择、自主判断、理性分析的事物,使得宗教信仰世俗化。当时英国神职人员世俗化的程度令人惊讶:第一,体现在衣着上,神职人员的衣着和普通人并无差别。第二,体现在生活方式上,神职人员可以像普通民众一样出入酒馆、饭店等公开场合,向民众一样抽烟喝酒。当时的神职人员在自然科学、哲学、文学、语言学、美学和政治经济学等领域都取得了不俗的成就。

宗教理性化不仅促进了宗教世俗化,而且促进了反教权主义出现。当时伪善的教会专业人士,特别是罗马天主教的神父们为了达到在精神上迷惑、奴役、统治民众,在物质上独自享受奢靡生活的目的,他们给原本单纯、理性的宗教披上了神秘、迷信的外纱。他们的种种行径使得教会乌烟瘴气,宗教教权腐朽不堪。宗教理性者的任务就是揭露神父们的丑陋嘴脸,"摧毁这一切的传统的启示,摆脱一切偶像崇拜,废除宗教裁判所,恢复从创世纪以来就植入人类的真正原始的自然的宗教"②。这一任务的提出加剧了英国民众对罗马天主教的敌视。此时信奉清教主义的英国民众大力宣扬"原罪说",认为人类的命运早已确定。人类如果想获救,就只能依靠上帝的恩赐。英国民众认为人类面临的一切问题都是善与恶的冲突,是上帝与魔鬼直接

---

① Thomas Paine, *The Age of Reason*, New York: Kensington Publishing Corp, 1988, p. 3.

② Waring E. Graham, *Deism and Natural Religion: A Source Book*, New York: Frederick Ungar Publishing, 1967, p. 163.

斗争的真实体现。他们把一切不符合清教主义的信仰和思想意识看成洪水猛兽，并打着替天行道的旗号采取极端手段进行大肆打压。因此，大批信奉天主教的贵族只好远走他乡，流落国外。而天主教神父们的命运则更加悲惨。他们被相继流放、监禁、剥夺土地和财产等继承权并缴纳赋税。在宗教理性化的进程中，罗马天主教由于崇尚专制主义，提倡宗教神圣化，否认宗教的理性光辉而被恶魔化，成为民众不共戴天的仇人。

　　发生在 18 世纪末的宗教信仰危机和英国民众对罗马天主教的敌视等宗教事件对同时期哥特小说的发展和创作产生了巨大影响。这个时期的哥特式小说，如拉德克利夫的《意大利人》《奥多芙的神秘》、查尔斯·马图林的《漫游者梅尔莫斯》和马修·刘易斯的《修道士》等作品都或多或少在主题上抨击天主教的迷信，揭露天主教的伪善，具有反天主教的文学气息。在小说《修道士》中，作者首先描写了马德里嘉布遣会修道院的布道。人们从四面八方聚集到教堂来听神父布道，并非出于对宗教的虔诚，而是为了满足各不相同的个人欲望。"女人来这里是为了让人看，男人来这里是为了看女人；他们有的是受好奇心的驱使来听一个名闻遐迩的神父布道，有的是因为在剧院开场前没有更好的方法打发时光，有的是因为担心来晚了找不到空座。"① 至于神父讲了些什么内容，他们并不在意。真正想听神父布道的马德里人中，只有几名上年纪的信徒以及神父的几名对手。接下来，马修·刘易斯花费颇多笔墨重点描述两位年轻绅士对前来投靠远亲的少女安东尼娅展开追求和调情的情景。安东尼娅和姨妈匆匆进入教堂后并没有找到座位。姨妈凭借锲而不舍的精神和强壮的身体在人群中挤出一条道路，来到教堂

_____

① 马修·刘易斯：《修道士》，刘宏照译，浙江工商大学出版社 2016 年版，第 10 页。

的讲坛附近。老妇人用询问的眼光看看四周，希望有人能够给她们让出两个座位。此时两名衣着华丽的骑士停止谈话，将目光转向老妇人。但看清楚她那苍老的容颜后，两名骑士继续回过头交谈。听到安东尼娅无比甜美的声音后，两名骑士再次停下谈话，转身面向她，只见她"皮肤白皙，令人目眩，金色的卷发垂到腰际，白皙的脖颈被长发遮住了一部分，更增添了几分妩媚。她个头中等偏矮，体态轻盈，如同希腊神话中的林木女神，胸部遮盖得严严实实，身穿一袭白色的礼服，腰系蓝色腰带，裙底下只露出一双比例十分匀称的小脚"①。此时两位骑士被安东尼娅的美貌所吸引，主动将自己的座位让给了她和姨妈。通过以上场景中对骑士让座态度的对比性描写，读者不难看出安东尼娅的美貌是引起两位绅士态度转变的重要原因。接下来的细节描写中，洛伦索骑士数次试图摘下安东尼娅的面纱，想一睹芳容。最终在姨妈的首肯下，他终于成功取下安东尼娅的面纱，并且一见倾心，爱慕不已。而安东尼娅则"羞怯地环顾四周，偶尔与洛伦索的目光相遇时，她便赶忙垂下目光，看向念珠，双颊变得通红，并开始拨弄念珠喃喃祈祷"②。此处寥寥数语却生动地描述出一见钟情、彼此爱慕的恋爱场景，使庄严神圣的布道会成为男女邂逅、约会和调情的社交场所。

　　接下来出场的神父安布罗西欧生活作风严谨、学识渊博、品德高尚、极具雄辩之才，被信徒们称为"圣者"。在魔鬼使者玛蒂尔达的诱惑下，安布罗西欧打破道德禁忌，步入邪恶世界，沦为一个纯粹的恶魔。出身高贵的玛蒂尔达女扮男装进入修道院假装修道，在院内跑腿打杂，深得安布罗西欧的喜欢。某晚

---

① 马修·刘易斯：《修道士》，刘宏照译，浙江工商大学出版社 2016 年版，第 5 页。

② 同①，第 7 页。

在一个隐蔽角落里，玛蒂尔达向安布罗西欧流露真情，称自己是一个对他充满崇敬和爱慕的女人。安布罗西欧从最初的困惑和震惊中恢复过来，他满脸严肃、义正词严地拒绝了玛蒂尔达的示爱。此时愤怒的玛蒂尔达用匕首刺向胸膛以死相逼，他却被一种以前从未有过的欲望征服，"一团欲火燃遍全身，他的热血在沸腾，无数疯狂的愿望迷乱了他的妄想"①。从此以后，他陷入了魔鬼玛蒂尔达精心编织的温柔乡，破坏了他遵守多年的誓言，"忘记了自己的圣洁，忘记了自己的名誉。他记得的只有愉悦"②。不仅如此，他内心深处涌动的喜新厌旧的本性促使他将贪婪目光投向听他布道的女信徒身上。最终美丽可人的安东尼娅不幸进入他的视线，成为他的猎物。他在玛蒂尔达巫术的助力下进入安东尼娅的房间意欲对她图谋不轨。面对突然出现的埃尔维拉，害怕丑事曝光的安布罗西欧于慌乱之中杀死了实为自己生母的埃尔维拉并落荒而逃。为了真正占有安东尼娅，安布罗西欧用特制的药水制造安东尼娅死去的假象并把她藏匿到圣克莱尔修道院的地下墓室中实施强暴和杀戮等罪行。当罪行暴露，安布罗西欧即将接受审判之际，他竟然以出卖自己的灵魂为条件与魔鬼签约，试图获得救赎。安布罗西欧从一个天性善良的修道士蜕变成自甘堕落的恶魔这一复杂历程，不仅突出了他是当时宗教信仰形式和宗教教义的受害者和牺牲品，而且，也揭示了像安布罗西欧这样的修道士之所以凶狠残酷，为非作歹，大多与权力至高无上的罗马天主教廷有着密切关系。

阿格尼丝和恋人雷蒙德的爱情故事是小说《修道士》中的另一条线索。安布罗西欧发现阿格尼丝和雷蒙德的私情后，他

---

① 马修·刘易斯：《修道士》，刘宏照译，浙江工商大学出版社 2016 年版，第55 页。

② 同①，第 79 页。

毫不留情地把阿格尼丝交给有暴力倾向而且报复心极强的女修道院院长处置。视安布罗西欧为偶像的女修道院院长对阿格尼丝实施了极为严苛的惩处。她将阿格尼丝囚禁于尸骨遍地、恶臭污浊的修道院地下墓室，阿格尼丝每天仅以一条粗面包和一小瓶水维持生命。当阿格尼丝用未出生的孩子祈求得到女院长怜悯时，她竟然傲慢地说道："但愿上帝会让他尽快死去，以免你从罪孽的果实中得到慰藉。"① 阿格尼丝后来虽产下一子，但由于缺乏营养很快夭折。当阿格尼丝被救时，"她的身体半裸，乱蓬蓬的长发杂乱地落在她的脸上，几乎把整张脸遮住了。一只消瘦的手臂倦怠地搁在一块破旧的毯子上，毯子盖着她抽搐又颤抖的四肢。另外一只手臂上缠着一个小包裹，将其紧紧地抱在胸脯上"②。在刘易斯笔下，不管男修道院还是女修道院，都是虚伪、淫秽、凶残与黑暗的专制机构。当女修道院院长迫害阿格尼丝的丑闻曝光后，愤怒的市民纷纷涌向修道院焚烧院舍，院长暴尸街头。由此看来，作品中强烈的反宗教情绪可以从安布罗西欧和女修道院院长两个人物的可耻结局与圣克莱尔修道院被焚毁中清楚地流露出来。

第五节　哥特小说兴起的文学背景

哥特小说的文学渊源远可追溯到古希腊、古罗马文化，后又受到英国莎士比亚以来悲剧、戏剧和诗歌等创作的影响。

哥特小说中常见的鬼魂、怪诞、恐怖和残暴等场景描写早在古希腊、古罗马文学中就已经出现过。例如，在古希腊悲剧

---

① 马修·刘易斯：《修道士》，刘宏照译，浙江工商大学出版社2016年版，第356页。

② 同①，第322页。

作家塞内加笔下，复仇女神美狄亚被塑造成一个暴力、血腥、情欲旺盛的女巫形象。为了报复伊阿宋，美狄亚决定杀子惩夫。她将孩子的尸体和另一个活着的孩子一起带上由两条喷火巨蟒牵引的车辇。美狄亚不顾丈夫伊阿宋的苦苦哀求，竟然将幼子被撕裂的、血淋淋的身躯抛在痛苦不堪的丈夫身上后扬长而去。在欧里庇得斯的同名悲剧中，作者用寥寥几笔描绘了美狄亚的杀子情节后，着重刻画她在实施报仇计划时内心的痛苦和挣扎。相比而言，塞内加在其作品中花费大量篇幅描写美狄亚凶残的复仇过程，将美狄亚的形象从一个内心矛盾重重的母亲转变为一心只想复仇的狂人，作品的恐怖和残暴氛围更加浓厚。

　　英国文艺复兴时期的戏剧是哥特小说创作的重要源泉。当时最受英国人欢迎的戏剧是塞内加充满暴力、复仇和恐怖氛围的剧作。究其缘由，有学者认为，这与英国人的祖先盎格鲁-撒克逊人在多年的民族迁徙和众多征战中，创作了许多以英雄、怪兽和妖怪之间惊险恐怖的英雄史诗和浪漫骑士故事有关。这些英雄史诗和骑士故事"不仅为哥特小说提供了素材和创作灵感，而且造就了产生和接受哥特小说的心态"①。也有学者认为，这一时期的英国戏剧深受古罗马悲剧作家塞内加的影响，"还在于英国有以复仇方式来了结个人恩怨的传统做法"②。在以上因素共同影响下，当时英国的大量才子创作了一系列以复仇为主题的作品，对后来英国文学特别是哥特文学的发展进程产生了重要影响。

　　其中，莎士比亚的剧作是英国哥特小说家借鉴的主要对象，主要原因不仅在于莎士比亚是英国有史以来最伟大的作家，还

---

　　① 肖明翰：《英国文学中的哥特传统》，《外国文学评论》2001年第2期，第90页。
　　② 李伟昉：《英国哥特小说与中国六朝志怪小说比较研究》，中国社会科学出版社2004年版，第47页。

在于他对民间文学的特别兴趣，尤其是他在作品中对死亡、鬼魂、坟墓和神秘变化等一切非理性元素的由衷热爱。莎士比亚多部戏剧中的故事都以阴森古堡为场景，故事内容中充斥着阴谋、谋杀和恐怖等主题，有时也会有恶魔和怪物等形象出现。例如，《哈姆雷特》中的新国王克劳狄斯先用暴行杀兄，后以奸诈手段试图置哈姆雷特于死地；《奥赛罗》中伊阿古疯狂追逐权力和地位，心肠狠毒，性格自私，是个恶魔式的人物；《李尔王》中充满了父子相逼、手足相残、宫廷谋逆和城市暴乱等场景。另外，莎士比亚小说中也呈现出一幕幕奇特怪异的场景，如《哈姆雷特》中夜班城楼鬼魂的显现以及《罗密欧与朱丽叶》中坟墓、假死和死尸等恐怖场面。"哥特小说一方面通过借鉴莎士比亚剧作，将自己历史化，增加自己的文化资本；另一方面，又通过借鉴莎士比亚剧作，将自己去历史化，展示自己的超越时空的普遍适用性。"①

18 世纪中叶，提倡理性、平衡和模仿现实等创作原则的新古典主义仍然盛行于英国文坛。作为浪漫主义文学的先驱，哥特小说却多以阴森古堡为背景，讲述谋杀、篡位和乱伦等故事内容。这样的小说肯定不会得到英国主流社会的认同。"鉴于古典主义在当时官方的垄断地位，任何与之相悖的文学风格都难以崭露头角，获得文坛认可纯属奢谈。如欲有效突破这种传统与规范的禁锢，非借助于地位更高、更有影响力的文学权威不可，而莎士比亚作为公认的英国文学泰斗，无疑是最佳选择。"②在此背景下，哥特小说的开山鼻祖沃波尔在《奥托兰多城堡》中成功借鉴莎士比亚剧作并取得了不俗成绩，其作品中对故事

① 黄禄善：《境遇·范式·演进——英国哥特式小说研究》，上海外语教育出版社 2012 年版，第 94 页。

② 苏耕欣：《哥特小说——社会转型时期的矛盾文学》，北京大学出版社 2010年版，第 23 页。

情节的设计和对主人公性格的塑造令人不由自主地想起莎士比
亚的著名悲剧《哈姆雷特》。故事中现任统治者曼弗雷德的祖父
是前公爵阿方索的一名侍从。他下毒谋害阿方索并伪造遗嘱后
继承了爵位。从此他的子孙后代生活在一个可怕的魔咒中："奥
托兰多城堡及其权力，一旦它真正的主人扩大到城堡容纳不下，
将不再属于它现在的主人。"① 为了保住家族爵位和财富，曼弗
雷德不顾社会禁忌、不择手段地强迫准儿媳与自己结婚生子。
在超自然力量的威慑下，曼弗雷德祖先弑主篡位的家丑浮出水
面，其公爵身份被证伪，而与此同时爵位和城堡终于也归还原
主。小说《奥托兰多城堡》重点描绘了身形硕大无比、身披盔
甲的阿方索鬼魂，他走出画像惊吓生者，将真相大白于天下。
这一情节明显借鉴了莎士比亚戏剧《哈姆雷特》中的故事情节：
克劳狄斯将毒药灌进老国王的耳朵致其死亡，强娶原来的王后
为妻，并剥夺了王子哈姆雷特的继承权。克劳狄斯本以为这一
弑主篡位的罪行可以隐瞒下去，但王子回国奔丧时却听说城堡
阳台上连续几晚出现闹鬼事件。一个阴森恐怖的夜晚，哈姆雷
特在好奇心的驱使下登上露台，发现那鬼魂竟是自己的父亲。
鬼魂把他引到一个僻静之处，向他诉说着自己的被害经过。通
过以上比较分析可以看出，贯穿《奥托兰多城堡》和《哈姆雷
特》两部作品的主题都是关于合法继承与非法继承、篡位与谋
杀、婚姻关系变化等内容的。故事情节发展的基本模式为：一
国之君被亲近之人谋害致死后以鬼魂形象向后代显灵，指引其
报仇雪恨并恢复王权。在此基础上，沃波尔对揭露谋杀真相的
鬼魂形象进行了重铸，将其转述为真相的讲述者，营造出一种
神秘感。《奥托兰多城堡》和《哈姆雷特》两部作品的密切关

---

① 贺拉斯·沃波尔：《奥托兰多城堡》，高万隆译，浙江工商大学出版社 2016
年版，第 9 页。

联通过婚姻关系这一主题再次得到强化。哈姆雷特的母亲婚前就同他的叔叔多少有点关系。老国王去世后不到一个月，她便匆匆改嫁克劳狄斯，而这种关系在莎士比亚时代被视为乱伦。这种混乱关系使哈姆雷特充满了疑惑和不满，从而在鬼魂的帮助下踏上了夺回王权的复仇之路。《奥托兰多城堡》同样围绕婚姻关系的转变来展开故事情节描述。曼弗雷德唯一的儿子在婚礼当日被一顶巨大头盔压到血肉模糊。为了保障家族权力不旁落他人，曼弗雷德欲通过强行休妻，娶儿子的新娘伊莎贝拉来延续香火。城堡成为乱伦意图的实现背景。在此过程中，西奥多出现并参与了众多重要事件，将一段尘封多年的篡位谋命案公布于世，并最终取代曼弗雷德做了城堡的主人，继承爵位。

鉴于莎士比亚在文坛的影响力，后世哥特小说作家大多模仿莎士比亚作品中的故事情节或引用其作品内容来抵抗社会指责，提高哥特小说的社会地位。例如，安·拉德克利夫在作品《意大利人》中大量引用莎士比亚的经典词句，33个章节的题辞有10个来自莎士比亚的作品。这些词句既可以用来提示章节主要内容，也可以起到烘托男女主人公所处危险场景之功能，影响着读者对小说的阅读。《意大利人》第二章中的题辞采用了莎翁《第十二夜》第一幕中奥莉薇霞和薇蛾拉的一段对话：

> 奥莉薇霞：啊，你预备怎样呢？
> 薇蛾拉：我要在您的门前用柳枝筑成一所小屋，
> 在府中访谒我的灵魂；
> 我要吟咏着被冷淡的忠诚的爱情的篇什，
> 不顾夜多么深我要把它们高声歌唱；
> 我要向着回声的山崖呼喊您的名字，
> 使饶舌的风都叫着"奥莉薇霞"。
> 啊！您在天地之间将要得不到安静，

　　　　除非您怜悯了我！①

　　此处题辞与《意大利人》第二章的主要内容基本一致。当维瓦迪再次拜访厄蒂丽别墅时，他听到埃伦娜弹唱中提及对自己的好感，"此时维瓦迪再也抑制不住感情，突然拨响了自己的琉特琴，作为对她的回应，唱起了第二小节，他的男高音虽然有所控制，但仍显得高亢流畅，并让埃伦娜立即回想起上次曾听过的情景"②。这一暗比的形式展现出维瓦迪对埃伦娜表达爱意时纯真的样子，以及他那充满激情和朝气之情感的自然流露。第五章的三行题辞"有那么六七条汉子，即使在黑暗中，还是要蒙住他们的面孔"③ 则暗示出埃伦娜此刻所处的危险场景：几个蒙面人将埃伦娜拖到马车上，经过漫长的旅途后到达山上的修道院。这个引子在制造恐怖气氛、引导读者进行有效阅读方面所起的功效毋庸置疑。

　　相比较而言，虽然马修·刘易斯笔下的《修道士》中引用莎士比亚的题辞不多，但是也起到了提示主要内容、揭示人物异常情境和未来命运、引导读者沿着作者设计的方向去理解和思考故事情节的作用。《修道士》第一章第一节有这样一段题辞："安哲鲁勋爷拘谨刻板，心怀嫉妒，处处设防。很少承认，他的热血会偾张，或者他的胃口，喜欢面包胜过石头。"④ 该题辞中提到的安哲鲁勋爷在《一报还一报》中被文森修公爵视为作风正派、恪守原则的臣子。因而在公爵外出度假期间，由他代为

---

　　① 安·拉德克利夫：《意大利人》，毛华奋、李美芹译，浙江工商大学出版社2016年版，第25页。

　　② 同①，第30页。

　　③ 同①，第62页。

　　④ 马修·刘易斯：《修道士》，刘宏照译，浙江工商大学出版社2016年版，第3页。

执政。此时，一位叫克劳狄奥的绅士让未婚妻朱丽叶未婚先孕。安哲鲁依照法律条文把他关进监狱，并判处死刑。随后克劳狄奥托人叫姐姐伊莎贝拉向安哲鲁求情。安哲鲁对美丽的伊莎贝拉动了邪念并明确表示：如果她把处女的贞洁献给他，便可饶她弟弟一命。伊莎贝拉坚决拒绝了这一无理要求。通过该描写可以看出，道貌岸然的安哲鲁勋爷和《修道士》中的安布罗西欧有着相似的命运。具体表现如下：第一，马德里人眼中的安布罗西欧不仅学识渊博而且品德上没有任何污点。三十年来他远离尘世，在修道院禁欲苦修。当这样一位圣人遇到妖媚诱人的玛蒂尔达时，他无法与内心隐藏的激情抗争，在罪恶的深渊里越陷越深。最后竟然在玛蒂尔达巫术的帮助下，强行占有少女安东尼娅。第二，安布罗西欧无意中发现修女阿格尼丝和雷蒙德之间的恋情后，他不顾阿格尼丝有孕在身，毫不怜悯地将她交给残忍的女修道院院长处置。离开小教堂之前，苦苦哀求的阿格尼丝对安布罗西欧说道："你这个懦夫！你只是逃避了诱惑，并没有抵抗过诱惑。但是审判的那一天终会到来！啊！那么，当你屈从于炽热的激情；当你发现人有弱点，天生要犯错；当你颤抖着回顾你的罪行，惶恐地请求上帝的宽恕时，在那可怕的一刻，你想想我！想想你的残忍！"①此处阿格尼丝的临别之言预示了安布罗西欧最终的命运，与第一节的题辞在内容上形成前后呼应，突出了安布罗西欧与安哲鲁勋爷的可比性。

《意大利人》和《修道士》在情节上也有明显模仿莎士比亚作品的痕迹。例如，在莎士比亚的众多剧本中，毒药谋害是剧中典型的谋杀方式。《意大利人》中也存在多处毒药谋杀案：在海边小屋，告解神父试图用毒药害死被绑架的埃伦娜；申多

---

① 马修·刘易斯：《修道士》，刘宏照译，浙江工商大学出版社 2016 年版，第40页。

尼被教会捉拿并接受审判之前，他试图使用毒药自杀。《修道士》中，安布罗西欧利用家访机会将毒药投于安东尼娅的食物中，造成假死现象，然后实现其罪恶的奸淫行为。

　　作为一种全新的文学形式，哥特小说诞生在一种相对弱势、矛盾重重、充满敌意的文学和社会环境中。在新古典主义和浪漫主义的双面夹击下，作为社会和文学中的弱势群体，哥特小说主要通过模仿、吸收和借鉴文学名人的作品来提高其文学地位，提高公众对其作品的接受度。就像 Clery 所说："拉德克利夫在小说中大量引用名人词句是一种积累文化资本的做法，目的是向世人表明自己是一位需要被严肃对待的作家。"①

　　除此之外，英国现实主义小说、感伤主义小说和墓园诗歌都对哥特文学的发展产生或多或少的影响。

---

　　① Clery E. J. , *Women's Gothic*: *From Clara Reeve to Mary Shelley*, Devon: North-cote House Publishers, 2000, p. 57.

第二章　英国哥特小说的情节观

一部叙事作品能否吸引读者的眼球，拥有审美价值，在很大程度上取决于作品的核心内容——情节设置。哥特小说中所营造出的神秘的、超现实的恐怖氛围让读者产生一种若即若离的特殊阅读体验。这种超现实的恐怖是指"作品中的人物受到某种形式的鬼魂、幽灵、巨怪或不可知物的侵扰而表现出来的害怕死亡或疯狂的高度焦虑状态"①，主要通过复杂的情节设置展现出来。因此，哥特小说作品的情节设置多注重突出黑暗的超自然元素，设置层层的悬念，营造恐怖的氛围，浓墨重彩地描述现实生活中无法触及的离奇故事情节，使读者产生悬疑惊恐的心理效应。

第一节　黑暗的超自然元素

虚拟想象中形成的魔鬼、巨怪和幽灵等形象不仅构成哥特小说独具特色的故事情节，也反映出当时英国社会的文化特性和历史现状。哥特小说在情节设置上多通过描写光怪陆离的鬼怪故事来展现黑暗的超自然元素，其情节主要体现在以下三个

---

① 黄禄善：《境遇·范式·演进——英国哥特式小说研究》，上海外语教育出版社 2012 年版，第 24 页。

方面：与魔鬼打交道、与幽灵打交道和死而复生的主题。

一、与魔鬼打交道

英国哥特小说中或多或少都存在与魔鬼打交道的故事情节。《修道士》中，神父安布罗西欧在襁褓之中就被剥夺了父母之爱，被迫在修道院接受教育。在教民眼中，年轻英俊的神父安布罗西欧"学识最渊博，最具雄辩之才。在他这一生中，从来没有违反过任何规定。他的品德没有任何污点。据报道，他严守贞操，竟连男女有什么不同都不知道。因此常人都尊他为'圣人'"①。在魔鬼玛蒂尔达的引诱下，这样一位受男女老少空前敬仰的圣者逐渐走向了道德的对立面，变成一个虚伪、自负、嫉妒、狂暴的恶魔。他最终不惜把灵魂出卖给魔鬼来满足自己的欲望，保全自己的生命。魔鬼玛蒂尔达在修道院内化身为见习修道士罗萨里欧，引诱安布罗西欧堕落。

安布罗西欧放纵的欲望一旦被激发便无法停止。他曾为获得玛蒂尔达的芳心而得意和满足，但激情退去后，他又开始寻求新的猎物。少女安东尼娅此时进入他的视线。为了满足他的欲望，魔鬼玛蒂尔达主动在他面前展示巫术的力量。只见玛蒂尔达"已经脱掉了教士服，穿着一件黑貂皮长袍，上面有金线绣着的各种他不认识的符号。长袍被一条宝石做的腰带系得紧紧的，腰带上别着一把匕首。她的脖子和手臂裸露着，手里拿着一根金色的魔杖。她头发蓬松，零乱地垂到双肩，眼中闪动着可怕的神色，她所有的行为旨在激起旁观者的敬畏和羡慕"②。玛蒂尔达和堕落天使讲着安布罗西欧听不懂的语言。最终在她愤怒的眼神和报复性的威吓下，精灵单膝下跪并将桃金娘枝递

① 马修·刘易斯：《修道士》，刘宏照译，浙江工商大学出版社 2016 年版，第 11 页。

② 同①，第 238 页。

给玛蒂尔达。随后安布罗西欧在夜半时分闯入安东尼娅的房间，利用桃金娘枝的魔力欲行不轨并犯下杀人大罪。

当安布罗西欧恶行暴露，接受宗教法庭审判时，他自知无法得到上帝的宽恕。晚上在睡梦中，"他发现自己身处燃烧的地狱和烈火熊熊的洞窟之中，被指派来折磨他的魔鬼包围着，魔鬼迫使他经受各种酷刑，一种比一种可怕。在这些阴森的场景中，还有埃尔维拉和她女儿的鬼魂在游荡。它们指责他造成了她们的死亡，并向魔鬼们历数他的罪恶，催促它们对他施以更加残忍的折磨"①。想到即将到来的日子，身心备受煎熬的安布罗西欧心中唯有恐惧和绝望。随后在玛蒂尔达的诱使下，他失去了坚守信仰的勇气，与魔鬼签下出卖灵魂的契约，期望摆脱惩罚。魔鬼最终答应将他带出牢狱，却没有给予他想象的安逸生活。魔鬼代替上帝进行宣判，历数他的罪行，并告知：他杀害的埃尔维拉是他失散多年的母亲；被他强暴又刺死的安东尼娅正是他的亲妹妹。他的悲剧还不止于此，最终安布罗西欧被魔鬼从高空中抛下，遍体鳞伤地躺在河岸上。昆虫"死死叮咬他的痛处，把螫针深深刺入他的身体，岩石上的鹰把他的肉一片一片撕扯下来，用弯曲的喙把他的眼珠啄了出来"②。他在失明、伤残和痛苦中度过了人生的最后七天。

《修道士》中安布罗西欧和玛蒂尔达的爱情纠葛以及他与魔鬼的交易充满着神秘离奇色彩。从表面上看，上帝的敌人魔鬼设局诱使安布罗西欧一步一步走上堕落之路。但事实上，安布罗西欧的悲剧之源在于他深受虚伪宗教教义的毒害和摧残。魔鬼深知现行宗教制度的虚伪，因而作者在描述他诱使安布罗西

---

①　马修·刘易斯：《修道士》，刘宏照译，浙江工商大学出版社 2016 年版，第 371 页。

②　同①，第 384 页。

欧堕落的同时，也对教会制度的腐朽进行了淋漓尽致的剖析。至此，作者笔下的魔鬼从一种神秘的鬼怪现象演变成一种道德的化身，而《修道士》自然也就成了一篇道德寓言。

《弗兰肯斯坦》中同样充满着令人难以置信的荒诞鬼怪故事。这部作品中的魔鬼由科学家弗兰肯斯坦一手打造。为了揭开生命的奥秘，弗兰肯斯坦终日待在停尸房和墓穴里观察、分析布满蛆虫的腐烂尸体。当弗兰肯斯坦洞悉造人秘密后，他待在楼顶"一间和其他公寓完全隔离的密室，或者更像一个单人牢房"的密闭空间进行造人活动。然而这个新复活生命的面容丑陋无比，走路的姿态像极了木乃伊。弗兰肯斯坦这样评论道："啊！世上的人就没有谁能受得了他那形象之恐怖！即使是木乃伊复活也没有他狰狞！还没有完成时我曾仔细地看过他，他那时就丑陋，但是在肌肉和关节活动以后，他更成了一个连但丁也设想不出的奇丑的怪物。"① 面对这样一个怪物，弗兰肯斯坦创造美好生命的理想瞬间轰然倒塌。他对自己的试验结果充满了失望、厌恶、恐惧之情。怪物由于无法在人类社会中获得关爱，想让弗兰肯斯坦创造一个女伴陪他度过孤独岁月。当怪物唯一的希望遭到拒绝，当周围所有的人对他充满敌意时，邪恶代替了怪物心中曾经拥有的美好感情和高尚道德。他逐渐变成撒旦式的魔鬼形象，展开一系列骇人听闻的报复事件。小说中弗兰肯斯坦和怪物之间不可调和的矛盾看上去令人匪夷所思。以致弗兰肯斯坦回到日内瓦向治安官讲起这件离奇故事时，"治安官显得非常怀疑我说的话，他有时会吓得直打哆嗦，有时又露出满脸的惊诧"，当他请求治安官采取行动将怪物绳之以法时，"他内心原有的怀疑一下子便全涌了出来。于是，他就像奶妈哄孩子那样，竭力地想让我平静下来，并且认为我的故事是

---

① 玛丽·雪莱：《弗兰肯斯坦》，孙法理译，译林出版社 2016 年版，第 54 页。

患热病时的副作用"①。后来，沃尔顿在写给玛格丽特的信中也一再提到"这是一件离奇而恐怖的故事，把人类的想象力运用到极致的最曲折离奇的故事"②。故事中亲历者的自身体验和听众的反应之间构成了巨大反差，从侧面证实了故事的荒诞性和恐怖性。剧中的怪物虽然犯下不可饶恕的杀人罪行，但读者在掩卷沉思后也会对怪物充满同情。他曾心地善良，处处与人为善。他的孤独感来自以貌取人的人类社会；他的恶魔化道路和冷漠异化的人类社会有着密切关系。《弗兰肯斯坦》一方面借探讨社会问题来揭露人性的罪恶与丑陋，另一方面又以作品中的鬼怪形象来否定科技的万能性，对人类起着警示和惩戒作用。如果人类一味迷信科学、滥用知识、丧失道德，这终将对人类社会造成极大的灾难。

二、与幽灵打交道

在哥特式小说中，鬼魂和幽灵通常能使自我与他者融合。用特里·卡斯尔的话说，即"鬼魂和幽灵模糊地掌控人类的想象；它们直接移入大脑空间"③。因此，哥特小说中存在众多与幽灵打交道的情节描写。

哥特小说的开山之作《奥托兰多城堡》讲述了一则令人毛骨悚然的灵异复仇故事。1764年作品出版后立即引起读者的热烈追捧。沃波尔在《奥托兰多城堡》第二版序言中声称，这部小说融合了新旧浪漫传奇的两种风格。沃波尔以曼弗雷德的经历和他女儿玛蒂尔达的爱情故事为线索，致力于演绎生活在普通环境中真实存在的人和事。然而，这些自然事件的发展中却始终贯穿着幽灵现身、魔法施展等令人难以置信的超自然

---

① 玛丽·雪莱：《弗兰肯斯坦》，孙法理译，译林出版社2016年版，第203页。
② 同①，第12页。
③ Terry Castle, *Female Thermometer：Eighteenth-Century Culture and the Invention of the Uncanny*, New York：Oxford University Press, pp. 124, 125, 135.

神秘元素。小说伊始，曼弗雷德为一则古老的神秘预言所困：
"奥托兰多城堡及其权力，一旦它真正的主人扩大到城堡容纳
不下，将不再属于它现在的主人。"① 康拉德婚礼当天，神秘
的巨大头盔从天而降，砸死了曼弗雷德唯一的继承人。只见
"那孩子几乎全身被压在那顶巨大的头盔下面，血肉模糊。那
顶头盔要比常人所用的头盔大上百倍，外面覆盖着相当繁茂的
黑色羽毛"②。沃波尔一开始就以夸张无比的文字营造出不同
寻常的神秘恐怖气氛。紧接着，作品中神秘的超自然现象层出
不穷。当曼弗雷德决定抛弃现有的妻子，强行迎娶儿媳伊莎贝
拉时，"曼弗雷德祖父的画像发出了一声深深的叹息，且其胸
部起伏不定"。伊莎贝拉逃走后，对曼弗雷德乱伦行为有所不
满的幽灵"突然离开画框飘了下来，带着一种严肃而忧郁的深
情站立在地板上"，示意曼弗雷德随他进入走廊尽头的一个房
间。随后，仆人们推门看到一条硕大无比的人腿赫然现形于城
堡中，同时听到"一阵身体剧烈颤动和甲胄喀喀作响的声音，
好像那个巨人正在起身"③。侯爵法利德里克同意曼弗雷德提出
的联姻计划，推迟对城堡的继承权后，他在祈祷室看见一具骷
髅，只见他"下巴尖削，眼窝空洞，裹着一条修士的头巾"④。
令人毛骨悚然的骷髅竟然是神圣的修士朱帕。他警告侯爵不能
因为沉迷于尘世的快乐而忘记自己的神圣责任。最后，那些之
前零散的巨大头盔、巨腿和甲胄合成了一具完整的阿方索人形
显现在城堡中央。此时幻影说道："看，西奥多。他是阿方索真

---

① 贺拉斯·沃波尔：《奥托兰多城堡》，高万隆译，浙江工商大学出版社
2016 年版，第 9 页。
② 同①，第 11 页。
③ 同①，第 28 页。
④ 同①，第 103 页。

正的继承人。"① 此时的曼弗雷德只能被迫承认祖父篡权谋位的恶行，而阿方索的鬼魂也完成了超现实主义的显灵复仇。在该作品中，古老的预言、神秘的巨大头盔、会叹气行走的肖像、骷髅面孔的鬼魂和巨人等超自然形象看上去具有神秘、荒诞、诡奇色彩，一步步把读者带进恐怖的深渊，使整部小说产生了一种令人不安的滑稽效果。

《修道士》中也有多处与幽灵或鬼魂打交道的故事情节。第二卷第一章中滴血修女对雷蒙德的纠缠令读者感到怪诞和惊奇。雷蒙德去斯特拉斯堡的途中营救了林登堡男爵夫人，随后他被邀请到城堡小住。雷蒙德在此居住期间与男爵夫人的侄女阿格尼丝互生爱慕之情。暗恋雷蒙德的男爵夫人知道后心生忌妒，决定将阿格尼丝送到马德里的修道院里。为摆脱困境，阿格尼丝打算乔装打扮成滴血修女和雷蒙德一起逃出城堡私奔。午夜时分，阿格尼丝穿着滴血修女的长袍准时出现。激动的雷蒙德一把抱住她说道："阿格尼丝，你是我的！只要我的热血还流淌在血管里，你是我的！我是你的！我的身体属于你！我的灵魂属于你！"② 随后两人坐在马车上，风驰电掣般飞出林登堡。不料马车竟在"狂风怒号，电光闪闪，雷声隆隆"的暴风雨中失控，冲下最危险的悬崖，撞成碎片。雷蒙德"失去了知觉，毫无生气地躺在地上"③。雷蒙德苏醒后恳请村民们帮忙搜寻阿格尼丝的下落，但大家都说根本没有见到过她的踪影。午夜一点时分，雷蒙德房间的门突然被猛力推开，他看到"一具会动的尸体。她的面孔又长又憔悴，面颊和嘴唇毫无血色，满脸死一

---

① 贺拉斯·沃波尔：《奥托兰多城堡》，高万隆译，浙江工商大学出版社 2016年版，第 110 页。

② 马修·刘易斯：《修道士》，刘宏照译，浙江工商大学出版社 2016 年版，第134 页。

③ 同②，第 135 页。

样的苍白，两只眼珠空洞无光"①。她用冰冷的手抚摸着雷蒙德，并且亲吻着他，反复说："雷蒙德！雷蒙德！你是我的！我是你的！你的身体属于我！你的灵魂属于我！"② 雷蒙德此时此刻恍然大悟：那天晚上马车上的姑娘不是阿格尼丝而是滴血修女。此后每天午夜，滴血修女准时来到雷蒙德床前实施骚扰。雷蒙德最终在一位神秘驱魔师的帮助下，得知滴血修女是他的一位远亲，而他负有安葬其遗骨的使命。雷蒙德将滴血修女腐朽的尸骨安葬在家族墓地后，他和幽灵交往的故事终于告一段落。此处滴血修女故事的嵌入既增加了作品的恐怖性和神秘性，也提升了作品的可读性。

　　在第三卷第二章中描写了这样一幕：万籁俱寂的夜晚，屋外狂风怒号，斗大的雨滴敲打着窗户。安东尼娅独自一人待在母亲的房间缅怀失去的亲人。这时门一点一点打开，安东尼娅看到"一个又高又瘦的像人形的东西，从头到脚罩着白色的寿衣，鬼魂"。鬼魂上前用微弱阴森的声音说道："再过三天，我们还要见面。"③ 安东尼娅吓得魂飞魄散，倒地昏迷。此处幽灵和人接触的故事情节使小说具有了一些神秘气息，凸显出哥特式小说特有的奇幻性和恐怖性。

　　在《奥多芙的神秘》中，拉德克利夫遵循传统哥特小说的写作特点，倾心于描写鬼神出没的超自然现象。然而有别于同时期的其他哥特小说，拉德克利夫作品中的超自然现象会随着故事情节的不断发展，在层层迷雾剥开之后找到某种合理的解释，被称为"可解释的超自然现象"。小说中令人印象深刻的莫过于这一幕：为夺取财产，恶棍姑父将艾米丽劫持到亚平宁山

---

　　①② 马修·刘易斯：《修道士》，刘宏照译，浙江工商大学出版社 2016 年版，第 138 页。

　　③ 同①②，第 279 页。

常年无人居住的古堡中。初到古堡，艾米丽被安置在一个人迹罕至的偏僻房间。侍女阿奈特带她去卧室途中，一再提到被黑色幔布遮盖的油画。艾米丽终于鼓起勇气拉开黑幔来一探究竟。然而，她仅仅瞄了一眼被掀开的幕布便昏倒在地板上。阅读至此，恐惧之感贯穿读者全身。同时，读者禁不住想问：艾米丽为何会晕倒？那块黑幔之后到底隐藏着什么幽灵？在小说的后半部分，作者将真相公布于众。原来艾米丽看到的是"一个恐怖的尸体，手脚伸展着，穿着丧衣。更让人恐惧的是，那张脸已经被虫子腐蚀，变了形，而手脚上仍然有很多虫子"[1]。拉德克利夫接着解释道："其实，她只要再看一眼，恐惧和猜测就会烟消云散，因为她会发现那不是人，而是蜡像。这具蜡像是曾居住在奥多芙城堡里的一个侯爵留给后代的，旨在让后人每天面壁思过，但最终却被遗弃在房间一角。"[2] 读者终于明白：正是这具制作逼真的蜡像和城堡中令人不安的传闻使艾米丽精神过度紧张而刺激大脑产生一系列荒谬的想法。当读者真正走近那层幕布后，便会发现那些看似不合常理的超自然现象往往是有据可依而合理存在的。

　　《奥多芙的神秘》中还有一处对幽灵的描写值得读者关注。当芒托尼向客人们讲述他是如何得到奥多芙城堡时，一个恐怖空洞的神秘声音两次回荡在房间中，催促他继续讲下去。这时"客人们也都面面相觑，不知道是谁说的话。但他们发现每个人都以为是别人"[3]，随即"芒托尼叫仆人进来，整间屋子被搜了一遍，但是没有发现任何人。大家越来越惊讶和恐惧了。芒托尼愤怒了……不管他怎么假装平静，他的脸上还是明显地表现

---

　　① 安·拉德克利夫：《奥多芙的神秘》，刘勃译，中国人民大学出版社 2004 年版，第 671 页。

　　② 同①，第 672 页。

　　③ 同①，第 298 页。

出惊慌无措"①。后来奥多芙城堡中还多次传出痛苦的呻吟之声。所有这一切都让自恃不迷信的芒托尼也为之毛骨悚然。作者在后来的故事情节中透露，神秘叫声和呻吟声并非幽灵所为，而是被囚禁于城堡内的都彭先生通过地下走廊和误入墙体夹层时所发出的声音。

《奥多芙的神秘》中最突出的文体特点在于这些恐怖事件并未寄托于超自然事件之上。所有的超自然现象在文本中都能找到恰当的解释。换句话说，所有的灵异事件都转变成了悬疑事件，等着读者去揭秘，给读者更加真实的阅读感受。

综合上文的解读我们不难发现，哥特小说中幽灵反复出现的故事情节看似恐怖怪诞、不合情理，扰乱了灵与肉、生与死的界限。但是仔细一想，"这种越界正是对正常秩序的否定，它暗示了一种潜在的混乱与无序"②。作者借助于刻画这些怪诞形象来呈现人物内心中邪恶的一面。作品中，幽灵或鬼魂的行动与主人公的行为相联系，从而映射出人物在伪装外表之下的真实人性，给读者以人生的启迪。

三、死而复生

哥特小说打破了人死不能复活这一基本生活常识，充满热情地描写并展示着生命死而复生的过程。《修道士》借鉴莎剧《罗密欧与朱丽叶》中饮酒假死这一情节，讲述神父安布罗西欧强行占有少女安东尼娅的罪行。一天，结束晨间忏悔的神父安布罗西欧忽然被安东尼娅动听的嗓音所吸引。她那精致的容貌和优雅的举止激起神父的愉悦和爱慕。为了达到占有安东尼娅的目的，他请求魔女玛蒂尔达施展法术予以帮助。玛蒂尔达给

---

① 安·拉德克利夫：《奥多芙的神秘》，刘勃译，中国人民大学出版社2004年版，第300页。

② 刘怡：《哥特建筑与英国哥特小说互文性研究：1764—1820》，四川大学出版社2011年版，第254页。

他提供了一个带有群星样饰物装饰的桃金娘枝。半夜两点时分，好色的神父借助桃金娘枝的魔力进入安东尼娅家中对其欲行不轨。罪行被发现后，神父于慌乱之中杀害了安东尼娅的母亲。由于无人发现其罪行，安布罗西欧不仅没有受到惩罚，他因悔恨而产生的自责也逐渐减轻。他在等待重新实施计划的良机，决定要不惜一切代价来满足自己的欲望。这次玛蒂尔达建议神父使用一种喝了能让人呈现死亡假象的草精，"药力会使她强烈地抽搐一个小时，然后她的血液会慢慢地停止流动，心脏也会慢慢地停止跳动，脸上会出现死一般的苍白，她在每一个人的眼中看上去都会像一具尸体"①。安布罗西欧利用家访的机会将催眠草精滴入安东尼娅吃的药中。随后"她的视力模糊不清了，心跳越来越慢，手指开始僵硬变凉。在子夜两点钟，她咽下了最后一口气，没有一声呻吟"②。安东尼娅死后被安葬在教堂的地下墓穴。子夜时分，"安东尼娅的心脏再次开始跳动，血液流动加快，双唇开始颤动。最后，她睁开了眼睛"③。安东尼娅苏醒后等待她的不是爱人的拥抱，而是神父的魔掌。这一死而复生的情节模式后来成为哥特小说中必不可少的故事内容。

《弗兰肯斯坦》中同名主人公出身名门，他在家人的关爱和呵护下健康成长，度过了无忧无虑的童年时光。13 岁那年全家一起外出度假，弗兰肯斯坦在旅馆中无意翻到阿格里帕的著作。作者在书中阐述的新奇理论以及他所列举的诸如炼金术、水晶球和召唤鬼魂等神秘法术像一道奇异之光照进弗兰肯斯坦的脑海，激起他浓厚的研究兴趣。此后弗兰肯斯坦在兴趣的指引下，

①　马修·刘易斯：《修道士》，刘宏照译，浙江工商大学出版社 2016 年版，第289 页。

②　同①，第 299 页。

③　同①，第 331 页。

又自学了电学和数学等自然学科。弗兰肯斯坦在英格尔斯塔德大学求学期间遇到了慈祥和蔼、极具人格魅力的沃德曼教授。在教授的引导下，弗兰肯斯坦逐渐走上科学研究之路。沃德曼教授在课堂上大力推崇现代化学研究。这一态度激发了弗兰肯斯坦去探索未知力量、研究生命最核心秘密的决心。弗兰肯斯坦经过两年的刻苦学习，专业知识进步神速，取得了一定的科研成果。然而，不满于现状的弗兰肯斯坦对生命起源问题燃起巨大的研究兴趣。无数个日夜，弗兰肯斯坦蹲守在停尸房探寻腐烂的人体，"观察了人类的美好形象衰败腐化的过程，看见了生命花朵般的面颊为死亡所破坏的过程，看见了眼睛与头脑的奇迹被蛆虫继承的过程"[1]。功夫不负有心人，终于弗兰肯斯坦发现了生命诞生和繁衍的秘密。他先准备骨骼、神经纤维、肌肉和血管等基础材料。在接下来的几个月时间里，弗兰肯斯坦收集并整理着所需的其他材料，如同造物主般开始了新生命的缔造。在一个阴森的夜晚，他"把生命的工具收集到身边，准备把生命的火花注入我脚下那没有生命的东西里"[2]。这个身高八英尺左右的巨人睁开了双眼，活动着四肢，"他那黄色的皮肤几乎覆盖不住下面的肌肉和血管。他有一头飘动的有光泽的黑发、一口贝壳般的白牙，但这华丽只把他那湿漉漉的眼睛衬托得更加可怕了。那眼睛和那浅褐色的眼眶、收缩的皮肤和直线条的黑嘴唇差不多是同一个颜色"[3]。此时，弗兰肯斯坦虽然实现了死而复生的造人活动，然而他对自己的试验结果充满了失望、厌恶和恐惧之情。这具新复活的生命拥有丑陋无比的面容，就算是木乃伊转世也不可能比它的容貌更令人恐怖，就连但丁也无法在其作品中描写出它那奇怪的肢体动作。《弗兰肯斯坦》

---

① 玛丽·雪莱：《弗兰肯斯坦》，孙法理译，译林出版社 2016 年版，第 46 页。
②③ 同①，第 52 页。

中巨怪死而复生的情节描写给作品增加了黑色恐怖色彩和怪诞奇幻之感。

上述两部作品中对死而复生情节的描写都具有怪诞特征。作为"疏离的或异化的世界的表现方法"①，怪诞能使读者产生紧张性的心理阅读反应。同时，这些怪诞奇幻情节和整部作品不可分割地融为一体。他们看上去就像真实存在的社会现象一样，通过作者的妙笔栩栩如生地展现在读者面前，引发读者去深思其中蕴含的现实和真理成分，实现寓幻于真的审美价值和认知意义。

第二节　层层设置的悬念

哥特小说力求通过对魔鬼、幽灵和死而复生等超自然现象的描写营造出神秘恐怖氛围，使读者产生欲罢不能的阅读体验。这种神秘恐怖氛围的营造在很大程度上又依赖于悬念的设置。哥特作家通常在故事开始和发展过程中设置多重悬念来形成复杂情节，让读者参与解谜的过程，体验到揭开悬念的乐趣。

以哥特小说《修道士》为例，其中最突出的悬念是关于安布罗西欧的身份之谜和命运之谜。作品中神父安布罗西欧的身世之谜，他和安东尼娅、埃尔维拉的血缘关系之谜在小说开篇就初现端倪。第一章主要描写了安布罗西欧在嘉布遣会教堂布道时的盛况。匆忙到教堂的安东尼娅和姨妈找不到座位之际，年轻绅士洛伦索主动将座位让给她们。姨妈在闲聊期间提及外甥女的身世：安东尼娅的父亲出身名门贵族，他因瞒着父亲娶了鞋匠的女儿埃尔维拉而引起老侯爵的极度不满。姨妈特别提

---

① 李伟昉：《英国哥特小说与中国六朝志怪小说比较研究》，中国社会科学出版社 2004 年版，第 95 页。

到，当埃尔维拉和丈夫一起坐船逃到西印度群岛后，怒火中烧的老侯爵"就像魔鬼附身似的诅咒我们全家，他把我父亲投进监狱。老侯爵离开时，竟狠心地从我们手里抢走我姐姐的小男孩，他当时刚满两岁。因为我姐姐在仓促中逃走，只好丢下儿子"①。随后洛伦索向两位女士介绍到，教堂里之所以有这么多人是因为传教士安布罗西欧要来布道。安东尼娅的姨妈随口说道："这样一位圣人肯定出身高贵。"但是洛伦索却说："这点现在还不清楚。已故的嘉布遣会修道院院长在门口发现他的时候，他还是个婴儿。他们本来想弄清楚是谁把婴儿丢在修道院门口，但是所有的努力全白费了，孩子当然也说不出父母是谁。他在修道院受教育，从那以后从来没有离开过修道院。"② 这个婴儿到底从何而来？他的父母究竟是谁？教堂里的人对安布罗西欧的身世之谜并不好奇。但第一章中，作者不留痕迹所设置的身份悬念却一直萦绕在读者心间，让读者对离奇情节的发展保持着好奇心。敏感的读者忍不住会猜测：姨妈口中提到的那个两岁小男孩和丢在教堂门口的婴儿会是同一个孩子吗？从第二章开始，作者没有刻意解释这个问题，而是向读者讲述着安布罗西欧如何在魔鬼玛蒂尔达的诱惑下背叛上帝，杀害母亲埃尔维拉，利用巫术强暴妹妹安东尼娅等故事情节。直到最后一章，魔鬼把安布罗西欧从宗教法庭带走后说道："安布罗西欧，我来揭露你的罪行，听着！你杀死了两个无辜的人，安东尼娅和埃尔维拉死在你的手里。那个被你强暴了的安东尼娅是你的妹妹！那个被你谋害了的埃尔维拉生了你。"③ 至此，阅读过程中一直困扰读者的身份悬念终被魔鬼揭示出来。读者在感受到恐怖气

① 马修·刘易斯：《修道士》，刘宏照译，浙江工商大学出版社 2016 年版，第8页。
② 同①，第11页。
③ 同①，第381页。

氛的同时也体会到解开谜题的快感，丰富了阅读体验。

《修道士》吸引读者在阅读中去探索的另一个悬念则是安东尼娅的命运之谜。教堂布道会结束后，洛伦索躺在讲坛的凳子上睡意蒙眬。睡梦中，他和美丽的安东尼娅即将举行婚礼。他正准备拥抱新娘之际，一个"体型庞大，皮肤黝黑，眼露凶光，口吐团团火焰"的怪物冲到他们当中掳走安东尼娅，"不停地用令人作呕的吻折磨她"①。洛伦索试图扑过去施救但却无能为力，只好眼看着他们跌入万丈深渊。安东尼娅随后在返回住所的街上偶遇一位吉普赛占卜人。她凝视着安东尼娅白嫩的双手预言："这纹线透露，毁灭在你头上重重盘旋；魔鬼的狡猾，男人的淫荡，联手带给你无尽的祸殃。"② 最后安东尼娅的母亲借助鬼魂显灵。在第三卷第二章中这样写道："当钟声停止后，鬼魂上前走了几步，离安东尼娅更加近了一点。'再过三天，'一个微弱，沉闷又阴森的声音说道，'再过三天，我们还要见面。'"③ 这三处预言吸引着读者进行思索：狡猾的魔鬼和淫荡的男人到底是谁？三天后在哪里见面？安东尼娅最后的命运如何？当读者最终把这些悬而未决的预言和故事情节联系起来进行分析后，不难发现预言象征着某种外在的神秘力量于无形中控制着自然界和人类生命，给作品蒙上了神秘的面纱。

《奥托兰多城堡》中的身份之谜突出体现在西奥多身上。在曼弗雷德的儿子被神秘头盔砸死之际，西奥多只是一个"风闻此事后特地从附近乡村赶来的年轻人"④。他说那顶头盔和祖先

---

① 马修·刘易斯：《修道士》，刘宏照译，浙江工商大学出版社2016年版，第20页。

② 同①，第30页。

③ 同①，第278页。

④ 贺拉斯·沃波尔：《奥托兰多城堡》，高万隆译，浙江工商大学出版社2016年版，第12页。

阿方索的头盔极其相似，并且得到其他旁观者的证实。曼弗雷德命令侍从把这个农民抓起来时，西奥多竟然彬彬有礼、沉着冷静地问自己犯了什么罪。开篇悬念激发读者的想象力，他们不禁会问：这位大胆的年轻人是如何注意到两顶头盔之间的相似之处？随后西奥多又帮助伊莎贝拉逃到教堂避难，破坏了曼弗雷德的邪恶计划。当怒气冲冲的曼弗雷德在大厅再次审问西奥多之际，他那从容不迫的态度和英俊潇洒的容貌吸引着经过此地的玛蒂尔达。她轻轻说道："我不是在做梦！这个年轻人长得同长廊那里的阿方索画像多么相像啊！"[①] 行刑之前，西奥多跪在神父面前忏悔。"当他向下弯腰时，衬衣从肩膀上滑落，露出了两块箭形的血记。"神父大叫一声："这是我的孩子啊！我的西奥多。"[②] 此时读者发现，西奥多的身份之谜不仅没有解开，反而增加了新的疑点：从事圣职的神父怎么会有儿子呢？西奥多和阿方索之间有血缘关系吗？这些谜一般的问题激发着读者的好奇心，引导着读者对文本展开细读。

在第四章中，西奥多护送侯爵法利德里克再次返回城堡。闻讯赶来的曼弗雷德看着西奥多，"心里仍然在想，西奥多长得多么像阿方索啊！羡慕之中掺杂着一种莫名其妙的恐惧"[③]。在曼弗雷德的一再逼问下，西奥多提到海盗把五岁的他和母亲劫持到阿尔及尔。母亲临死之前在他的胳臂上绑着一封信，说他是法肯纳罗伯爵的儿子。得到解救的西奥多在西西里岛上岸并得知父亲的庄园和城堡被海盗毁灭殆尽，"父亲回来后，卖掉了

---

① 贺拉斯·沃波尔：《奥托兰多城堡》，高万隆译，浙江工商大学出版社 2016 年版，第 48 页。

② 同①，第 50 页。

③ 同①，第 79 页。

残存的东西，在那不勒斯王国出家修道去了"①。从此西奥多走遍那不勒斯等地开始了寻父之路。此时西奥多和神父的父子关系之谜终于解开。在第五章中，玛蒂尔达被父亲误杀而死后，"大地颠簸，致命的甲胄在后面铿锵作响"，现身的阿方索说道："看，西奥多！他是阿方索真正的继承人。"② 神父杰罗米顺势讲起阿方索家族的故事：信教的阿方索爱上了美丽少女维多利亚。他本打算等战争归来后公布两人的婚事。阿方索走后，维多利亚生下一名女婴。而这名女婴后来嫁给了神父杰罗米。通过神父的叙述，西奥多的身份之谜告一段落，一件恐怖故事终于画上了圆满的句号。

在《奥多芙的神秘》中，故事情节的悬念设计既出人意料，又扣人心弦。与其他哥特小说作家相比，拉德克利夫小说中悬念的设置给读者带来一种全新的"心理恐怖"。例如，艾米丽的母亲去世后，医生建议圣奥伯特先生出去旅行疗养。临行前，艾米丽看到父亲坐在小桌子旁边，"面前放着一叠纸，他正聚精会神地翻看那叠纸，还不时哭泣"。接着父亲抽出一个盒子，拿出一张很小的画像，"凝视这张画像，把它放在唇边，然后又放在胸口，沉沉地叹了口气"③。年轻的艾米丽疑惑重重：父亲为何会对着一叠纸哭泣？画像中的女人是谁？令艾米丽更加迷惑的事情出现在父亲去世前，他告诉女儿烧掉木板底下的那叠纸，并且特别强调不要看纸上的内容。这些书信中到底有着什么样的秘密？

艾米丽初到奥多芙城堡时，她对那幅罩着幕布的画非常好

---

① 贺拉斯·沃波尔：《奥托兰多城堡》，高万隆译，浙江工商大学出版社 2016年版，第 80 页。

② 同①，第 110 页。

③ 安·拉德克利夫：《奥多芙的神秘》，刘勃译，中国人民大学出版社 2004 年版，第 29 页。

奇。当艾米丽鼓起勇气揭开幕布，她"吓得浑身发软，昏倒在地板上。艾米丽好不容易重新鼓起勇气，可是想到刚才看到的景象，又一次昏倒了"①。从惊恐中恢复过来的艾米丽来到姑妈房间，她发现姑妈哭得泪流不止。读者禁不住会问：画布后面隐藏着什么恐怖之物？姑妈为何如此悲伤？所有这些悬念的呈现既营造了恐怖氛围，又使读者对故事内容充满着好奇。这样的谜团在《奥多芙的神秘》中数不胜数。作者特意设计众多悬念，使读者在紧张恐怖的阅读气氛中产生一种深入心灵的恐惧感。同时，拉德克利夫借夸张的恐怖艺术手法，迂回曲折地揭示社会、政治、宗教等黑暗现实，无声地引领读者去体会小说的深度含义。

第三节　崇高的恐怖

英国哥特小说能够在文坛独树一帜，不仅在于其故事情节中所描绘的种种超自然元素和层层设置的悬念，还在于恐怖氛围的营造。这种恐怖氛围弥漫于作品的方方面面，给读者带来感官体验上和思想意识上的双重恐惧。这种恐惧"是一种延续不断的惊恐，它的美学价值不在于自我释放的快感，而在于它那绵延不断的思考"②。我们在这里探讨的哥特作品都具有这样的特性。

英国哥特小说创作注重恐怖氛围的营造和它所处的社会历史文化背景相关。英国作为西方大国，地位的形成和发展与其经商、殖民活动等密不可分。鉴于商业活动中尔虞我诈的竞争

---

① 安·拉德克利夫：《奥多芙的神秘》，刘勃译，中国人民大学出版社 2004 年版，第 258 页。

② 应锦襄等：《世界文学格局中的中国小说》，北京大学出版社 1997 年版，第 127 页。

关系、殖民活动中紧张而凶险的掠夺关系，西方民族注重感性与理性、个人与社会、人与自然的对立与斗争，在审美理想上崇尚冲突美，表现出激烈的冲突和残酷的结局。作为反映社会现实的西方文学，其作品中经常描述那些激起人们恐惧心理的暴力事件、恐怖环境等内容也就不足为奇。

哥特小说中对恐怖、痛苦和罪恶等极端事件描写的文学理论渊源可以追溯到古希腊文学理论家亚里士多德的《诗学》和西方的崇高理论。在《诗学》中，亚里士多德提出："悲剧所摹仿的行动，不但要完整，而且要能引起恐惧与怜悯之情。如果一桩桩事件是意外的发生而彼此间又有因果关系，那就最能产生这样的效果。"① 在亚里士多德看来，恐惧和怜悯之情的激发可以依靠故事情节的安排来实现。这样的情节安排在哥特小说中随处可见。例如，《弗兰肯斯坦》中同名主人公抛弃面容丑陋的巨怪后遭遇一系列恐怖的亲友被杀事件。这些作品都凭借恐怖、苦难、凶杀、罪恶等情节来营造气氛，并最终引起读者情绪上的恐惧和怜悯，以及心灵上的净化与升华。

崇高理论源于朗吉努斯，经伯克、康德和席勒等理论家的发展完善形成了一套完整的理论体系。伯克认为，崇高的来源在于能以某种方式引起苦痛或危险观念的事物，以及凡是能以某种方式令人恐怖的，涉及可恐怖的对象的，或是类似恐怖那样发挥作用的事物。但是"如果危险或苦痛太紧迫，它们就不能产生任何愉快，而只是恐怖。但是如果处在某种距离以外，或是受到了某些缓和，危险和苦痛也可以变成愉快的"② 。也就是说，只有当读者与崇高的对象保持一定距离时，他才能够感

---

① 亚里士多德：《诗学》，载《诗学·诗艺》，罗念生译，人民文学出版社1984年版，第31—32页。

② 朱光潜：《西方美学史》上卷，人民文学出版社1984年版，第237页。

受到崇高感带来的那种痛苦并快乐着的审美感。而且同情在这一审美过程中的作用也不容忽视。"由于同情，我们才关怀旁人所关怀的事物，才被感动旁人的东西所感动。同情应该看作一种代替，这就是设身处在旁人的地位，在许多事情上旁人怎样感受，我们也就怎样感受。"① 当读者看到他人因迷失自我遭受痛苦和厄运时，他们能在同情心的驱使下积极联系现实进行反思，从而获得人生启迪以及道德升华。

首先，崇高理论对哥特小说的创作影响体现在故事情节层面。哥特作品中对暴力、凶杀、死亡场景的描写通常带给读者强烈的视觉刺激，进而激发身体和心理上的恐惧。例如，《奥托兰多城堡》中康拉德在婚礼还未进行时被离奇出现的巨大的头盔砸死。曼弗雷德听说西奥多正在城堡里和一位小姐幽会，暴跳如雷的他潜入阿方索的墓地，"拔出匕首，越过那个讲话人的肩膀，直刺她的胸口"② 。玛蒂尔达倒下后，曼弗雷德才如梦初醒，发现自己亲手杀死了女儿。

《修道士》中对于恐怖暴力、凶杀和死亡场景的描写更是比比皆是。当埃尔维拉发现安布罗西欧对安东尼娅欲行不轨，修道士"做出了一个孤注一掷、野蛮残忍的决定。他突然转过身来，一只手掐住了埃尔维拉的喉咙，不让她喊叫；另外一只手，猛烈地把她击倒在地，然后拖到床上。埃尔维拉被对方突如其来的攻击打晕了，几乎没有力气挣脱掐住喉咙的手。修道士一边从她女儿头下抽出枕头，按在埃尔维拉的脸上，一边竭尽全力用膝盖顶住她的腹部，想结果她的性命。他做得太成功了。埃尔维拉挣扎了很长时间，但是没能挣脱。修道士继续用膝盖

---

① 朱光潜：《西方美学史》上卷，人民文学出版社1984年版，第239页。
② 贺拉斯·沃波尔：《奥托兰多城堡》，高万隆译，浙江工商大学出版社2016年版，第105页。

顶住她的胸口，毫不留情地见证她在身下抽搐发抖，见证她的灵魂与肉体分离时痛苦挣扎的情景。临死前极度的痛苦终于结束了，她停止了挣扎。修道士拿掉枕头，注视着她，只见她满脸乌黑"①。此处，作者对施暴者的肢体动作和受害人的表情变化进行了详尽描写，给读者带来最直观的恐怖视觉体验。

同样，刘易斯对主人公安布罗西欧和圣克莱尔女修道院院长多米娜两人死亡的恐怖场面做了直播式的解说。多米娜谋杀阿格尼丝的罪行暴露后，怒不可遏的民众"把泥巴和污物"扔到她身上，用最恶毒的语言咒骂着她，把她拖到街上任人踩踏。骚乱中，有人扔了一块石头砸中多米娜的太阳穴，"她倒在地上，血流如注，没有几分钟就结束了卑鄙的生命"②。暴民们并没有放过死亡的多米娜。神父安布罗西欧的死亡过程则更加痛苦：

> 魔鬼一边说，一边把利爪猛力刺入修道士剃光头发的头颅，带着他从岩石上腾空而起。周边的群山与一个个岩洞都回荡着安布罗西欧的惊声尖叫。魔鬼继续在高空翱翔，直至飞到可怕的高度，才把受难者丢了下来。修道士脑袋朝下从空中落下。一块岩石的尖角挡了他一下，他从一块峭壁滚到另一块峭壁，直到浑身青紫，遍体鳞伤地躺在河岸上。他痛苦的躯体里生命仍然存在，他徒劳地想爬起来，但是他已经折断的、脱臼的四肢拒绝履行职责，他无法离开他最初掉下来的那个地点。此刻太阳已从地平线上升起，灼热的阳光正好照在奄奄一息的罪人头上。千万只昆虫被

---

① 马修·刘易斯：《修道士》，刘宏照译，浙江工商大学出版社 2016 年版，第265-266 页。

② 同①，第 311 页。

太阳的温暖唤起，饮着从安布罗西欧的伤口细细流出的鲜血。他无力驱走它们，它们死死叮咬他的痛处，把螫针深深刺入他的身体，千万只昆虫爬满了他的身体，给了他最痛苦也最难以忍受的折磨。岩石上的鹰把他的肉一片一片撕扯下来，用弯曲的喙把他的眼珠啄了出来。火辣辣的干渴折磨着他，河水在身边滚滚流过，他听见潺潺的水声，想竭力拖着身体朝河边爬去，但怎么也爬不动。他失明、伤残、无助、绝望，在渎神和诅咒声中发泄愤怒，诅咒自己的存在，但他还是害怕死亡的来临，因为他的死亡注定要给他带来更大的折磨。①

被迫出家修行的阿格尼丝在修道院地下室分娩产下一子。由于缺少照料，加上地下室潮湿、肮脏不堪的环境，小婴儿很快夭折。精神失常的阿格尼丝却舍不得和他分离。她把小婴儿"柔软的手臂绕在脖子上，将他苍白冰冷的脸颊贴在脸上。她不停地亲吻他，对他说话，为他流泪和叹息"②。卡米娅曾经劝她埋掉尸体，但阿格尼丝是绝对不会同意的。"他很快成了一团腐烂的东西，在所有人的眼中都是一件令人作呕的东西，但是在他母亲的眼中除外。人类的感情要我厌恶地离开这个死亡的象征，但是我挺住了，并且克服了厌恶。我坚持抱着我的婴儿，悼念他，爱他，宠他！一个又一个小时过去了，我坐在破烂的床上，凝视着我曾经的孩子，我竭力透过这铅色的腐烂物回忆他的面容。"③ 从"苍白冰冷的脸颊"到"铅色的腐烂物"，阿格尼丝亲眼目睹自己的孩子从肉体死亡到尸体腐烂，这种挥之

---

① 马修·刘易斯：《修道士》，刘宏照译，浙江工商大学出版社 2016 年版，第383-384 页。

②③ 同①，第 358 页。

不去的画面令读者感到窒息。

刘易斯在《修道士》中浓墨重彩地渲染暴力、恐怖、死亡等黑色元素，旨在通过展现人性中的阴暗面来揭示教会的邪恶，带给读者灵魂上的战栗和愉悦，引导读者进行道德上的洗礼。

《弗兰肯斯坦》中的怪物为了报复造物主弗兰肯斯坦，首先对弗兰肯斯坦的弟弟下手。作者是这样简要描述威廉之死的：傍晚时分，和家人一起到普兰帕里斯散步的威廉突然不见了踪迹，惊慌失措的家人们四处搜寻后，"早晨五点左右，我可爱的孩子终于被找到了。昨天晚上还那么鲜活健康的孩子直挺挺地躺在草地上，浑身青紫，一动不动，脖子上有掐死他的人的指印"①。接下来克莱瓦尔的尸体在深夜被海浪冲上岸，"显然是被掐死的，因为他身上没有暴力的痕迹，只是脖子上有指头掐成的瘀青"②。最后在弗兰肯斯坦的新婚之夜，一声惨叫从卧房传来：

> 一听见尖叫，我马上就明白发生了什么事。我的双臂耷拉下来，每一块肌肉、每一根纤维都瘫软了。我四肢末端麻木，能听见血液在血管里滴答流动的声音。片刻之后，第二声尖叫又传来了。我闯进了房间。
>
> 我的天啊！我怎么不当即毙命呀！我现在怎么还在这儿讲述我最美好的希望和世界上最纯洁的人的毁灭呀？她就在那儿，被扔在了床上，头垂了下来，一动不动，没有了生命。苍白的面容和歪扭的五官被头发遮住了一半。现在不管我往哪儿看，都能看到那副惨象：没有血色的双臂

---

① 玛丽·雪莱：《弗兰肯斯坦》，孙法理译，译林出版社 2016 年版，第 72 页。
② 同①，第 199 页。

和瘫软的身躯被凶手扔在她婚礼的"棺材架"上。①

　　这一连串死亡事件令弗兰肯斯坦痛不欲生，他的精神遭受到极大的摧残。读者在阅读过程中，也不禁对这些人物的悲剧性结局叹息不止。

　　其次，崇高理论对哥特小说的创作影响也体现在恐怖环境的营造上。英国哥特小说中对恐怖环境的描写常常令读者产生一种深入骨髓的惊恐感。例如，《修道士》里冷酷无情的女修道院院长将阿格尼丝关到暗无天日的地下洞穴，这是"一个相当宽敞的地下墓室。有好几个坟墓，形状与我刚刚逃出来的那个相似。坟墓有序地沿着两侧排列，并且好像深深地沉入了地面。一条铁链从屋顶悬下，上面挂着一盏阴森森的灯，暗淡的灯光洒在地牢内。死亡的象征无处不在：骷髅、肩胛骨、大腿骨以及人类的其他遗骸散落在潮湿的地面"②。坟墓里"阴森森的灯、肩胛骨、大腿骨、骷髅"等字眼使读者不寒而栗。然而，在地牢里过着悲惨生活的阿格尼丝还要随时面对其他的不速之客：丑陋的癞蛤蟆爬过她的胸脯；冰凉的蜥蜴从她脸上掠过，藏在她的头发中；长长的蠕虫缠满她的手指间。这样的生存场景不仅令阿格尼丝感到惊恐和厌恶，同样也令读者感到恐怖和惧怕。

　　《弗兰肯斯坦》中造物主在哥特式的墓穴和实验室中完成巨怪的创造工作。弗兰肯斯坦终日待在停尸房和墓穴里观察、检验并分析被蛆虫入侵的腐烂尸体。当他洞悉造人秘密后，便开始在楼顶"一间和其他公寓完全隔离的密室，或者更像一个单人牢房"的密闭空间里进行着疯狂的造人活动。为了缓和巨怪

①　玛丽·雪莱：《弗兰肯斯坦》，孙法理译，译林出版社2016年版，第223页。
②　马修·刘易斯：《修道士》，刘宏照译，浙江工商大学出版社2016年版，第350页。

与人类的矛盾，弗兰肯斯坦答应为其创造一个女性伴侣。苏格兰一座偏僻孤岛上的小茅屋成为他的工作地点。作者是这样描述的：

> 我带着这个决心穿过了高地北部，选定了奥克尼群岛中最远的一个小岛作为工作地。那里很适宜干这类活儿。那小岛光秃秃的，四壁陡峭，惊涛拍岸。贫瘠的土地只能为几头母牛提供点草料，为居民提供点燕麦。居民只有五个人，瘦骨嶙峋的手臂见证了他们那可怜巴巴的食物。如果他们要享用蔬菜、面包之类的奢侈品，就得从差不多五英里外的大陆送来，连淡水也不例外。
>
> 整个岛上只有三间可怜巴巴的茅屋。我去那里时有一间空着，我租了下来。那茅屋有两个房间，表现出严重的贫穷所导致的肮脏与破败。茅屋屋顶下陷，墙壁没有粉刷，大门的铰链也松了。我找人将它们修理好，买了几件家具，然后住了进去。要不是那里的人被贫穷与肮脏弄得麻木了，我租房这件事肯定会让他们吃惊。但我入住时没有人来看热闹或打扰。我给他们一点食物和衣服，他们几乎也没有道谢——人类最朴素的感受力差不多被苦难消磨光了。①

不管是城市中"完全隔离的密室"还是"偏僻孤岛上的小茅屋"，它们都远离人类文明的中心。作者对这两处隐蔽恐怖空间场景的营造展现出弗兰肯斯坦造人工作的肮脏和疯狂，为作品增添了浓厚的黑色恐怖色彩。

如果说刘易斯、玛丽·雪莱等作家主要依靠描写惊恐、怪诞的故事情节和营造恐怖环境来实现"崇高美"，那么，拉德克

---

① 玛丽·雪莱：《弗兰肯斯坦》，孙法理译，译林出版社 2016 年版，第 184 页。

利夫则选择在雄浑庄严的自然世界中体验崇高之感。在拉德克利夫的早期作品《奥多芙的神秘》中，女主人公艾米丽和她的父母居住在世外桃源般的圣奥伯特城堡：

　　在城堡南面，宜人的景色被雄伟的比利牛斯山阻隔。山顶一会儿被云雾笼罩着，一会儿又显出奇怪的形状，时隐时现。当部分云雾散去，有时会露出光秃秃的山顶，反射其上的阳光衬着蓝色的天空闪闪发亮；有时又能看见成片墨绿的松树林，从山顶一直蔓延到山脚。这高大的岩崖与柔嫩的绿色草原和点缀其间的树林形成了鲜明的对比，草原上散落着星星点点的羊群和简单的农舍。盯着峭壁时间长了，看着草原休息一下，感觉无比的惬意。城堡的北面和东面，是吉耶纳和朗格多克一望无际的平原；而西面，加斯克涅被比斯开水域团团围住。①

　　云雾笼罩的山顶、阳光映衬的蓝天、茂密的树林，以及辽阔的草原、羊群和农舍构成了一幅惬意的田园生活场景。艾米丽一家在这里过着简单平静、与世无争的乡村生活。母亲去世后，艾米丽接受医生的建议，陪着父亲圣奥伯特去旅行来恢复健康。在旅途中，父女俩从一个崇高意象转换到另一个崇高意象，沉浸在自然美景中，感叹着上帝的无所不能。第一卷第三章中，艾米丽和父亲沿着蜿蜒的山路前行。虽然路途颠簸，但是"有这么美丽的景色做补偿，他们也不在意这一点不方便了；车夫在前面走，他们也有了自己的空间，慢慢徜徉在这风景中，

---

① 安·拉德克利夫：《奥多芙的神秘》，刘勃译，中国人民大学出版社2004年版，第3页。

思考着高尚的问题，感受到了上帝的同在"①。在小说第一卷第四章中，他们到达博耶，看着一望无际的冰川、白雪皑皑的山顶、碧绿的杉树林、无人踏足的悬崖和深不见底的峡谷，"没有语言能够表达他们内心的激动。一股神圣的感觉涌上圣奥伯特的心头。艾米丽很高兴地看着几片云不停地变换着角度和颜色，甚至在它们遮住下面景物的时候也能显出一种庄严"②。女主人公艾米丽在旅途中寄宿于修道院，听到远处传来的钟声和僧侣们的吟诵声，此时，她的心中升起对神的仁慈和权力的敬慕。无论她的目光投向哪里，"她的心中总是出现上帝的庄严和他的伟大。她眼里充满了敬畏的爱戴；感觉到自己虔诚的信仰超越了人世的一切"③。

小说中故事发生的主要场所奥多芙古堡与世隔绝，古老而又荒凉。从艾米丽对古堡的第一次审视中，读者能够领略到它的庄严气势及其所带来的那种敛穆、令人感到阴森的压迫性，"艾米丽带着满心的敬畏抬头看着这座属于芒托尼的城堡。虽然它被阳光包围着，可是它哥特式建筑特有的雄伟和灰黑色发裂的高墙还是让艾米丽感到阴森庄重。……整个建筑都笼罩在夜的庄严沉寂中。寂静、孤独和庄严是这建筑的基调，好像在挑战任何想跨入这里半步的人"④。

在《奥多芙的神秘》中，作家将众多景物描写穿插在情节发展中，不仅有效地控制着小说叙事节奏的轻重缓急，渲染和调节着叙事氛围，同时也使雄伟怡人的自然景致成为"崇高美"的载体。因此，司各特在《英国小说家传》中曾专章论述了

---

① 安·拉德克利夫：《奥多芙的神秘》，刘勃译，中国人民大学出版社2004年版，第31页。

② 同①，第46页。

③ 同①，第51页。

④ 同①，第235页。

安·拉德克利夫的文学创作，高度评价了小说中充满诗意的自然描写，认为作家"同时具备画家的眼睛与诗人的灵魂"①。

最后，哥特作家在具体人物形象的塑造方面也是绞尽脑汁，使其能够激发读者的崇高感。其表现手法为：一是美丑善恶的人物对立设置；二是以毁灭美为手段的人物命运发展。例如，《奥托兰多城堡》中曼弗雷德和伊莎贝拉的美丑塑造、玛蒂尔达的毁灭与伊莎贝拉曲折逃脱的命运，《意大利人》中斯卡多尼与埃伦娜的对立形象、维瓦迪的艰难遭遇，《修道士》中的安布罗西欧与安东尼娅的形象塑造等，都成为哥特小说的一个定型模式。哥特小说的叙述以二元对立为主线：邪恶挑战美德；非法颠覆合法；欲望对抗文明；疯癫对抗理性。主题涉及对社会规范的僭越、对传统价值的质疑等。在哥特小说中，社会秩序被颠倒、道德禁忌被打破、人类欲望被释放、主体的稳定性也遭到怀疑。但此类小说往往以含有道德寓意的故事结尾，以邪不压正的终局来重申和维护既定的社会秩序。所以，哥特小说以偏激又保守的写作手法，将善与美的毁灭、恶与丑的得逞、美善与丑恶的角逐这些主题在哥特小说中淋漓尽致的发挥来营造崇高感。

---

① Deborah D. Rogers, *Ann Radcliffe: A Bio - Bibliography*, London: Greenwood Press, 1996, p. 9.

第三章　英国哥特小说的人物观

　　人物是小说创作中必不可少的叙述要素。小说在叙事艺术方面取得成功有赖于作品中对人物形象的刻画和人物心灵意识的描写。风行于 18 世纪中叶的哥特小说作品中，作者多运用极端的人物刻画手法，塑造一批模式化、类型化的人物形象来达到追求极致美感之目的。正如英国学者 Varma 所说："哥特小说中没有黑白之间的各种深深浅浅的灰色，其人物不是阴险又穷凶极恶的恶棍，就是纯洁的天使。"[①]以这些二元对立人物为主线展开的冲突、对立和挣扎使哥特小说在故事情节上跌宕起伏、引人入胜；从思想性上对人性的善与恶进行最直接的剖析；在审美体验上给读者带来别具一格的感受。这些类型化人物的成功塑造成就了哥特文学这一特殊文学流派，同时这些类型化的人物也深深影响着后世作者们的创作，演变出更加引人入胜的人物形象，使哥特小说的传统得以延续和发展。本章将从恶棍形象、少女形象、圣者形象和鬼怪形象等方面为切入点，分析哥特小说中的人物刻画手法。

---

① Devendra. P. Varma, *The Gothic Fiction*, The Screcon Press, 1987, p. 47.

第一节　恶棍形象

作为哥特小说中反面角色的代表，恶棍形象成为哥特小说人物刻画中最出彩的一种人物原型。其恐怖偏执行为既为作品创作蒙上一层黑色恐惧氛围，同时又激发着读者的阅读兴趣。哥特小说中的恶棍形象可以分为两类：暴君恶棍和恶棍英雄。

《奥托兰多城堡》中的曼弗雷德亲王和《瓦塞克》中的同名主人公以及恶魔都属于暴君恶棍形象。曼弗雷德亲王为了延续血统，达到霸占奥托兰多城堡的目的，仓促安排体弱多病的儿子迎娶伊莎贝拉。新婚之夜，当儿子被从天而降的巨型头盔砸死后，曼弗雷德亲王毫无丧子之痛，反而不顾人伦道德，强迫准儿媳和自己结婚以获得子嗣，维持自己的社会地位和对城堡的继承权。儿子死后，他对伊莎贝拉说道："你失去了一个与你的魅力并不相配的丈夫，你的魅力会得到更为妥善的处置……既然我没法让我的儿子娶你，那么就让我自己娶你好了……"① 当伊莎贝拉表示对他和夫人的尊重感激之情时，曼弗雷德打断她并说道："希波利塔再也不是我的妻子了；我从此刻起便断绝了同她的婚姻关系。"② 对他来说，城堡和权力就是他的一切。为了得到城堡的继承权，他仇视身边所有的人。在欲望的驱使下，他日益暴虐，众叛亲离，甚至误杀了亲生女儿玛蒂尔达，酿成人间惨剧。在曼弗雷德身上，读者看到一个为了物质利益而不择手段的暴君形象。他性格严酷，对待妻女冷漠无情。为了维持对城堡的所有权，曼弗雷德处心积虑，甚至不惜与上天作对。

---

①② 贺拉斯·沃波尔：《奥托兰多城堡》，高万隆译，浙江工商大学出版社2016年版，第17页。

《瓦塞克》中同名主人公的暴虐行为更是令人发指。开篇作者是这样描述瓦塞克的："他身材匀称而威武，但他发怒的时候，一只眼睛会变得异常恐怖，没有人敢正视啊。有谁不幸被他盯上，便会立刻倒地，有的就这样死过去了。不过为了防止领地人口减少而使他的皇宫孤独凄凉，他很少发怒。"① 此处简洁的外貌描写使读者对人物产生了直接的感性认识。读者认为瓦塞克应该是一位慷慨无私、仁慈宽厚的国王。但在随后的故事描写中，终日寻欢作乐、荒唐忤逆的瓦塞克为了满足虚荣心和好奇心，不惜牺牲50个大臣和显贵孩子们的性命实行祭礼去和魔鬼进行交易。为了躲避大臣们的报复，瓦塞克借助母亲的魔法在高塔周围燃起熊熊大火。萨迈拉城居民怀着对国王的热爱，忍受着令人窒息的臭味，奋力冲进塔楼救火。等待他们的却是绞刑和火葬，无辜的臣民最终变成一桌丰盛的宴席，供瓦塞克享用。此处臣民们对国王的忠诚热爱和国王的凶狠残暴形成强烈对比，凸显出瓦塞克恶魔般的暴君本色。

恶棍英雄是英国哥特小说中独有的创造性形象。"该体裁往往以恶棍英雄既引诱别人又自己遭受苦难，既迷人又邪恶为主题。"② 这种类型的人物"集善恶于一身，具有超常意志和力量，同压抑人性、束缚个性的社会体制势不两立，因而是性格孤傲的叛逆式边缘人物"③。他们的思想性格具有以下双重性：一方面，拥有超凡的性格，对生活、对爱情充满激情；另一方面，不受道德规范和社会习俗的约束，野心勃勃，具有强大的破坏

---

① 威廉·贝克福德：《瓦塞克》，王丹红译，浙江工商大学出版社 2016 年版，第 227 页。

② Marie Mulvey-Robert ed. , *The Handbook to Gothic Literature*, New York：New York University Press，1998，pp. 111-112.

③ 肖明翰：《英美文学中的哥特传统》，载《外国文学评论》2001 年第 2 期，第 96 页。

力。《奥多芙的神秘》中的芒托尼和《修道士》中的安布罗西欧属于典型的恶棍英雄形象。

芒托尼"四十来岁，十分帅气，很有男人味，表情丰富，但举手投足间表现出傲慢的态度和敏锐的洞察力"[①]。初次见他，艾米丽对芒托尼既钦佩，又因为莫名的原因而害怕他。这样一位英俊、极具洞察力的男性实则是一个冷酷专横、善于隐藏自我真实想法的人。在索鲁斯近郊的姑妈家，芒托尼被沙朗夫人表面上的财富所吸引而娶她。当他发现沙朗夫人故意隐瞒并不富裕的财产状况后，芒托尼带着她和艾米丽回到位于意大利的奥多芙城堡。在那里，芒托尼撕掉伪善面具，毫不掩饰自己对财富和权力的渴望。他不仅对沙朗夫人的生死不闻不问、无比冷漠，而且野心勃勃、贪婪自私、冲动好斗、崇尚暴力。为了名利双收，他把艾米丽当作私人财产，逼迫她嫁给莫拉诺伯爵。得知妻子即将离世，残暴的芒托尼毫无安慰之意，待在房间里纠缠威胁芒托尼夫人，"逼迫她签字，死后把朗格多克的房产转给他而不是艾米丽"[②]。为争夺沙朗夫人遗留的巨额财产，芒托尼将艾米丽囚禁于奥多芙城堡中，多次使出各种阴险卑鄙手段对她进行威逼利诱。莫拉诺伯爵带着手下偷偷潜回城堡，准备强行带走艾米丽，在这危急时刻出现的芒托尼与莫拉诺伯爵进行了激烈决斗。最终他凭借高人一等的剑术和过人的冷静击败莫拉诺伯爵，但这并不是出于对艾米丽的爱护，而是为了避免她在加斯克涅的房产落入旁人之手。取得胜利后，芒托尼也没有表现出贵族应有的宽厚仁慈，而是毫无同情心地把急需救治的伯爵赶出城堡。此时芒托尼的灵魂已经扭曲，他的行为与黑

---

① 安·拉德克利夫：《奥多芙的神秘》，刘勃译，中国人民大学出版社 2004 年版，第 27 页。

② 同①，第 384 页。

暗、死亡、冷酷、阴谋、暴力相随。

拉德克利夫在对芒托尼的性格刻画中也会展现出一些闪光点，让读者对恶魔般的男主人公既痛恨无比又暗自同情。例如，奔赴威尼斯途中，芒托尼和朋友在一起的"谈话的内容也不离政治和军事"，"一提到大胆的开拓，芒托尼的眼里没有了以前的阴暗，立即显现出热情的火焰，跟他武士般的气质倒是很配"[①]。显而易见，芒托尼对生活有着独到的见地，他所追求的是强烈的激情；他要做自己的王国——奥多芙城堡的最高统治者。面对动荡时局，"为了艾米丽的安全，他把她送到了一个更安全的地方"[②]。当奥多芙城堡遭到敌人围攻时，勇敢无畏的芒托尼指挥着士兵和工人准备防御工事。当战况激烈时，芒托尼临危不惧，维护着城堡的安全。"经过人生的挫折和失败，他现在已经完全没有同情也不再恐惧了；他的勇气都来自兽性的残忍，而不是反抗压迫之下激发出的原则，他的神经已经十分强硬，根本感觉不到什么感情，所以不会有恐惧。"[③] 作者对芒托尼内心波动的细节描写，给暴君式人物增添了几分魅力和柔情，让艾米丽产生安全感，也成为哥特文学长廊中独具魅力的恶棍英雄。

在《修道士》中，刘易斯将安布罗西欧塑造成一个从善到恶、从圣徒到魔鬼的恶棍英雄形象。作者这样描写道："只见神父举止高贵，外表庄严，身材高大，仪表堂堂。他的鼻子如鹰钩，双眼又大又黑，目光炯炯有神，两道黑黑的眉毛几乎连在了一起。他肤色很深，没有瑕疵。……他谦卑有礼，弯腰向听众鞠躬；他神态严厉，举止严肃，人人敬畏；很少有人能够忍

---

①　安·拉德克利夫：《奥多芙的神秘》，刘勃译，中国人民大学出版社 2004 年版，第 180 页。

②　同①，第 436 页。

③　同①，第 371 页。

受他那炯炯灼灼的，看透人心的目光。"①

　　这样一位圣者用简洁有力的语言讲述着宗教的美好与人类的罪恶；阐释着深奥的圣经并勾勒出美好的天国前景。拥挤的布道会上鸦雀无声，民众为他的人格魅力和雄辩才能所吸引、所折服。走下神坛的安布罗西欧表面上看着谦卑有礼，内心却傲慢无比、虚荣自负、野心勃勃。魔鬼的使者玛蒂尔达利用他的虚荣心诱惑安布罗西欧，将他从圣坛上的君主变为凶狠残暴的魔鬼。对于安布罗西欧来说，邪恶的欲望就像被打开的潘多拉盒子，一旦释放便无法遏制。激情退去，安布罗西欧不再因为征服玛蒂尔达而感到新鲜和满足。他很快找到了新的猎物——天真无邪的少女安东尼娅。他不惜冒着名誉扫地的危险，一次次亲临安东尼娅家诱惑、勾引她。他不惜放弃宗教信仰，与玛蒂尔达相互勾结，使用魔法对安东尼娅施暴。计划失败后，他残忍地杀害亲生母亲埃尔维拉，把安东尼娅藏入墓穴玷污后实施谋杀。情感的压抑和欲望的诱惑使安布罗西欧性格扭曲，做出一系列令人发指的罪恶行为。

　　安布罗西欧的堕落行为虽然可恶但也值得同情。作者在文中对安布罗西欧进行静态心理描绘来全面刻画人物的性格和命运，展现出安布罗西欧面对诱惑时的矛盾与脆弱。初见安东尼娅时，她的美貌和稳重使安布罗西欧感受到一种混合了柔情和尊重的感情。他清楚意识到这样的感情对他来说就像海市蜃楼一样无法触及。安布罗西欧认为，如果他利用安东尼娅对他的信任去引诱天真无邪少女的话，那就是赤裸裸的犯罪。他心里想到："不要怕，可爱的姑娘！你的美德绝不会受到我的伤害。

---

　　① 马修·刘易斯：《修道士》，刘宏照译，浙江工商大学出版社 2016 年版，第205 页。

哪怕给我西印度群岛，我也不愿让那颗温柔的心经受悔恨的痛苦。"① 当玛蒂尔达蛊惑他使用法术得到安东尼娅时，他这样回答道："用这样的手段得到她，我非但不能，而且也不愿。"② 安布罗西欧杀害埃尔维拉后，他惊魂未定，心中充满着愧疚、恐惧和焦虑不安。"被谋害的埃尔维拉不断出现在他的眼前，他的良心极度痛苦，他已经因自己的罪行在受惩罚。"③ 故事最后，安布罗西欧站在宗教法庭接受大法官的审判，遭受种种酷刑。魔鬼玛蒂尔达再次诱惑他和魔鬼交易来结束苦难重获自由之际，他说："玛蒂尔达，你的建议十分危险，我不敢，也不会照做。我不能放弃获得拯救的权力。我罪大恶极，但是上帝是仁慈的，我不会对宽恕绝望。"④ 安布罗西欧深知自己罪孽深重，无法得到上帝的宽恕。在死亡时刻到来之前，他最终妥协，将自己的灵魂出卖给魔鬼，落得个痛苦死亡的结局。从上述故事情节的发展来看，面对感情和情欲诱惑时，安布罗西欧始终处在灵魂分离和精神恐惧之中。每次欲望满足后，伴随着的并非心灵的愉悦，而是沉重的罪恶感。归其原因，在于安布罗西欧特殊的神职身份和冷酷的宗教教条。这些道德束缚抹杀了安布罗西欧对美好情感的渴望和追求，导致他几近冷酷的性格和近乎疯狂的变态心理，最终由一个受人尊崇的修道士变成骄横狠毒的恶魔。在阅读过程中，读者首先为其冷酷残忍、泯灭人性的行为而震惊和恐惧；同时，通过作者对安布罗西欧这一人物详尽的心理描写分析，读者对身世凄凉、无权享受与被爱的恶魔安布罗西欧又多了一丝丝的同情。

---

① 马修·刘易斯：《修道士》，刘宏照译，浙江工商大学出版社 2016 年版，第 210 页。

② 同①，第 233 页。

③ 同①，第 267 页。

④ 同①，第 373 页。

第二节　少女形象

　　哥特小说经常以联姻、财产、社会地位和谋杀为主题，讲述男女之间的故事。女性通常在故事中占有一席之地。根据其性格特点，女性人物可以分为柔弱少女形象、坚韧少女形象和邪恶少女形象。

　　哥特小说中的柔弱少女大多身形纤细、容貌漂亮、举止优雅。作者将她们塑造成具有高贵品质的淑女形象。她们出身于富裕的贵族家庭，从小过着无忧无虑的生活。由于家族财产变更或社会地位之争，她们在面对突如其来的变故时不幸成为恶棍欺凌压迫的对象。在《奥托兰多城堡》中，伊莎贝拉的不幸来自城堡所有权变更这样一个魔咒。婚礼当天，她未婚夫被从天而降的巨大头盔砸中而丧失生命。亲王曼弗雷德为了得到奥托兰多城堡的继承权，威逼利诱伊莎贝拉嫁给他。阴谋失败后，他和伊莎贝拉之父达成换亲协议。柔弱无助的伊莎贝拉只能终日生活在躲避和恐惧中。在《修道士》中，安东尼娅美丽的容颜和温婉高贵的品质吸引着修道士安布罗西欧的目光，最终招致杀身之祸。在玛丽·雪莱的《弗兰肯斯坦》中，伊丽莎白更是无端成为受害者。弗兰肯斯坦拒绝了为怪物创造一个女性同伴的要求时，怪物恼羞成怒，发誓要实施报复。新婚之夜，美丽的新娘伊丽莎白被无辜杀害。通过作品中这些柔弱少女的视角，读者身临其境般地感受着故事所传达的恐怖氛围。

　　毫无疑问，哥特作品中柔弱少女的命运皆为不幸。究其缘由，在于她们缺乏独立的人格和相应的社会地位，被男性视为私人财产，用来进行各类交易。以《奥托兰多城堡》为例，曼弗雷德与弗雷德里克曾经打算互换女儿为妻。这样一来，曼弗雷德既可以平息弗雷德里克的不满，又可以迎娶伊莎贝拉来生育子嗣，保留其爵位的合法性。城堡的合法继承人西奥多和公主玛蒂尔达彼此心意相通。两人互诉衷肠之际，曼弗雷德误把玛蒂尔达当作伊莎贝拉而刺死。悲伤不已的西奥多拉着玛蒂尔达冰冷的双手诉说着爱的绝望。第二天早晨真相大白于天下，此时弗雷德里克提出将女儿伊丽莎白嫁给继承人西奥多为妻。虽然西奥多仍沉醉在失去爱人的悲伤中，但他竟出乎意料地同意了这桩婚姻，因为"只有和伊莎贝拉在一起，他才能够忘却笼罩在他心头的那份忧郁，才能体会到什么是幸福、幸运和欢乐"[①]。《修道士》结尾部分也有相似的故事情节。洛伦索为追求安东尼娅付出颇多，两人之间炙热的感情自然无须多言。当安东尼娅被安布罗西欧杀害后，洛伦索痛苦无比，拒绝与心上人的尸体分离。当人们送他回到梅迪纳宅邸时，"安东尼娅的死亡和当时如此可怕的情形，沉重地压在他的心头"[②]。然而不久，痴情的洛伦索竟然在朋友们的劝说下，娶了贤淑的侯爵之女维吉尼亚为妻。这样的情节安排恰恰说明：在当时的上流社会，建立在爱情基础上的婚姻关系仍无法被人们广泛接受。妇女虽然是上流社会中不可或缺的一个群体，但由于其没有独立的人格特性，所以个体之间差异性不大，在婚姻关系中可以轻易互换。

有别于那些拥有姣美容貌的柔弱少女形象，哥特文学作品中塑造的坚韧少女形象更加立体鲜活。她们具备良好的生活品位和审美能力；爱好音乐、绘画、文学等高雅艺术；独立自主，自尊自爱，遭遇困难时能够主动想办法解决问题。例如，在《奥多芙的神秘》中，艾米丽出身于书香门第，从小喜欢琴棋书

---

① 贺拉斯·沃波尔：《奥托兰多城堡》，高万隆译，浙江工商大学出版社 2016年版，第 112 页。

② 马修·刘易斯：《修道士》，刘宏照译，浙江工商大学出版社 2016 年版，第 347 页。

画，"本身的天赋，辅以圣奥伯特夫妇的教导，让她小小年纪就对此精通不已"①。在父亲的教导下，艾米丽能够看懂拉丁文和英文撰写的书籍，体会独立思考的乐趣。同时，她还是弹奏鲁特琴的高手，对自然之美有着独到的审美观。随芒托尼前往奥多芙城堡途中，艾米丽看着沿途的壮丽景色，回想起她和瓦朗康特一起度过的美好时光。"她好像是上升到了另一个世界，离开了人世间琐碎的思考、琐碎的感情，脑子里只有庄严壮丽的景色，激发出内心的真情实感。"② 艾米丽到奥多芙后深陷囹圄，但有一股崇高的信念坚强地支撑着她。"新鲜的空气让艾米丽精神倍增。她继续靠在窗边看外面淡淡的月光、朦胧的景色，感叹这个蓝色苍穹之中淡黄的星球怎么能改变人的命运呢？她记起曾多少次和父亲一起欣赏月亮。"③ 此时此刻，淡淡的月光唤起艾米丽对恋人瓦朗康特和父亲圣奥伯特先生的思念。同时，她对自然景色的感悟也帮助其获取挑战恶棍的勇气和力量。当艾米丽深陷困境、身心俱疲、备受煎熬之际，是音乐、诗歌和对大自然的感悟力支撑着她那柔弱的身躯，滋养着她的精神世界，帮助她成长为有思想、性格独立、勇于反抗的坚韧少女。

　　滞留奥多芙期间，艾米丽勇于挑战以芒托尼为代表的父权社会，维护姑妈的合法权益，保护自身的财产安全，最终获得人身自由、婚姻自由和身份认可。当姑妈身居阁楼，被疾病折磨得面目全非之际，柔弱的艾米丽用尽所有办法说服芒托尼对妻子仁慈一点，请求他将姑妈接回她自己的房间救治。冷漠的芒托尼被艾米丽的仁慈和决心感动。"他转过身，竟然感到有些羞愧，半愠怒半仁慈，犹豫不决，不过他最后还是答应让妻子

---

　　① 安·拉德克利夫：《奥多芙的神秘》，刘勃译，中国人民大学出版社 2004 年版，第 5 页。
　　② 同①，第 172 页。
　　③ 同①，第 338 页。

回到自己的房间，而且艾米丽可以陪着她。"① 姑妈去世后，艾米丽勇于面对芒托尼的威胁，不轻易放弃对地产的继承权。芒托尼威胁说：她将会为此付出人身自由的代价。艾米丽冷静地回答道："我还没有到对这方面的法律规定如此无知的地步，也不会被某人的话误导。在现在这种情况下，法律会把地产判给我，而我绝不会放弃这个权利的。"② 恼羞成怒的芒托尼紧接着用嘲笑的口吻谈论到她性格中的弱点，并悲叹一声说轻信这个弱点会给艾米丽带来惩罚。坚强的艾米丽说道："先生，您会发现我的精神力量和我在这件事上的正当权利一样强大，反抗压迫的时候，我更是十分顽强。"③ 为保留婚姻自由权，艾米丽一再拒绝芒托尼为她安排的财富联姻。芒托尼忍无可忍，失去耐心后告诉艾米丽不可再拖延婚礼之事。艾米丽勇敢地提出质疑，质问他有何权利替她做主。芒托尼再次威胁艾米丽，说她如果再逃避这桩婚事，将受到前所未有的惩罚。坚定的艾米丽"觉得自己坚决不说结婚誓言，芒托尼也不能强迫她嫁给伯爵。艾米丽决定就用这种方法对付芒托尼的威吓，伯爵知道她不肯嫁，居然用这种方法，就算自己没有爱上瓦朗康特，也不会把一生交到这么卑鄙的人手上"④。和丧失话语权的柔弱少女形象相比，坚韧少女艾米丽无畏地面对以芒托尼为代表的父权制度的压迫，勇于反抗来捍卫自己的尊严和权利。

　　哥特小说中具有潜在破坏力和颠覆性的邪恶少女形象也比比皆是。《修道士》中，滴血修女比阿特丽斯性格热情奔放，遵从父母之命在修道院修行。她不满于枯燥单调的修道院生活，和林登堡男爵私奔到德国。到达城堡不久，男爵风流倜傥的弟

---

① 安·拉德克利夫：《奥多芙的神秘》，刘勃译，中国人民大学出版社 2004 年版，第 378 页。

②③ 同①，第 394 页。

④ 同①，第 227 页。

弟引起比阿特丽斯的注意。同样堕落的两人一拍即合，相互回报着彼此的激情。水性杨花的她为了实现和男爵弟弟结婚之愿望，竟然同意并协助他实施杀害兄长的计划。最终比阿特丽斯招致杀身之祸，鬼魂终日游荡在古老城堡中，于午夜时分发出混杂着祈祷和咒骂的尖叫声，独自忍受着百年孤独。从表面上看，比阿特丽斯悲剧形成的原因在于她那不安于现状的性格以及荒淫无度的行为。但小说故事情节中也暗示，比阿特丽斯的悲剧也来自父母身份的双重缺失。她如果没有被送到修道院，而是在父母的温暖陪伴、有效管教中健康成长，其潜在的破坏力也许可以得到遏制，悲剧也就可以避免。

《修道士》中另一位邪恶少女玛蒂尔达拥有娇美的容貌和神秘的法术。女扮男装的玛蒂尔达先用她的痴情和肉体成功诱惑了站在神坛上的年轻神父安布罗西欧，把他从一个表面谦卑、内心骄傲的修道士变成沉迷于欲望诱惑的恶棍。不久，安布罗西欧察觉到玛蒂尔达的"举止言行中表现出一种使他不悦的勇气和男子气概。她说话不再转弯抹角，而是直来直去。他发现在争论时自己无法说服她，虽然极不情愿，他仍不得不承认她的判断力超过了自己，这使他相信她心智的惊人能力。但是，她越有见地，安布罗西欧对她的柔情就越少"①。这一情感变化引起一系列的连锁反应：为母亲祈祷的安东尼娅吸引着安布罗西欧。为了帮他得到纯真无邪的安东尼娅，玛蒂尔达施法于桃金娘枝条，唆使安布罗西欧于夜半时分进入她的房间实施强暴。罪行败露后，修道士失手杀害了埃尔维拉，并再次听从玛蒂尔达的安排，在安东尼娅服用的药品中加入一种鲜为人知的草精造成假死现象，最终造成无辜的安东尼娅惨死。与滴血修女相

---

① 马修·刘易斯：《修道士》，刘宏照译，浙江工商大学出版社 2016 年版，第201 页。

比，玛蒂尔达作为"魔鬼代言人"，拥有更强的破坏力。她对修道士人生的颠覆性和毁灭性有目共睹。

刘易斯在作品中对女性形象的叛逆行为和破坏性后果进行了详细描述，意在为父权社会控制和约束女性提供有效依据和合理解释。综观哥特作品中的女性形象，凡是违反父权社会道德规范的叛逆女性多难得善终，而顺应者往往婚姻美满、生活富足而幸福。哥特小说中对不同女性形象的结局进行了差异性的呈现，其目的在于维护传统的父权社会，防止女性以个人欲望挑战父权社会的道德规范。"在哥特小说里，妇女是一个用于制造意义的符号，任由父权社会随意书写自己的好恶。在这里，女人，无论是淑女还是娼妇，都承载着父权社会的想象与欲望；那些承载价值的概念，如美德、优雅、传统和欲望，都由女性这种符号来表达。"①

第三节　堕落的圣者形象

在英国哥特小说中，作家对恶棍形象和少女形象所持的态度是模棱两可、有待商榷的。圣者形象作为宗教代表，多以邪恶的反面人物形象展现在读者面前。他们冷酷、自私、贪婪、狂暴又野心勃勃，寓意着宗教的恶。

在《奥多芙的神秘》中，圣克莱尔修道院的修女劳伦蒂尼原是奥多芙城堡的继承人。她本来聪明漂亮，但在父母的溺爱下变得自负、任性并擅长所有笼络人心的方法。在情欲、忌妒、愤恨的驱使下，她污蔑情人妻子的不忠，并丧心病狂地在侯爵妻子的饮食中加入慢性毒药。劳伦蒂尼报复行动成功后，得到

---

① 苏耕欣：《哥特小说——社会转型时期的矛盾文学》，北京大学出版社2010年版，第175页。

的却是心灵深处的恐惧、自责以及来自情人的指责、鄙视和厌恶。此后,劳伦蒂尼不得不遁入修道院对早年的罪孽进行忏悔。她终日精神忧郁,时不时会神经错乱。但"她由于感情而谋杀,又因为早年犯下的错误而忏悔一生,但这些都没有用——这罪孽,多年的忏悔和严格的苦修都无法洗去良心所遭受的谴责"①。

《修道士》中的院长安布罗西欧和多米娜也是佛口蛇心、阴险狡诈的无耻邪恶之徒。神父安布罗西欧的滔滔口才使得布道活动引人注目,常常令马德里万人空巷。随着故事情节的发展,万人敬仰的神职人员安布罗西欧竟为女色所诱惑,沉迷于男女情欲,将神圣的修道院变成发泄兽欲的黑暗坟墓。他最终犯下谋杀、强奸和乱伦等重罪,落得个死无全尸。作为女修道院院长的多米娜傲慢自负、独断专行、性情怪异、报复成性。安布罗西欧发现出家修行的阿格尼丝和恋人雷蒙德的私情后,多米娜院长感觉颜面尽失。她将阿格尼丝投入私设的地牢并逼迫她喝下毒药。由于多米娜弄错了药剂的性质,阿格尼丝服下的是强效催眠剂。但她从此被囚禁于阴暗潮湿的地下室,每日与死尸、昆虫和动物为伴。最后阿格尼丝怀抱婴儿腐烂的尸体、面容枯瘦、精神失常,其惨状令人难以置信。伪善者多米娜滥用手中权力最终引起民众的愤怒和骚乱。人们用尽各种能够想到的残酷手段对付她。"最后有个投掷很准的人扔出一块硬石,不偏不倚砸中了她的太阳穴。她倒在地上,血流如注,没有几分钟就结束了卑鄙的生命。"② 由此可见,在哥特作者笔下,不管男修道院院长还是女修道院院长,都是道貌岸然、残忍冷酷、

---

① 安·拉德克利夫:《奥多芙的神秘》,刘勃译,中国人民大学出版社2004年版,第673页。

② 马修·刘易斯:《修道士》,刘宏照译,浙江工商大学出版社2016年版,第311页。

罪大恶极的教徒。通过对作品中众多反面教徒形象的展现，哥特作家从侧面揭露并批判着罗马天主教这个虚伪、淫秽、凶残与黑暗的专制机构，表现出鲜明的反宗教情结。

哥特作家有时也通过故事场景的设置对天主教进行直接抨击。以《修道士》故事开始时嘉布遣会教堂布道为例，作者直接写道：只有几位年老的信徒出于对宗教的虔诚而来，其他人聚集于此的目的各不相同，"女人来这里是为了让人看，男人来这里是为了看女人；他们有的是受好奇心的驱使来听一个名闻遐迩的神父布道，有的是因为在剧院开场前没有更好的地方打发时光，有的是因为担心来晚了找不到空座"①。在人满为患的教堂里，小孩子纷纷爬到小天使的翅膀上、圣人的肩上。在神圣严肃的布道会上，年轻绅士洛伦索和美丽纯真少女安东尼娅眉目传情。安东尼娅"羞怯地环顾四周，偶尔与洛伦索的目光相遇时，她便赶忙垂下目光，看向念珠，双颊变得通红。洛伦索凝视着她，既吃惊又爱慕"②。此处两人初见时柔情蜜意的恋爱画面将庄严肃穆的布道场景变成男女约会交往的社交场所。天主教的伪善在作家刘易斯笔下得以公开揭露。而拉德克利夫在《奥多芙的神秘》中对天主教的伪善和迷信进行了隐晦的抨击。初到奥多芙的艾米丽看到一幅用画布罩着的画作。画作所笼罩的神秘氛围激发着艾米丽的好奇心，她想去一探究竟。幕布落下那一瞬间，艾米丽浑身发抖，昏倒在地板上。读者禁不住想问："艾米丽看到了什么？"第四卷第十七章中谜底终于揭晓。原来她看到了"一个恐怖的尸体，手脚伸展着，穿着丧衣。更让人恐惧的是，那张脸已经被虫子腐蚀，变了形，而手脚上

①　马修·刘易斯：《修道士》，刘宏照译，浙江工商大学出版社2016年版，第3页。

②　同①，第7页。

仍然有很多虫子"①。至此读者终于证实了自己心中隐藏的答案：黑色幕布遮盖的是一具死尸。但是作者在接下来的描述中，话锋一转地说道："其实她只要再看一眼，恐惧和猜测就会烟消云散，因为她会发现那不是个人，而是蜡像。"② 当时奥多芙侯爵因激怒了天主教会，而每天被罚面壁思过。迷信的侯爵认为蜡像能够洗去他所犯的罪孽，便让后代们保留这具蜡像以便赎罪。"但是他的后代却没有遵从他的教诲——每天面壁思过。"③ 这里侯爵的迷信来自天主教的影响。而艾米丽打开的黑色画布则象征着民众终将以一种隐晦、含蓄的方式揭开天主教迷信的面纱。

　　英国哥特小说中圣者形象塑造和主题构建中展现出的反宗教倾向与当时的社会历史状况有着密切关系。这一时期，英国政治危机不断、冲突四起。王室贵族打着"忠君爱国"的旗号，意在加强逐渐削弱的王权；政治精英代表着新兴资产阶级利益，打出"天赋人权"的旗帜，竭力推进民主政治改革。位于政治危机和暴力冲突旋涡的英国中产阶级既羡慕中世纪以来封建社会的文化价值观，同时又支持资产阶级对封建专制统治的改革，希望借此提高其阶级地位。他们对未来的政治走势具有明显的焦虑和恐惧性。政治和宗教本密不可分。此时英国社会所经历的政治危机也是宗教信仰的危机。威廉·戈德温、托马斯·潘恩等政治家大胆抨击教会的腐朽，指责政府企图通过美化宗教来获取更多的政治利益。威廉·戈德温说："人类绝不可能仅仅是核准的对象，而只能是独立的存在。他必须咨询自己的理性，得出自己的结论，始终与自己的行为规范意识相一致。"④ 宗教理性化的最终结果是宗教的世俗化，换句话说，"信仰也就变成

　　①②③　安·拉德克利夫：《奥多芙的神秘》，刘勃译，中国人民大学出版社2004 年版，第 672 页。

　　④　William Godwin, *Enquiry Concerning Political Justice*, Hamondsworth：Peguin, 1976, p. 198.

一种个人框架内的自由判断，变成了一种可以分析和选择的事情"①。理性主义者以反教权主义为己任，他们认为宗教教权腐朽不堪的罪魁祸首在于天主教那些伪善的神父们。他们披着宗教的外衣，操纵、驾驭、迫害民众。随着宗教理性主义的崛起以及教会内部各种丑行的不断暴露，教会原先所宣扬的禁欲主义、"原罪"观念在新思想和新时期都显得那么苍白无力。这种思想上的重要转变自然会体现在文学创作中，因为"宗教和文学，从起源到发展，都一直互为表里，相互交融"②，"两者浑然一体，密不可分，文学往往是宗教的载体，而宗教的传播过程往往也是文学的展示过程"③。

第四节　鬼怪形象

天主教徒认为人死后无法回到现实社会，而鬼是魔鬼的实体伪装成死者的样子。受这种宗教观念的影响，18世纪末19世纪初，哥特作品中的鬼怪形象与鬼和魔鬼有着密切关联。鬼怪形象虽然并非作品中的主要形象，但其作为情节的重要组成部分丰富着小说内容的发展。《奥托兰多城堡》中的鬼怪形象和哈姆雷特父王的鬼魂一样，起着提醒、警告后人的功能。鬼怪希望他们的后人能了解历史真相，为其复仇；《修道士》中的滴血修女则是被情人所害，她频繁回来的目的是要复仇。

《弗兰肯斯坦》中的鬼怪形象塑造得栩栩如生，令人印象深刻。不同于传统哥特作品中诱人堕落作恶的鬼怪形象，巨怪是一个具有人形、本性善良、拥有人类细腻感情和欲望诉求的魔

---

① 黄禄善：《境遇·范式·演进——英国哥特式小说研究》，上海外语教育出版社2012年版，第74页。

② 海伦·加德纳：《宗教和文学》，沈弘译，四川人民出版社1989年版，第1页。

③ 马佳：《十字架下的徘徊》，学林出版社1995年版，第1页。

鬼形象。怪物得到生命后，本想对他的创造者表示友好和感谢之情。但主人弗兰肯斯坦因为他那丑陋恐怖的容貌而厌恶他、遗弃他。孤独无助的怪物只好逃离住所。他试图学习人类语言，帮助人类做农活，接触人类，保持交流。结果他得到的却是来自人类的打骂、嫌弃、厌恶和逃离。当怪物在凄冷的冰川遇到弗兰肯斯坦时，他抱怨道："我是你制造出的生命，原应是你的亚当。可如今，我倒更像是你的堕落天使了。"① 当怪物蜗居在德拉塞家的棚屋中，读着从路上捡到的《失乐园》时，他再次感叹道："和亚当一样，我显然与其他生存的一切生命都没有任何联系。"和亚当相比，他们之间存在以下差异性：第一，亚当是上帝依照其模样精心创造的理想产物，怪物则是弗兰肯斯坦为满足个人荒谬理想而创造的实验产品；第二，亚当由于违背了他和上帝之间的契约而被驱逐出伊甸园，造物主弗兰肯斯坦以及人类遗弃怪物的主要原因在于其外貌丑陋可怕。

　　怪物无法在人类社会中获得关爱，便想让弗兰肯斯坦创造一个女伴陪他度过余下的孤独岁月。唯一的希望遭到拒绝后，怪物才逐渐演变成撒旦式的魔鬼形象，展开一系列骇人的报复行为。怪物在内心仇恨的驱动下完成其恶魔之路的进化过程。但复仇成功后，怪物坦言道："堕落的天使成了邪恶的魔鬼。然而，就连上帝和人类的敌人，也有朋友在他孤苦悲凉时相伴左右。而我却始终孑然一身。"② 该作品中的鬼怪形象虽然犯下了不可饶恕的杀人罪行，但他的悲剧故事也值得读者深思。曾经心地善良、与人为善的怪物最终走上恶魔化道路，是因为以貌取人、冷漠异化的人类社会加剧了他的孤独感，进而使他实施报复计划。

---

① 玛丽·雪莱：《弗兰肯斯坦》，孙法理译，译林出版社2016年版，第107页。
② 同①，第213页。

　　综上分析，读者发现，无论是《弗兰肯斯坦》中的鬼怪形象，还是其他作品中的鬼魂、恶鬼等形象，全是上帝的工具，对人类起着警告和惩罚的作用；同时，作者通过探讨社会问题来揭露人性的罪恶与丑陋。

第四章　哥特小说的叙事交流模式

如果把文学看成人类社会的一种交流手段，那么文学作品则以讲故事的叙事方式为物质载体来实现其交流目的。小说叙事作为文学作品的重要组成部分，其功能性当然也不例外。美国学者布斯在《小说修辞学》的序言中明确提到，"小说是与读者进行交流的艺术"①。因此，叙事学的一个重要研究内容就是从理论层面探讨该交流实施过程以及交流过程成功实现的原因和影响因子。

第一节　充满活力的叙述交流过程

1958 年，布拉格学派代表人物雅各布逊采用图 4-1 对交流模式进行了阐释。

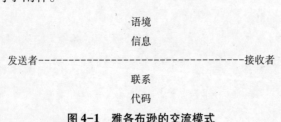

图 4-1　雅各布逊的交流模式

---

① 韦恩·C. 布斯：《小说修辞学》，华明等译，北京大学出版社 1987 年版，第 1 页。

在图 4-1 中，信息发送者以编码的方式将信息代码传递给信息接收者来解码。也就是说，信息传送通常采用代码形式，在一定的场景和语境中通过语言、谈话、画面等方式产生联系并传递给接受者。显然，图 4-1 仅仅对最常见的交流模式进行了一般性的概括。然而文学作品的写作类型和文体特征各不相同，其交流模式也具有相应的特殊性和多样性。1978 年，美国学者查特曼在《叙事与话语》中提出了基于符号学的叙事交流模式，如图 4-2 所示。

叙事文本

真实作者—隐含作者—叙述者—受述者—隐含读者—真实读者

图 4-2 基于符号学的叙事交流模式

查特曼在图 4-2 中共列出六个叙事交流参与者，存在三组对应关系。他们分别是：真实作者与真实读者；隐含作者与隐含读者；叙述者与受述者。在查特曼看来，隐含作者和叙述者在叙述交流过程中担当大任，推动着核心信息的交流。此图中，真实作者和真实读者则被置于叙述交流的核心框架之外。里蒙-凯南对查特曼的部分观点表示支持。她在《叙事虚构作品》中，同样将叙述定义为"把叙述内容作为信息由发出者传递给接受者的交流过程"[1]。毫无疑问，两位学者都把交流看作一个单向流动的交际过程。这一过程的实现有赖于隐含作者以文字形式把真实作者的观点和态度传递给隐含读者。但两位学者对隐含作者的功能却持不同观点。查特曼认为，隐含作者并不等同于叙述者。他认为，"与叙述者不同，隐含作者什么也不能告诉我

---

① Shlomish Rimmon Kennan, *Narrative Fiction*：*Contemporary poetics*, London：Methuen, 1983, p. 2.·

们。他，或更确切地说，它没有声音，没有直接交流的手段。它通过整体的设计，借助所有的声音，采用它所选择的使我们得以理解的所有手段，无声地指导着我们"[1]。在查特曼的交流框架中，交流始于隐含作者而终于隐含读者，因此，两者是交流的必备要素。而故事的叙述者和受述者则可以缺失。里蒙-凯南认为，如果把隐含作者看成是一个无声、无法直接交流的物体，那么，它如何承担信息发送者的功能？因而，里蒙-凯南认为，作为一整套隐形思想规范的传达者，"隐含作者不可能是叙述交流场合的实际参与者"[2]。所以，里蒙-凯南的叙述交流模式中只有四个参与者：真实作者、真实读者、叙述者和受述者。

国内学者谭君强（2014）认为，查特曼和里蒙-凯南所提出的叙述交流模式都属于单向流动模式，而非双向的交流过程。例如，读者在交流过程中处于被动接受者这样一个尴尬位置。但是我们知道，任何一部艺术作品的解读都需要与读者的阅读活动紧密联系在一起。当读者去阅读、欣赏这部文学作品的时候，它才有存在的意义。离开读者的阅读和欣赏，文学作品不过是无意义的文字堆砌而已。从这个意义上看，正是因为有了不同读者的阅读参与，文学作品也被赋予丰富的内涵。因此，读者在叙事交流中的重要功能不容忽视，叙述交流模式应该是双向交流模式。在总结以上学术研究的基础上，国内学者李乃刚（2013）提出了一个叙事交流过程的修正模式，如图4-3所示。

通过对比可以发现，图4-3中叙事交流被视作主动交流过程和被动交流过程相结合的双向交流模式。隐含作者和真实读者都成为叙事交流过程中的积极参与者。

① Chatman S., *Story and Discourse: Narrative Structure in Film and Fiction*, Ithaca: Cornell UP, 1978, p. 148.

② Shlomish Rimmon Kenan, *Narrative Fiction: Contemporary Poetics*, London: Methuen, 1983, p. 88.

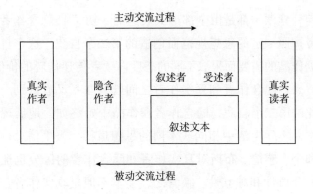

图4-3　叙事交流过程修正模式

对文学作品来说，其叙事交流过程中的真实作者、隐含作者和叙述者之间存在千丝万缕的联系。正如英国叙事学家罗杰·福勒所说："我们不应当完全排斥作者，而应当从我已经论及的创作原则的交代角度来理解隐含作者这一概念：文本的构思将作者以及读者置于一个与作者所描述的内容相对应的特定位置，也就是说文本的结构在一定程度上界定了它的作者。这种用创作原则上的隐含作者来取代现实中作者的做法可以从语言学的角度来理解。"① 罗杰·福勒此处提到的隐含作者与传统小说叙事中的作者所采用的笔名及依照其文本结构所界定的作者比较类似。美国学者布斯在《小说修辞学》中对隐含作者的内涵进行了具体解释，并提出"隐含作者"这一重要概念。布斯认为，"我们对隐含作者的感觉，不仅包括所有人物的每一点行动和受难中可以推断出的意义，而且还包括它们的道德和情感内容。简言之，它包括对一部完整的艺术整体的直接理解；这个隐含作者信奉的主要价值，不论它的创造者在真实生活中

---

① Fowler R. *Linguistics and the Novel*, London：Methuen，1977，pp. 79-80.

属于何种党派，都是由全部形式表达的一切。"① 隐含作者是真实作者按照一定的思想规范而创造的第二个自我。这个自我经常根据作品的需要而采取不同的态度向读者传递作者的价值观。由此看来，隐含作者和真实作者之间既有联系又有区别。作为理性化的第二个自我，隐含作者在作品中始终如一地展现着与作者本人实际生活中相同或不同的思想道德、人生信念、社会规范和个人感情。布斯对真实作者和隐含作者的区分也证明了文本的开放性和独立性。换言之，文本不但是真实作者、隐含作者和读者之间进行交流活动的载体，而且他们形成了既相互渗透又保持安全边界的独立体，三者间保持着一种颇具活力的交流链。隐含作者不仅"有意或无意地为我们选择所读内容，是现实作者文学创造的理想版，是其选择的总和"②，而且以明确评论的形式展现着作者无法直接表述的内容，引导、陪伴读者穿越迷雾重重的故事，完成道德成长之旅。

根据叙述者、隐含作者、故事人物和读者之间的距离变化，布斯提出可靠叙述者和不可靠叙述者的概念。"对于叙述者中的这种距离，我们几乎找不到恰当的术语名词。由于缺少更好的术语，当叙述者为作品的思想规范（亦即隐含作者的思想规范）辩护或接近这一准则行动时，我们把这样的叙述者称为可信的；反之，我称为不可信的。"③ 布斯不仅关注"隐含作者、叙述者、其他人物和读者间的隐含对话"，还意识到他们之间存在"价值的、道德的、认知的、审美的甚至是身体的轴心上，从同一到完全对立而变化不一"④。他在随后的论述中进一步分析了引起这种差距的两种情况，并将其概括为事实轴线和价值轴线。以

①②③　韦恩·C. 布斯：《小说修辞学》，华明等译，北京大学出版社1987年版，第178页。
④　同上，第175页。

这两条轴线为参照物，读者能够判断出叙述者远离隐含作者思想规范的原因是对文本事实的知悉不足或叙述者的价值判断方面的失误。布斯不仅敏锐地注意到叙述者在虚构叙事作品中的声音和观念与隐含作者的规范之间存在差异，而且对这一现象进行了理论归纳，受到学术界的认可和重视。

随后，美国学者威廉·里甘对不可靠叙述者进行详尽分类，概括出九种不可靠的第一人称叙述者，他们分别是流浪汉、疯子、天真幼稚的人、小丑、伪君子、变态者、道德沦丧的叙述者、撒谎者和骗子。里蒙-凯南在《叙事虚构作品——当代诗学》中分别以塞林格的《麦田里的守望者》、威廉·福克纳的《喧哗与骚动》和《押沙龙，押沙龙!》为例，将不可靠叙述产生的原因进一步归纳为三个方面：叙述者知识有限、叙述者卷入事件，以及叙述者的价值观与隐含作者的价值观相符。叙事学家们的以上研究成果为我们理解不可靠叙述提供了理论基础，但如何在复杂多变的叙事文本中清晰界定可靠或不可靠叙述者成为后经典主义叙事学家们关注的焦点。以布斯的不可靠叙述分析为基础，詹姆斯·费伦提出"不可靠性轴线"理论并梳理出不可靠叙述的三条轴线："事实事件"轴、"价值判断"轴和"知识感知"轴。费伦指出，人们不能将三条轴线视为恒定不变的框架，而要将其作为一种"启发手段"，互为平行线关系。①同时，费伦还指出了与三条轴线密切相关的六类不可靠叙述，即"错误报道""错误解读""错误评价""不充分报道""不充分解读""不充分评价"，进一步发展和完善了不可靠叙述理论。

由于叙事作品中存在多种多样的叙述者，因此叙事学理论家对叙述者这一重要概念进行研究和归类时，通常从不同的角

---

① 詹姆斯·费伦：《威茅斯经验：同故事叙述、不可靠性、伦理与人约黄昏时》，载戴维赫尔曼编：《新叙事学》，马海良译，北京大学出版社2002年版，第4页。

度对叙述者的功能进行区分。除了上文中提到的可靠叙述者和不可靠叙述者外，"相对于不同的侧面，对叙述者可以作如下区分：根据叙述者相对于故事的位置或叙述层次，可以区分为故事外叙述者与故事内叙述者；按照叙述者是否参与其所讲述的故事并是否成为该故事中的人物，可以区分为非人物叙述者与人物叙述者；根据叙述者可被感知的程度，可以区分为外显的叙述者与内隐的叙述者"①。

第二节　形态复杂的叙述者交流

一、故事内叙述者在哥特小说中的交流功能

英国哥特小说中塑造出众多传递隐含作者思想道德规范的叙述者。他们为读者选择着阅读内容，推动故事情节朝设定的方向发展，吸引读者参与故事内容的建构，实现着作者与读者的有效互动和交流。赵毅衡曾经这样评价叙述者的作用："叙述者身份的变异，权力的强弱，所起作用的变化，他在叙述主体格局中的地位的迁移，可以是考察叙述者与整个文化构造之间关系的突破。"② 哥特小说作品数量众多，叙述者在叙事交流过程中的叙事表现和交流功能也各不相同。本书重点探讨的四部小说中，《弗兰肯斯坦》采用了故事内叙述者，而其他三部作品中的叙述者多为故事外叙述者，并未作为故事中的某个人物参与到话语叙事中。

《弗兰肯斯坦》中，故事内叙述者身份多变，三位叙述者分别是：探险家沃尔顿、科学家弗兰肯斯坦以及他所创造出的

---

① 谭君强：《叙事学导论：从经典叙事学到后经典叙事学》，高等教育出版社 2014 年版，第 7 页。

② 赵毅衡：《苦恼的叙述者》，北京十月文艺出版社 1994 年版，第 12 页。

"恶魔"。他们采用了第一人称"我"的叙述角度，轮流讲述故事。小说一开始，探险家沃尔顿以书信形式向他亲爱的姐姐描述着他的航海经历。在第四封信中，他提及在北极遇到身体虚弱、精神萎靡的弗兰肯斯坦。此时，后者非常自然地接过故事内叙述者的重任，向沃尔顿讲述着"我"那无忧无虑的童年，"我"对生物起源的痴迷；"我"的实验成果——"一个连但丁也想象不出丑恶嘴脸"的巨怪以及巨怪对"我"生活上和精神上的折磨，此乃小说的第二层叙事。通过第十章中"我"与魔鬼的唇枪舌剑和正面交锋，巨怪回忆起他被遗弃后的艰难历程。这样小说成功地过渡到以巨怪为叙述者的第三层叙事。从第十一章到第十六章，魔鬼叙述着他的悲惨遭遇：他在诞生之日惨遭主人遗弃，此后饱尝人间的辛酸和冷漠。他渴望与人类交流、与人为善，但等待他的却是无情的棍棒、厌恶的眼神和被遗弃的命运。从第十七章到第二十四章又转到弗兰肯斯坦作为故事内叙述者，继续描写"我"与魔鬼之间的复仇和反复仇的最后决斗。在小说的结尾，作者再次回到书信体的形式，由沃尔顿叙述整个故事的结局。

从叙事交流的角度来看，《弗兰肯斯坦》中的三位故事内叙述者均以"我"的身份直接面对读者，叙述着自己的所见所闻、所思所想，和读者进行直接沟通和交流。叙述者"我"——"沃尔顿船长"和"亲爱的姐姐"处于同一叙述层次，发挥着基本的叙述功能和管理功能。"我"以海上航行为题引出整个故事，向姐姐讲述着自己航行路上偶遇弗兰肯斯坦一事。第四封信中"我"迫不及待地向"亲爱的姐姐"描绘着一件奇事：浓雾笼罩下，我们的船被困在冰山中无法航行。焦虑不安的船员们看到了一幅奇特的景象，"一辆低矮的车挂在雪橇上，由几条狗拉着往北方飞跑，离我们大约半英里。一个样子像人，但很高大的动物坐在雪橇上，驾驭着狗群。我们用望远镜观察那旅客一路飞跑，直到他消失在参差起伏的冰原远处"①。第二天早上，船员们在船舷边劝说着海里的人上船来。"我"惊奇地发现"原来是架雪橇，和我们看见的那架类似，晚上在一片流冰上漂到了我们的船前。雪橇上还有一个人。水手们正在劝说他上船。他不像之前那个过客，并不是某个没有被发现的岛上的居民，而是个欧洲人"②。接下来，叙述者"我"并未主动交代故事的来源，解释两人之间的关系，而继续以亲历者的身份，客观、冷静地描述着"我"和弗兰肯斯坦在船上的沟通交流。在"我"眼里，弗兰肯斯坦是一个有着双重自我的神秘人物。"他可能遭受着痛苦，被失望压倒，但是在他回归自己时，却是天上的精灵，身后有一圈不容忧伤和愚蠢闯入的灵光。"③　"我"在叙述过程中以一种十分真诚的态度和读者进行沟通、交流，同时又留下了很多未解之谜，以此向读者证明：作为故事亲历者的"我"和其他故事讲述人并无区别，并不能掌握所有信息。这类叙述者以旁观者的立场来讲述故事，在故事的发展演进中只起到穿针引线的作用。他们的交流方式更能激发读者的阅读兴趣，引导读者深入阅读故事。

　　第一人称叙事也会产生一些叙事"空白"或盲点，但其并未对读者的阅读形成障碍，这正得益于三位故事内叙述者分别进行事件讲述的结构特点。每位叙述人对自己未经历的事件进行描述时会产生叙事"空白"，而这种"空白"会在下一个叙述者的讲解中得到弥补。例如，弗兰肯斯坦向沃尔顿船长诉说他的个人遭遇时，并未直接解释怪物伤害人类的缘由。这个疑问则在当事人怪物的自述中得到解答。怪物怨恨弗兰肯斯坦曾

---

① 玛丽·雪莱：《弗兰肯斯坦》，孙法理译，译林出版社 2016 年版，第 12 页。
② 同①，第 13 页。
③ 同①，第 18 页。

答应创造一个同伴给他，但却失信于人。弗兰肯斯坦在接下来的叙述中讲明他失信的缘由。正是这种转换叙述人称的写作方法使三个叙述人对叙述内容互相弥补，自然清晰地讲述故事，巧妙地回答读者产生的疑问。弗兰肯斯坦作为叙述人时，他讲述的是怪物如何被创造，如何逼迫他追踪到此并奄奄一息。到了怪物的自述部分，他客观地讲述着自己的遭遇，使读者站在怪物的立场上思考，并把怜悯和理解投向怪物。此时，读者在情感上的倾向跟作者想法一致或矛盾不一，但正是这种参与性赋予作品巨大的张力，促使读者在情感转变的过程中继续进行阅读。也是这种情感转换使得读者的道德关怀一步步得以定位，最终帮助读者理顺对作品意义的认知。因此，作家这种转换叙述人称的写作手法无形中帮助读者去理解整部作品的主题。

《弗兰肯斯坦》中，故事内叙述者和其讲述的事件与故事情境中的其他人物处于同一叙述层次。故事内叙述者"通过叙事文本向读者传递某种思想、信念、价值观，或是让读者分享他的某种感情"[1]，与故事中的人物形成实际的交流功能。仅以沃尔顿船长为例，他作为故事的旁观者和观察者，在叙述中发挥着管理职能。在序章中，沃尔顿船长仅以书信的形式和姐姐玛格丽特交流航海旅行。他在信中三次称呼玛格丽特为"亲爱的"，分别出现在第二封信、第四封信和最后一封信中。三次亲昵称呼的使用刚好出现在序章中的三个重要阶段。他以亲历者的身份见证所目睹事件，在必要地方穿插背景信息，交代自己的信息来源，承担着属于自己的叙述任务，与故事中的其他人物形成有效交流。他在写给姐姐的第二封信中提到："我希望身边有个能理解我感情的人，能读懂我的眼神。你可能认为这是

---

① 李乃刚：《艾萨克·辛格短篇小说的叙事学研究》，浙江大学出版社 2013 年版，第 52 页。

由于我过于浪漫。亲爱的姐姐，但是我确实痛苦地意识到缺少朋友，一个温和、勇敢、胸襟开阔、学养深厚、能与我同气相求的人。他对我制订的计划可以提出赞成或否定的意见。"① 这里沃尔顿向姐姐袒露心声，希望寻找心灵挚友的愿望为后来弗兰肯斯坦的出场埋下伏笔。第四封信中，他再次写道："亲爱的玛格丽特，我曾在一封信里告诉过你，说我在辽阔的海洋上找不到朋友，可现在我已经找到了。在他的精神被苦难击倒之前，我应该高兴，因为我得到了他，让他成了我心里的弟兄。"② 沃尔顿船长亲自照顾着被人从海上救来的陌生男人，由于不知其姓甚名谁，他一直在信中称呼他为"欧洲人""陌生人""客人""他"。他像兄弟一样关爱着"陌生人"，不去追着陌生人究根问底，只是在日记中客观记录着船上发生的怪事。沃尔顿船长这些温和睿智的行为为两人友谊的形成打下了坚实基础。最后一封信中，沃尔顿船长再次写道："他告诉我，如果我明天有空，他就讲述他的故事。我最热烈地感谢了他的承诺。我下定了决心，只要工作不太紧张，就要尽最大努力用原话记录下他白天讲的东西。即使没有空，至少也得记下概要。这份手稿无疑将给你带来最大的快乐。但是对于认识他，亲自听他讲述的我来说，在未来的某一天重读这份手稿时，还不知道会有多高兴呢！"③ 至此沃尔顿和"陌生人"的友谊已经形成，由他来讲述这件离奇故事也就顺理成章。这样的叙述方法比作者直接将主人公弗兰肯斯坦介绍给读者更加自然生动、令读者信服。

　　另外，叙述者沃尔顿还充分发挥着证实职能。例如，第二十四章中，当弗兰肯斯坦讲完那个令人毛骨悚然、匪夷所思的

---

① 玛丽·雪莱：《弗兰肯斯坦》，孙法理译，译林出版社 2016 年版，第 5 页。
② 同①，第 16 页。
③ 同①，第 20 页。

离奇故事后，叙述者沃尔顿船长提到他确实曾亲眼看到弗兰肯斯坦保存着菲利克斯和莎菲的亲笔信，而且他也曾在船上看到那个冰上怪客。此外，沃尔顿还特别提道，"弗兰肯斯坦发现我在记笔记，记他的历史，就要求我给他看。他在很多地方做了修改和补充，主要是补充修改了他的生活以及他与那敌人的谈话。既然你记下了我的叙述，他说，我就不愿把被歪曲过的东西留给后世"①。这段叙述直接佐证着沃尔顿故事记载的客观性和真实性。弗兰肯斯坦去世后，沃尔顿被忧伤的阴霾笼罩着。午夜时分，甲板上的奇怪响动打断陷入悲伤沉思中的沃尔顿。他走进停放弗兰肯斯坦遗体的船舱，看到一个身影趴在其上。叙述者沃尔顿是这样描写的："一个我无法用语言形容的身影站在他旁边。那人身材庞大，长相奇丑，严重地歪扭。他的身子弯在棺材上，蓬乱的长发遮住了面孔。他伸出的是一只硕大的手，颜色和质地都像是木乃伊。"②此处的叙述再次见证着怪物的真实存在。沃尔顿同时记录下他与怪物之间的一番对话。怪物简单回顾着弗兰肯斯坦的悲剧故事，发出诸多的人生感悟，并说道：

> 再见吧！我向你告别，也向我这双眼睛所能见到的人告别。再见吧，弗兰肯斯坦！如果你还活着，还有报复我的欲望，与其让我毁灭，还不如让我活着。可事实并不如此。你一定要让我毁灭，为的是不让我造成更大的祸害。若你在天有灵，知道我的创伤之深，一定不会那么想要取走我的性命。你虽是备受摧残，我的痛苦却比你的还要惨痛。因为我伤口里这根沉痛的悔恨的刺，永远不会停止对

---

① 玛丽·雪莱：《弗兰肯斯坦》，孙法理译，译林出版社 2016 年版，第 253 页。
② 同①，第 242 页。

我的折磨，直到死亡让伤口愈合。①

　　叙述者使用此番对话再次验证了弗兰肯斯坦讲述故事的真实性、恐怖性与悲惨性；同时，也坚定了沃尔顿将此事告诉姐姐的信心和决心。在整个故事叙述中，沃尔顿发挥了叙述者积极的证实职能，使弗兰肯斯坦和科学巨怪之间的故事更加真实生动，有效提高故事的可信度。读者在阅读的过程中，也会不由自主地产生一种身临其境的真实感。

二、故事外叙述者在哥特小说中的交流功能

　　所谓故事外叙述者，突出表现在故事叙述者高于其所讲述的故事层次。故事外叙述者并不作为故事中的某个人物出现，而常位于其所讲述的故事外层。以《奥多芙的神秘》为例，叙述者这样开篇：

　　　　1584 年，加斯克涅省加伦河美丽的河畔，坐落着圣奥伯特的城堡。从城堡的窗子向外望去，可以看见吉耶纳和加斯克涅田园般的风景沿着河流向远方伸展，其间更有茂密的森林和藤本植物，还有橄榄种植园。在城堡的南面，宜人的景色为雄伟的比利牛斯山阻隔。山顶一会儿被云雾笼罩着，一会儿又显出奇怪的形状，时隐时现。②

　　读者通过对这一段的仔细阅读可以看出，叙述者在开篇详细描述着圣奥伯特城堡周围的田园景色。这里，叙述者与故事中的人物处于不同的叙事层次，叙述对象为故事外的读者大众，

---

① 玛丽·雪莱：《弗兰肯斯坦》，孙法理译，译林出版社 2016 年版，第 258 页。
② 安·拉德克利夫：《奥多芙的神秘》，刘勃译，中国人民大学出版社 2004 年版，第 5 页。

因而属于故事外叙述者。

在《奥托兰多城堡》第一段，读到叙述者的如下开篇：

> 奥托兰多亲王曼弗雷德膝下有一儿一女。女儿玛蒂尔达芳龄十八，生得花容月貌，儿子康拉德小他姐姐三岁，貌不惊人，又百病缠身，且毫无康复的指望。曼弗雷德对女儿冷漠无情，却把儿子当作心肝宝贝。他已为儿子订了婚。女方是维琴察侯爵的爱女伊莎贝拉。伊莎贝拉的监护人早已把她送到奥托兰多城堡，一旦康拉德病情允许，曼弗雷德就会立刻为他们举办婚礼。①

此段中，故事外叙述者一方面对奥托兰多亲王的家庭成员构成、健康状况和婚姻状况等内容进行客观记录，另一方面又将亲王重男轻女的个人喜恶直接展现在读者面前。

《修道士》的第二章开头如下：

> 修道士们随院长到他的房间门口，院长便打发他们离开。他觉得自己高人一等，表面上虽谦卑，内心却很骄傲。一旦独处，他便放纵自己，沉湎于虚荣之中。想起自己刚才的布道激起了听众高昂的热情，不禁欢天喜地，满脑子奇思幻想。他环顾四周，得意扬扬，骄傲地认为自己比同类优越。②

此处故事外叙述者如同上帝一般，将修道士那傲慢无比、

---

① 贺拉斯·沃波尔：《奥托兰多城堡》，高万隆译，浙江工商大学出版社 2016 年版，第 9 页。

② 马修·刘易斯：《修道士》，刘宏照译，浙江工商大学出版社 2016 年版，第 32 页。

独具优越感的狂傲内心世界展露在读者面前，为安布罗西欧的堕落人生和悲剧结尾埋下伏笔。

故事外叙述者作为叙述的主体，在叙事文本中承担着叙述、交流和说服等基本功能。此类叙述者通常具有较强的灵活性，能够超越时间与空间的限制，敏锐地洞悉故事内人物的所见所闻、所感所想。他们对故事内人物的过去未来、外表内心，皆可和盘托出；对事件的来龙去脉、错综复杂的人物关系，皆可亮底摆明；对同时异地、同地异时或异地异时发生的矛盾线索，也可依次厘清顺序、一一道明真相。

故事外叙述者还承担着叙事干预之功能。作为影响叙事内容的一个重要因素，叙事干预多通过叙述者对人物、事件、环境甚至作品本身进行评论的方式实现。引用苏珊·S. 兰瑟的话来说，这些"叙述者从事超表述的行为，他们做深层的思考和评价，在虚构世界以外总结归纳，寻求与受述者对话，点评叙述过程并且引譬设喻，论及其他作家和文本"①。很明显，叙述者在叙述过程中可以采用外显或者隐性方式对叙事文本进行评论，甚至是价值判断。美国著名学者查特曼将叙述者干预区分为"话语"干预和"故事"干预。

关于"话语"干预，查特曼是这样说的："在话语评论中，一个基本的区分在于是切断还是不切断虚构的叙事组织。"他称前者为"自我意识叙述"，"一部彻头彻尾的自我意识小说是这样一部小说，它从开头到结尾，通过其风格，其对于叙述视点的驾驭，通过置于人物身上的名字和言语、叙述模式、人物特征以及发生在他们身上的一切，以一种持续不断的努力，向我们传达作者所构建的、以文学传统和成规为背景的虚构世界的

---

① 苏珊·S. 兰瑟：《虚构的权威：女性作家与叙述声音》，黄必康译，北京大学出版社 2002 年版，第 18 页。

意义"①。在传达这一虚构世界意义时，叙述者位于所述故事事件之外，通过话语对叙述形式层面产生干预。作者可以采用在叙事作品中添加注释的方法进行叙事干预，使叙述者的意识形态和价值观念在叙事作品中得以体现。例如，《奥托兰多城堡》中的例子："可爱的朋友"伊莎贝拉（她为人正直，一听到别人说了一些仁慈的话，就会受到感动）道，"我不得不承认，西奥多爱的是你。我看到了这点，也相信这点。即使为我自己的幸福着想，也不会妨碍你们的感情"②。

上文括号中，叙述者对伊莎贝拉性格的话语干预与她的言辞融为一体。叙述者以这种言语和行为保持一致的叙述形式，表明作者对伊莎贝拉拥有的丰富情感和悲悯性格持赞赏的态度。

哥特作品中还存在一种独具一格的话语干预方式值得我们深入分析。哥特作者们多在作品开头和章节卷首页使用引语或题词直接讲述作品的创作背景、故事主要内容和写作意图等。这种创作方式以一种看似游离于故事之外、讲述与所叙故事不相干内容的方式存在，实则巧妙而含义丰富地将其与所叙述故事联系在一起，具有明显的互文性特征。

《奥托兰多城堡》共五章，每一章前都有一段卷首语。下面的引语分别出自其中的第一章和第三章："条条长廊，一片死寂，偶有一股疾风吹动她走的那扇门。门轴已经生锈，发出吱吱嘎嘎的声音，回荡在悠长而曲折的长廊之中，每一点细小的声响都使她心惊肉跳。"③ "这是千真万确的"，受了伤的骑士挣扎着说，"我是法利德里克，你的父亲……是的，我是来救你

①　Seymour Chatman, *Story and Discourse*: *Narrative structure in Fiction and Film*, Ithaca: Cronel University press, 1978, p. 250.

②　贺拉斯·沃波尔:《奥托兰多城堡》，高万隆译，浙江工商大学出版社 2016 年版，第 84 页。

③　同②，第 9 页。

的……这不会是……给我一个分别的吻吧，那……"① 这些卷首引言全部出自相应章节的正文部分。第一章中的引言主要描述了伊丽莎白为躲避曼弗雷德亲王的搜寻，从城堡地下室逃到圣尼古拉斯教堂时恐惧的内心。第三章引言中所提及的受伤骑士为伊莎贝拉的父亲法利德里克。在与曼弗雷德的交谈中，法利德里克无意得知伊莎贝拉逃离城堡的真实原因，他怒不可遏地冲出城堡寻找女儿。在被一片幽暗树荫覆盖的岩洞中，不明真相的法利德里克和保护公主的西奥多进行决斗。他在伤势严重、生命垂危之际，对女儿讲了上文中的一番话语。由此可见，以上引文内容属于故事中的重要场景。作者将这些场景前置于章节引言，意在抛出悬而未决的故事内容，留给读者阅读悬念和想象空间，吸引读者关注文本进行真相的探寻。同时，这种在内容上形成前后呼应的叙事模式也对读者理解作品人物与故事事件产生了有益的影响，起到画龙点睛的作用。

　　这些游离于故事结构之外的叙事话语，以各自不同的形式与所叙述事件保持着密切联系；与所叙述的人物和剧情默契配合，形成与故事意义结构的平行关系。同时，通过卷首引语也可以看出叙述者想表达的观念立场和创作意图。刘易斯的长篇小说《修道士》就是一个典型例子：卷首引语与此后的人物塑造和剧情发展相配合，进一步加深作品的批判力度。第一章伊始，叙述者引用莎士比亚戏剧《一报还一报》中的文字：

　　　　——安德鲁勋爷拘谨刻板，
　　　心怀嫉妒处处设防，
　　　很少承认

---

　　① 贺拉斯·沃波尔：《奥托兰多城堡》，高万隆译，浙江工商大学出版社 2016年版，第 55 页。

他的热血会偾张，
或者他的胃口
喜欢面包胜过石头。①

此处，卷首引语中出现的叙述者干预对作品的人物性格刻画具有重要作用。引语本身所提及的安德鲁勋爷具有十分清晰的人物特征。他道德清高、言行谨慎，但却因为无法控制自己的情欲而犯下大祸。叙述者将他置于作品开头，明显地暗示某种性格认同，也就是说，评论中的人物性格与叙述者在正文中刻画的主人公之间具有相同性或相似性。读者如果仔细品味卷首引语，就可以猜测出叙述者在作品中将要描述的故事人物和事件。

最后一章中，作品有如下引文：

——他是个凶残恶毒的魔鬼，
地狱下面邪恶的住处数他最坏，
被骄傲、智慧、狂怒和积怨所加剧，
人类也一样，不论敌手是好是歹。②

倘若将上述卷首引语与此前作品中叙述的事件和人物关联起来，读者可以看到叙述者旨在塑造一个性格鲜明而又矛盾重重的艺术形象。安布罗西欧学识渊博、虔诚可敬、充满魅力，然而情感的压抑造成他性格上的扭曲变态，欲望的诱惑使其踏上犯罪道路，成为一名伪君子、强奸杀人犯。作者在塑造典型

---

① 马修·刘易斯：《修道士》，刘宏照译，浙江工商大学出版社 2016 年版，第 3 页。

② 同①，第 366 页。

艺术形象的同时，也隐晦地揭露着天主教教会的腐朽与虚伪，展现出作者的反宗教主义倾向。

在《奥多芙的神秘》中，有 22 个章节题辞来自莎士比亚的《哈姆雷特》《麦克白》或其他作品。这些题辞可以用来提示章节主要内容，表达作者对故事情节的个人态度，以及突出展现女主人公所处的危险境遇等。

对于故事干预，由于叙述者直接与故事中的人物、事件和环境产生关联，则容易显示出它与意识形态和价值判断的密切联系。查特曼从解释、判断与概括三个方面对故事干预进行论述："'解释'是对于故事成分的要旨、关联或意义成分的公开阐述；'判断'表示道德或其他价值看法；'概括'则从小说世界深入到真实世界，以作为相互的参照，无论它所涉及的是普遍的真实，还是实存的历史事实。它们的最终目的，就在于为作品塑造出叙述者所希望具有的价值意义与道德规范。"[1]

叙述者对虚构故事的解释性干预多采用以下方式：介绍故事产生的时代背景、人物身份、故事梗概及结局；对故事中的特殊事件和人物作具体细腻分析或点评；直接修正故事人物对事件的错误理解。小说《奥托兰多城堡》中有这样一处人物介绍："法利德里克是个年轻英武的多情亲王。他迷上了一位美丽的少女，后来娶了她。可是伊莎贝拉尚在襁褓之中，她就死了。她的死使他痛苦万分。因此，他随着十字军奔赴圣地……沦为俘虏。后来传闻他死在了那儿。当法利德里克阵亡的消息传到曼弗雷德的耳朵里时，曼弗雷德贿赂了伊莎贝拉的监护人……企图通过这种联姻将两个家族的权力合为一体。"[2] 此时，叙述

---

[1] Seymour Chatman, *Story and Discourse: Narrative Structure in Fiction and Film*, Ithaca: Cornel University Press, 1989, p. 253.

[2] 贺拉斯·沃波尔：《奥托兰多城堡》，高万隆译，浙江工商大学出版社 2016 年版，第 55 页。

者的身份高于故事中任何人物，他以强烈的叙述声音对故事中存在的疑团作出种种科学合理的解释。叙述者以第三人称"他"的口吻，不受身份限制和时间制约，自由灵活地向读者讲述法利德里克的家族背景、爱情故事、奔赴圣地以及曼弗雷德的诡计。读者可以借叙述者的话语证实前文对曼弗雷德荒谬行为的描述，一方面，对叙述文本产生认同感和信任感；另一方面，也加深其对文本的理解、对作者思想情感的正确把握，便于和作者在价值取向上达成一致。

刘易斯在小说《修道士》中，对参加嘉布遣会教堂聚会的听众进行了一段解释性描述：

> 不论在什么时候，至少可以肯定，嘉布遣会教堂从来没有见过这么多听众。角角落落挤满了人，座无虚席。点缀长廊的雕像被拥挤得做了听众的仆人。小天使的翅膀上趴着几个小男孩，圣方济各和圣马克的双肩各扛着一名观众，圣阿加莎则不得不扛上两个。结果，我们新到的两个人，急急忙忙进入教堂后，环顾四周，却发现找不到空位子。①

在本段，叙述者以无声的描述记录着听众们寻找座位的方式。这种摄影机般的叙述声音起到了此时无声胜有声的叙事效果，调动着读者参与文本解读的积极性。借助叙述者对教堂内部环境的客观描述，读者会主动思索这些神圣雕像上坐满听众的原因，由此体会到作者对民众来此聚会的真实目的持间接的批判态度。

---

① 马修·刘易斯：《修道士》，刘宏照译，浙江工商大学出版社 2016 年版，第 4 页。

哥特作品中，叙述者也会在讲述故事之际，直接发表其对故事事件和人物的看法。这种直接参与点评的做法更多地体现在精神价值判断层面。这些价值性评论不仅能较好地体现叙述者的立场，并将其意识形态潜移默化地作用于读者，有助于价值认同与情感共鸣的形成。哥特小说中的价值性评论多以短小简洁的形式分散在作品各处。例如，在《修道士》中，叙述者讲述安布罗西欧进入地下墓室占有安东尼娅时，发表了如下评论：

> 突然被剥夺了已经不可缺少的愉悦，修道士深深地感受到了痛苦。他天性喜欢感官的满足，而且他正年富力强，青春鼎盛，他饱受煎熬，欲望几乎使他发狂。他对安东尼娅的感情里面，剩下的只是更加粗俗的部分。他渴望占有她，墓穴的阴暗，周遭的寂静，她预期的反抗，似乎反而增强了他猛烈而放纵的欲望。①

在这段简要评论中，"感官的满足""放纵的欲望"等关键词突出表现了安布罗西欧面临重要抉择时所伴随的心理骚动、感受和变化。这种对人物心理的评论性描写将修道士复杂微妙的心理感受淋漓尽致地展露在读者面前，对于理解人物的性格特征具有非同一般的意义。

《奥托兰多城堡》中也有相似的人物评论。曼弗雷德在城堡的地下走廊碰到西奥多。当他追问西奥多如何打开暗室门之际，西奥多的回答让曼弗雷德恼怒不已，失去耐心。叙述者接着这样评论道："曼弗雷德并非那种无缘无故大发淫威的暴君，他的

---

① 马修·刘易斯：《修道士》，刘宏照译，浙江工商大学出版社 2016 年版，第331 页。

天性还算仁慈。当他的理智尚未受到情绪蒙蔽的时候，他还常常乐善好施。"① 此时叙述者以"天性仁慈和乐善好施"等形容词对曼弗雷德所做出的价值性评论和故事情节中展现的人物形象大相径庭。这不仅显示出曼弗雷德是一个暴躁、残酷、专制的恶棍英雄，而且作者以诙谐轻松的讽刺口吻显示出自己的意识形态立场与价值取向观念。

　　叙述者在哥特小说中对人物事件公开发表评论的例子较为常见。更为典型的是，叙述者在《奥多芙的神秘》的结尾部分直接发表评论来总结作品的主题："噢！这个故事告诉我们，虽然有时候邪恶会压迫折磨善良的心，但它们的力量始终是短暂的，它们的伤害也不是永无止境的。无辜的人经受邪恶的压抑，只要有耐心，最终能战胜不幸。"② 叙述者以一个人所共知的事实与作品主题相关联，这样既概括了一种普遍状况，给读者留下了深刻印象，也一目了然地展现着叙述者对作品中人物和故事所持的价值观念与意识形态立场。评论性叙述的目的不仅"试图让隐含读者接受其所作的判断与评价，按照他所给的意义去评价人物与事件，以使隐含读者与隐含作者保持价值判断上的一致性"③，而且通过与真实读者进行对话、交流来进一步拉近距离、取得信任、引发情感共鸣。

　　叙事干预普遍存在于哥特小说中，它以高于虚构故事中一切人物的方式存在、解释、评价并归纳着故事内容，将隐含作者的思想价值观和意识形态准确地传达给隐含读者，实现着作品的叙事交流功能。

---

① 贺拉斯·沃波尔：《奥托兰多城堡》，高万隆译，浙江工商大学出版社 2016 年版，第 25 页。
② 安·拉德克利夫：《奥多芙的神秘》，刘勃译，中国人民大学出版社 2004 年版，第 683 页。
③ 谭君强：《叙事理论与审美文化》，中国社会科学出版社 2002 年版，第 81 页。

第五章　哥特小说的叙事视角

学者们研究发现，同一个故事，如果作者采用不同的观察视角进行叙事讲述，会产生迥然不同的叙事效果。叙事视角作为传递作品主题意义的重要载体，一直是叙事研究界探讨的焦点。本章首先对叙述视角研究的发展历程以及叙述视角的具体分类展开综述。在此基础上，笔者将重点研究分析哥特作品所采用的叙事视角及各种视角的不同叙事作用和效果。

第一节　叙事视角研究的发展及分类

叙事视角是经典叙事学理论的核心概念之一。1921 年，珀西·卢伯克首先在《小说技巧》中说："在小说技巧中，整个错综复杂的方法问题，我认为都要受到观察点问题，也就是在其中叙事者相对于故事所站的位置的关系问题所制约。"[1] 此后叙事视角成为人们在叙事学理论研究中关注的重要问题。近几十年来，众多学者对这一问题的研究取得了令人瞩目的成果。叙事学家多用观察点、叙事焦点、叙事视点、叙事样式和叙事视角等术语来探讨叙事观察点问题。但是，在他们的术语分类中存在一个共性问题：这些论述并没有在"说"与"看"两者之

---

① Percy Lubbock, *The Craft of Fiction*, London: Jonathan Cape, 1966, p. 251.

间作出明确区分。因为就叙事作品的观察点而言，说和看既可以由同一个叙事者发起，也可以是不同的叙事主体。

1972 年，热奈特在《叙事话语》中提出"混淆了其视点确定叙事透视的人物是谁，与叙述者是谁这一完全不同的问题，或者，更简单地说，就是混淆了谁看与谁说的问题"①。接下来他对两者作出了严格区分，即谁说和谁看的问题。在此基础上，他采用"聚焦"这一术语来取代过去人们常说的观察点、叙事视点等词，通过区分聚焦和叙事来重点讨论叙事文本中的信息主要透过谁的眼光和心灵传达出来。这样"聚焦就是视觉与被看、被感知的东西之间的关系"②。热奈特根据聚焦主体的变化，将叙事聚焦分为三类，即零聚焦叙事、内聚焦叙事和外聚焦叙事。

零聚焦叙事中，叙述者无所不知、无所不能。他的视点可以任意移动，穿越时空限制；他所知道的叙事内容多于故事中的任何一个人物，相当于传统叙事作品中全知视角叙事者，可以用托多洛夫的"叙述者＞人物"这一公式来表示。内聚焦叙事的叙述者将叙事内容限定在自己能够感知的范围内，可以用"叙述者＝人物"这一公式来表示。内聚焦叙事又被细分为三种类型：①固定式内聚焦，即叙事内容通过单一人物进行呈现；②变换式内聚焦，即叙事视角在不同的人物之间转换，叙事焦点不固定；③多重式内聚焦，即同一事件让不同的人物从各自的角度进行观察，并进行重复性叙事。外聚焦叙事中，叙述者仅从外部对人物的实际行动和外部环境进行客观描述，并不涉及人物的内心世界或主观感受，可以用"叙述者＜人物"这一公式来表示。

---

① Gerard Genette, *Narrative Discourse*, Ithaca: Cornell University Press, 1980, p. 186.

② 米克·巴尔：《叙事学：叙事理论导论》（第二版），谭君强译，中国社会科学出版社 2002 年版，第 168 页。

　　国内学者申丹首先肯定了热奈特在叙事和聚焦的界定方面所取得的成绩。但她同时也指出，热奈特对内聚焦与外聚焦区分的标准基于"对人物内心活动的透视与对人物外在行为的观察"，这样的标准是经不起推敲的。因为"这种对立涉及的是观察对象上的不同，而不是观察角度上的不同"①。根据观察者与故事之间的关系，申丹将视角模式归纳为两大类，分别为外视角和内视角。外视角又可细分为全知视角、选择性全知视角、戏剧式和摄像式视角、第一人称主人公叙述中的回顾性视角和第一人称叙述中见证人的旁观视角；内视角主要包括固定式人物有限视角、变换式人物有限视角、多重式人物有限视角和第一人称叙述中的体验视角。

　　相比热奈特的视角分类方法，申丹依据聚焦对象和聚焦者类型的差别，对叙事视角进行了更加详细、全面的区分。其中，全知视角和选择性全知视角的区别在于聚焦对象的差别，即叙述者"可以从任何角度来观察事物，透视任何人物的内心活动"，还可以"限制在自己的观察范围内，往往仅揭示一位主要人物的内心活动"②。第一人称主人公叙述中的回顾性视角、第一人称叙述中的体验视角和第一人称叙述中见证人的旁观视角则根据聚焦者类型的差别进行区分。在第一人称叙述者回顾性视角中，聚焦对象只能从自己目前的角度来观察往事，回顾那些与"我"有关的故事以及"我"的内心感受。而在第一人称叙述的体验视角中，"叙述者放弃目前的观察角度，转而采用当初正在体验事件时的眼光来聚焦"③。作为一种修辞技巧，第一人称叙述中的体验视角经常和第一人称叙述中的回顾性视角配

---

① 申丹：《西方叙事学：经典与后经典》，北京大学出版社 2010 年版，第 98 页。
② 同①，第 95 页。
③ 同①，第 97 页。

合使用。

依据申丹所总结的分类方法，在本章重点讨论的四部哥特小说中，《弗兰肯斯坦》采用的是第一人称叙述中的旁观者视角和体验性视角；《奥托兰多城堡》《修道士》《奥多芙的神秘》则主要采用了全知视角、固定式人物有限视角以及戏剧式和摄像式视角相结合的方式。

第二节　叙述者的说——第一人称视角叙事

在西方文学的历史长廊里，使用第一人称视角进行叙事的文学作品不胜枚举。在美国作家塞林格的经典小说《麦田里的守望者》中，叙述者"我"是一个年仅16岁的中学生。《呼啸山庄》中的叙述者"我"是山庄的女管家耐莉。这一文学传统也深深地影响着哥特小说的艺术创作。

《弗兰肯斯坦》不仅是哥特式小说的创作典范，也被认为是世界上第一部真正意义上的科幻小说。小说作者为了生动、真实地将怪诞科幻故事展现在读者面前，主要采取了第一人称视角叙事，通过船长沃尔顿、弗兰肯斯坦和巨怪之口讲述他们所亲历的怪诞事件，全方位、多角度、多维度地向读者展示了一个内容离奇、结构完整、层层嵌套的哥特故事。首先，船长沃尔顿以书信体形式，向"我"的姐姐讲述海上航行过程和"我"看到的弗兰肯斯坦的故事。其次，"我"——弗兰肯斯坦回顾着美好的童年生活，"我"对自然科学的热爱和痴迷，"我"沉迷于科学实验疯狂造人以及怪物的诞生、怪物对亲人的迫害和"我"追捕怪物等一系列故事。最后，怪物也以"我"的口气毫无保留地讲述着自己的悲惨遭遇：出生便遭人歧视，与人为善却被处处排挤。怪物在经历了人间诸多的不公平待遇后，心中燃起了复仇的熊熊烈火。第一人称叙述中见证人的旁观视角和第一人称主人公叙述中回顾性视角的综合运用将作品内容的冲突定位于两个主体间的对立，增强了文学作品的叙事张力。

船长沃尔顿既是事件的参与者、观察者，同时还是读者的眼睛。他以客观而又冷静的视角带领着读者观察、了解故事的发展与变化，借此来揭开故事的真相。在写给姐姐的信中，沃尔顿船长多次强调"我"是以故事的见证人和旁观者的身份来记录并转述故事。最初，"我"在书信中仅客观记录下弗兰肯斯坦登船时糟糕的身体状况。随后，"我"像兄弟一样在船舱中关爱他、照顾他，"我"在聊天中向弗兰肯斯坦袒露心声，最终赢得他的信任，有机会倾听他的离奇故事。接下来弗兰肯斯坦说道：

> 做好准备听听我这故事吧。一般人都会觉得不可思议。如果我们是在大自然较为温和的场景里，我担心你是不会相信我这故事的。但在这样荒凉和神秘的地区，许多东西就变得可信了——在没有见过这种急剧变动的自然力的人面前，我的故事只会让他们讪笑。同时，我也深信我的故事将随着逐渐展开的一系列事件而显示出其真实性。①

此处，弗兰肯斯坦特别提到"不可思议"的故事和"显示出其真实性"等内容的潜台词是为了强调"我"作为弗兰肯斯坦悲惨故事见证人的身份有据可循。随后"我"告诉姐姐"每天晚上只要完成我的职责，我就一定要把他白天讲述的内容用他的原话如实记录下来"②。此时，作为旁观者的"我"以引路员的身份把观众带到自己的座位后就悄然退场了。当弗兰肯斯坦和怪兽分别结束自己的讲述内容，为了让读者继续相信故事

---

① 玛丽·雪莱：《弗兰肯斯坦》，孙法理译，译林出版社 2016 年版，第 19 页。
② 同①，第 20 页。

的真实性，"我"再次登场。在写给姐姐的信中，我提到曾亲眼看见弗兰肯斯坦保存着莎菲和菲利克斯的亲笔信；弗兰肯斯坦主动在"我"的笔记记录中做出更正和修改，因为他不想把一份残缺不全的记录留给后人。从序章到结尾，作为故事见证人的"我"多次提供证据让姐姐和读者信服这个荒诞离奇的故事，同时"我"又无法掩饰内心深处的惊讶和感叹。最后一章中，"我"再次写信告知姐姐弗兰肯斯坦的死讯，并沉浸在深深的悲痛之中。突然，一阵嘶哑的声音从存放弗兰肯斯坦尸体的船舱中传出，"我"经过查看后发出这样一番评论："伟大的上帝呀！刚才的那幕太可怕了！我至今想起来还头晕目眩。我几乎不知道自己有没有力气把它详细记载下来。可若是没有最后这惊人的结局，我已记录的故事是不能算完整的。"①

在接下来的故事记载中，"我"又一次从侧面见证着怪物的真实存在，同时，"我"和他也进行着积极的正面交流，再次印证了弗兰肯斯坦所讲述荒诞故事的真实性、悲惨性和恐怖性。因此，对于整个故事而言，沃尔顿船长只是作者特意创造出来的、串起故事主干的第一人称见证人形象。"我"无法在整个故事中左右关键事件的发展，只能以旁观者的眼光客观而又冷静地观察和思考人物形象，最终形成戏剧性的情感转向，使读者意识到弗兰肯斯坦自私、无情、虚荣的极端个人主义才是他走向毁灭的主要原因。通过这样曲折的阅读过程，作品中因主人公对事件过度参与而带来价值判断上的不可靠叙述的可能得以减少，人物性格得以鲜明展现，叙述内容则更加真实、可靠。

弗兰肯斯坦和科学巨怪的恩怨纠葛由两位当事人采用第一人称主人公叙述中的回顾性视角和体验视角进行讲述。他们既可以从自己当前的视角来观察往事，也可以放弃目前的观察视

---

① 玛丽·雪莱：《弗兰肯斯坦》，孙法理译，译林出版社2016年版，第253页。

角，转而采用正在体验事件时的眼光聚焦。这种叙事视角的转换方便读者走进弗兰肯斯坦和科学巨怪的角色世界，让读者在体验他们情感、思想变化的同时不断变换阅读心情，为作品营造出一种跌宕起伏、灵动鲜活的叙事氛围。

正文一开始，"我"（弗兰肯斯坦）首先介绍自己的家庭背景："我"出生于日内瓦的名门望族，对世界起源有着巨大的好奇心，对揭开自然界存在的谜团具有无尽的狂热。在英格尔斯塔德大学读书期间，沃德曼教授对化学的发展历史和研究进行了一番激情慷慨的讲解，这改变了"我"的命运。"我"下定决心要"沿着前人的足迹前进，还可以取得更多的成就、多得多的成就。我要开辟一条新路，探索未知的力量，把创造的最原始的奥秘向世界展示"①。此后的两年多时间内，"我"痴迷于自然科学，终日待在实验室，全身心投入对生命起源的研究。然而当"我"完成创作时，"那梦想的美好却消失了，充满我心里的是叫我喘不过气来的恐怖与厌恶"②。无法忍受自己亲手创造出来的那个丑陋怪物，"我"逃离了熟悉的实验室和宿舍，终日为焦虑和恐惧所困，终于病倒。在挚友克莱瓦尔的精心照料和伊丽莎白书信的鼓励下，"我"走出了人生的低谷期，恢复了健康。然而父亲在一封家信中提到弟弟小威廉的逝去，再次将"我"的生活推离了正常轨道："我"不得不回到阔别六年的故乡，亲眼看到善良温柔的贾斯汀被怪兽陷害而冤死；"我"拒绝了怪兽给他创造一个女伴的要求；善良忠诚的克莱瓦尔和美丽温柔的伊丽莎白也相继被怪物害死。

在整个叙事过程中，读者跟随第一人称叙述者"弗兰肯斯坦"的视线观察故事中的每一细节，感受着"我"造人成功后

---

① 玛丽·雪莱：《弗兰肯斯坦》，孙法理译，译林出版社 2016 年版，第 42 页。
② 同①，第 53 页。

面临的深深自责和身心折磨。整个故事内容环环相扣，悬念丛生，使读者越发为弗兰肯斯坦及其家人、朋友的遭遇而痛心疾首，也对创造物充满深痛的厌恶和憎恨。这正是第一人称回顾性叙事视角的优点所在。同时，第一人称回顾性视角的移动变化节奏完全由叙述者掌握，确保叙事过程不受任何外界事物的干扰。叙事者带领读者走向正在回顾故事的"我"的内心世界，借着主人公的视角感知故事的发展，构成了第一人称叙述中的主人公体验视角。在《弗兰肯斯坦》中，这种体验性视角经常在局部使用，对"我"所观察的人和物进行放大性的描述和主观评价，增强了读者对弗兰肯斯坦的同情和对科学巨怪的憎恨。例如，小说以主人公体验视角描写"我"在经历小威廉和贾斯汀死亡这一重大变故后的心理感受：

> 在这些时刻我总是失声痛哭。我很希望自己的心复归平静，为人们提供安慰和快乐，但那已是不可能的了。悔恨消灭了一切希望，我干出的坏事无法挽救。我每天都在担心，怕我炮制出的魔鬼又犯下新的罪孽。我隐隐约约有一种感觉：事情还没有结束，那东西还可能干出更为彰明较著的，几乎可以抹掉对过去的一切记忆的极其恐怖的罪行。只要我身后还有我所爱的人和物，我就总是提心吊胆的。我对这魔鬼的憎恶确实是无法想象的。一想到我糊里糊涂炮制出的这个生命，我就咬牙切齿，双目喷火，恨不能立即把他消灭。一想到他的罪行和恶毒，我就按捺不住满腔的仇恨和报复情绪。如果我能在安第斯山的顶峰把他扔下崖去，我就能以朝圣的虔诚攀登到顶峰。我希望再次遇见他，把我最严厉的憎恶扔到他头上，为威廉和贾斯汀报仇。①

① 玛丽·雪莱：《弗兰肯斯坦》，孙法理译，译林出版社 2016 年版，第 97 页。

　　读者在这段体验性叙事视角的引导下，走进了正在经历荒诞故事的"我"弗兰肯斯坦的内心世界。一方面，"我"极力想平静下来陪伴并安慰自己最亲近的家人；另一方面，"我"又对怪物的残暴行为极度痛恨，此时弗兰肯斯坦的内心世界矛盾重重，充满着痛苦感、悔恨感、恐惧感和复仇之心。读者此时主要通过人物正在经历事件时的眼光来观察、体验故事，因此能够较自然地接触到人物细致、复杂的内心活动，深入了解叙述者的真实感情和想法，从而更容易地理解和同情叙述者。但第一人称回顾性视角和体验性视角多基于叙述者的角度对所观察的人和物进行放大性描述或主观评论，这就不可避免地产生以下问题：受叙述者价值观和意识形态影响，读者容易被叙述者牵着鼻子走，并盲目赞同其观点。因此，读者在解读第一人称视角叙事的时候，需要积极参与阐释过程，合理作出价值判断。这样一来，经沃尔顿和弗兰肯斯坦之口讲述的悲惨遭遇本来令人心生同情，但随着故事情节的深入发展和科学巨怪叙述的展开，读者突然意识到巨怪本性善良、心灵美好，并非弗兰肯斯坦嘴中讲述的那般残暴无情，因而对弗兰肯斯坦的叙述产生了质疑。

　　综上所述，作者运用第一人称体验性视角，带领读者走进弗兰肯斯坦的内心世界；同时，随着对他精神世界解读的加深，读者对弗兰肯斯坦叙述可靠性的质疑也在不断增强。在阅读中，读者对第一人称叙述者讲述的故事进行比较性阐释，发现弗兰肯斯坦在叙事作品中的可信度逐渐降低。弗兰肯斯坦这样一个具有欺骗性的不可靠叙述者形象也逐渐由模糊到清晰地呈现在读者面前。

　　弗兰肯斯坦不可靠叙述者形象的模糊性首先体现于其言行的不一致性。当母亲把伊丽莎白带回家，并以开玩笑的口吻告诉弗兰肯斯坦可以拥有这件漂亮礼物时，"把伊丽莎白看成了我的财产——要我保护、喜爱和珍惜的财产。我把对她的赞美全看作对我财产的赞美，我和她以兄妹相称。我和她的关系是任何语言也无法表达的，比我的亲妹妹还要亲，因为她一直到死都只能是我一个人的妹妹"①。此处第一人称体验视角叙事中传达出的中心主题不只是"我"对伊丽莎白的爱慕和赞美之情，"我"更是把她当作个人化的私人财产来炫耀。此刻，弗兰肯斯坦体内的自私个人主义初现端倪。在英格尔斯塔德大学求学期间，他对人体不死奥秘和神秘力量的探索看上去源于年轻科学家的雄心壮志和锲而不舍、勇于创新的科学精神。然而，当弗兰肯斯坦发现自己掌握了创造生命的能力之际，他没有对科学产生敬畏感，而是野心勃勃地认为，"一个新的物种将祝福我，称我为它的创造者和祖先。许多快活而杰出的自然之子将承认我是它们的创造者。我比其他所有父亲都更应该获得孩子们的感谢"②。大功告成之时，弗兰肯斯坦无法面对他一手创造出来的面容丑陋、行动怪异的巨怪，竟然选择了不负责任、落荒而逃。他没有勇气承担起父亲应尽的义务，去关爱、教育自己的孩子。更为讽刺的是，确定怪物走掉后，弗兰肯斯坦"皮肤发麻，心跳加快，片刻也不能在那里停留。我一会儿跳过这把椅子，一会儿跳过那把椅子，拍着手哈哈大笑"③。这段对弗兰肯斯坦内心世界的详细描述将他那自私、不负责任的本性暴露无遗。弗兰肯斯坦最终也因他那自私、不负责任的探索而毁灭。作者通过第一人称体验视角的运用，将弗兰肯斯坦在语言、行动上的不一致性传达给读者。读者也以此为据，意识到弗兰肯斯坦叙述的不可靠性，意识到他才是不折不扣的魔鬼，使家人

---

① 玛丽·雪莱：《弗兰肯斯坦》，孙法理译，译林出版社 2016 年版，第 26 页。
② 同①，第 49 页。
③ 同①，第 57 页。

和朋友生活在痛苦际遇中的罪魁祸首。

同时，弗兰肯斯坦使用第一人称主人公的回顾性视角进行叙事时存在一些明显的事实上的偏差。例如，弗兰肯斯坦回顾童年时提到"我"七岁的时候，父母迎来他们的第二个儿子，之后没有再提及任何新出生的家庭成员。第三章中，"我"母亲在弥留之际，委托伊丽莎白照顾好她的两个儿子。但是在第六章伊丽莎白写给"我"的信中提到，欧内斯特"已经十六岁，精力旺盛，活蹦乱跳……你离开我们后，家里的变化很小，只有孩子们在长大……亲爱的哥哥，我还要对你说一说可爱的小威廉"[①]。细心的读者不禁会想，弗兰肯斯坦到底有几个弟弟？可爱的弟弟们是指欧内斯特和小威廉吗？如果从年龄上来推测，第一章中提到的那个和"我"年龄上相差 7 岁的弟弟应该是欧内斯特。那个被怪兽害死，在故事情节发展中起着重要作用的小威廉又是何人？读者在对这些悬念进行推理的过程中，意识到弗兰肯斯坦的叙述中存在不完整性和事实性偏差，使得读者意识到其叙述的不可靠性。欧内斯特作为家庭的一员，从叙述开始就出现在读者的视野中，而且弗兰肯斯坦也很关心他的安危。"怪物"杀死克莱瓦尔后嫁祸给弗兰肯斯坦，当父亲来牢房里探望他时，悲喜交加的弗兰肯斯坦拥抱着他问道："这么说，你，伊丽莎白，还有欧内斯特，全都安然无恙？"当怪物在新婚之夜杀害新娘伊丽莎白后，痛苦不堪的弗兰肯斯坦依然无比担心父亲和欧内斯特的情况，日夜兼程赶回日内瓦，确认父亲和欧内斯特是否安然无恙。从第二十四到小说的结尾部分，此前备受关注的欧内斯特忽然从弗兰肯斯坦的叙述中神秘消失。虽然第一人称叙述者弗兰肯斯坦曾经在叙述中提到，怪物发誓要杀死他的全部亲友，然而关于欧内斯特的生死，读者无从得

---

① 玛丽·雪莱：《弗兰肯斯坦》，孙法理译，译林出版社 2016 年版，第 62-64 页。

知相关信息。如果欧内斯特还活着，他为何能够逃脱怪物的追杀？为什么弗兰肯斯坦在故事一开始宣称他"已经失去了一切，不能再重新开始生活了？"① 根据以上综合分析，读者发现弗兰肯斯坦第一人称回顾视角中的叙述存在事实上的前后矛盾，其叙述内容存在不充分报道，因而变得缺乏逻辑性、连贯性，足以使得读者质疑其叙述的不可靠性。

此外，读者将不同第一人称叙述者的叙事内容进行对比后，可以再次确定弗兰肯斯坦叙述的不可靠性。具体来说，小说中主要存在两组对比关系：船长笔下的弗兰肯斯坦与弗兰肯斯坦叙述中的自我；弗兰肯斯坦笔下的巨怪、巨怪本人的自述与船长视角下的巨怪。

沃尔顿船长第一眼看到弗兰肯斯坦时就说："我对他的佩服和怜悯达到了惊人的程度。"② 因为他的行为举止温文尔雅，待人接物彬彬有礼，说话"迅速流畅，有着无可比拟的说服力，词语使用也都恰到好处"③。随着了解的加深，沃尔顿船长对弗兰肯斯坦产生了深深的同情和怜悯，并愿意把他当作情同手足的好兄弟。弗兰肯斯坦也敏锐地觉察到两人之间有一种相似的人生追求。但是，这种对知识、智慧和人生理想如饥似渴的追寻可能会给生活带来毁灭性的后果。因此，弗兰肯斯坦希望能借其个人经历去指导和安慰沃尔顿船长。在弗兰肯斯坦讲述自己的悲惨遭遇之前，叙述者沃尔顿为这位具有超凡创造能力的科学家所吸引。读者在沃尔顿眼光的引导下，和他持同样的立场，心中充满对弗兰肯斯坦的称赞和同情，对他的好感也与日俱增。

随着第一章以弗兰肯斯坦视角展开叙述，读者不由得对弗

① 玛丽·雪莱：《弗兰肯斯坦》，孙法理译，译林出版社 2016 年版，第 18 页。
②③ 同①，第 16 页。

兰肯斯坦这一人物形象塑造的可靠性产生怀疑。才华横溢的弗兰肯斯坦本应该以公平、宽厚、慈爱的态度对待自己的创造物。然而他却因为巨怪长相丑陋将其遗弃，并给家人朋友带来致命的伤害。在这一过程中，弗兰肯斯坦只是一味地沉浸在自己的仇恨和痛苦中，将这一切全部归因于巨怪的邪恶。例如，第八章中贾斯汀因涉嫌杀害威廉被捕。在关于贾斯汀的生死问题上，弗兰肯斯坦一再向家人表示要坚信她的清白无辜，法官无法拿出证据判定她有罪。法庭审判当天，虽然弗兰肯斯坦数次想站起来为贾斯汀开脱，虽然内心"悔恨的獠牙却紧紧地咬噬着我的良心"，他"当时所经受的撕心裂肺的痛苦确实是语言所无法描述的"①。但担心自己的离奇恐怖故事只能被人看成是疯话，了解真相的弗兰肯斯坦未能提供任何有效证词。从他下定决心不为贾斯汀做证那一刻起，读者便察觉到他的语言和行为中充斥着虚伪与软弱。贾斯汀即将被处死时，弗兰肯斯坦听着法官们冷酷无情的推论，急欲辩驳的语言再次凝固在舌尖。在这性命攸关时刻，弗兰肯斯坦将他的虚伪发挥到了极致。面对一个即将逝去的鲜活生命，他只有言语上的悔恨和痛苦，并没有任何的实际行动。将沃尔顿笔下的弗兰肯斯坦与弗兰肯斯坦的回顾性叙述进行对比，读者意识到弗兰肯斯坦那充满正义、珍视情谊的正能量外表下掩盖的是一颗虚伪、懦弱、自私的阴暗之心。

再来看看《弗兰肯斯坦》中的科学巨怪形象。在弗兰肯斯坦的第一人称叙述中，他总是将科学巨怪称为"魔鬼""怪物""丑八怪""妖怪""撒旦"等，一而再、再而三地将其妖魔化、恐怖化。在冰川偶遇科学巨怪时，弗兰肯斯坦描写道："他走近

---

① 玛丽·雪莱：《弗兰肯斯坦》，孙法理译，译林出版社 2016 年版，第 89 页。

了，脸上表现出严重的痛苦，还混杂着憎恶和恶毒。"① 在弗兰肯斯坦与怪物的正面交锋中，他再次指责它是"魔鬼"、是"恶魔"，就算它被"打入炼狱，遭受酷刑"都不够赎罪。他那激动的情绪和言语间的极度愤怒与他之前的所作所为形成鲜明对比，展现出其性格的不一致性。即便在怪物向他坦露心迹后，弗兰肯斯坦依然认为他满嘴谎话。在这种负面评价重重的叙述下，读者难以在弗兰肯斯坦的叙述中看到完整而真实的怪物形象。

从第十一章开始，读者在怪物第一人称回顾性视角的叙述中感受到一个可怜、无助、悲惨的人物形象。在出生之时，怪物对世事一无所知，天真善良，渴望获得人类社会的认可。由他跪在弗兰肯斯坦床边向他的创造者伸出手臂这一行为可看出：他是一个具有着与生俱来的仁爱，并对其造物主及他者充满着崇敬之心的人。在最初的生命历程中，怪物处处与人为善，富有同情心。当他明白德拉塞老人一家的窘困生活后，怪物不忍心再去小屋里偷东西果腹，而是学会偷偷地帮老人家砍柴。当怪物下定决心以真实容貌示人之际，等待它的是一顿暴打和无情的驱逐。当巨怪终于从被抛弃的痛苦心情中走出，奋不顾身地跳进湍急的河流中救出一位年轻姑娘时，他得到的回报却是女孩同伴的一发子弹。经历众多不公平待遇后，孤苦伶仃的弗兰肯斯坦忍不住呐喊：

> 我显然也和亚当一样，现存的东西与我没有任何关系。可是，在其他方面，他的处境却又和我截然不同。他是上帝亲手创造的一个完美的生灵，幸福兴旺，受到他的创造者的特殊关注。他能和一个个有着超出禀赋的生灵谈话，获得知识，而我却很凄凉，独自一人，孤立无助。我多次

---

① 玛丽·雪莱：《弗兰肯斯坦》，孙法理译，译林出版社 2016 年版，第 105 页。

觉得，撒旦的处境倒更像我，因为我也常在我的保护者幸
福快乐时从心里涌起尖锐而痛苦的嫉妒。①

　　此处科学巨怪将自己与上帝创造的亚当进行比较更能说明
创造物的无辜。《圣经》中，亚当原本快乐、幸福地生活在伊甸
园。他在魔鬼的诱惑下偷食禁果，违背了上帝的约定而被逐出
伊甸园；而科学巨怪从出生之时便未在创造者那里获得片刻的
快乐、温馨生活。他也并未做任何错事，只是因为丑陋的相貌
便遭到弗兰肯斯坦的无情驱逐。是弗兰肯斯坦把创造物一步步
引向永恒的孤独，从而使之陷入绝望的境地，进而导致了所有
罪行的发生。当科学巨怪跪在他遗体前号哭："啊，弗兰肯斯
坦！慷慨无私的自我奉献者呀！我此刻再求你原谅还有什么用
呢？我毁灭了你所爱的一切，也无可挽救地毁灭了你。啊！他
已经冰凉了，不能回答我了。"②此时，读者终于对自己彻头彻
尾的受骗恍然大悟。原来这一系列悲剧事件源于创造者弗兰肯
斯坦和社会公众对巨怪的抛弃。弗兰肯斯坦创造了巨怪，却不
曾对他负起责任，还背信弃义地抛弃他。不幸而孤独的创造物
最终仍原谅了弗兰肯斯坦，并希望得到他的宽恕。
　　在沃尔顿的叙述中，怪物被打造成一个感情丰富、深谙自
身罪过的温情科学巨怪形象。在故事的前半部分，沃尔顿船长
怀着崇敬的心情和弗兰肯斯坦进行交流，对他所讲述的故事深
信不疑，充满同情。弗兰肯斯坦临终之前再次请求沃尔顿船长
继续他未完成的任务——结束科学巨怪的生命。因此，在小说
结尾，当沃尔顿看到怪物时，他十分愤怒地说道："我最初的冲
动是遵照朋友的临终嘱咐，消灭他的敌人。可这冲动却被一种

---

① 玛丽·雪莱:《弗兰肯斯坦》，孙法理译，译林出版社 2016 年版，第 142 页。
② 同①，第 253 页。

好奇与同情的混合情绪压制了。"① 读者跟随沃尔顿的第一人称叙事视角接着读下去，发现科学巨怪并非如弗兰肯斯坦所说的那样嗜血成性、冷酷无情。科学巨怪趴在弗兰肯斯坦的尸体旁痛哭时，他流露出无尽的痛苦与悔恨：

> "那么你以为，"那魔鬼说，"我那时就没有感到痛苦和悔恨吗？他——"他指着尸体说下去，"他完成那创造时没受过什么苦，啊，还不到我之后在复仇中所感受到的痛苦的万分之一。催促我前进的是一种可怕的自私，悔恨毒害着我的心。你以为克莱瓦尔的呻吟在我耳里就是音乐吗？我心里是能感受到爱和同情的，在它被痛苦扭曲成邪恶和仇恨时，我因为那剧烈变化而感到的痛苦，是你无法想象的。"②

此处科学巨怪将其内心的痛苦与绝望展现得淋漓尽致。科学巨怪还提到"在他告诉你的那些细节中，一定不会提到我在难熬的激情中所虚度的悲惨的日日夜夜"；"我的欲望永远都是那么强烈和饥渴，我仍旧渴望获得爱情和友谊，但是我始终遭到摈弃"。临近小说结尾，读者通过这些细节性的描述，看到了一个本性善良、因杀人而饱受精神折磨的科学巨怪形象。沃尔顿船长同时也被他那痛苦绝望的表白打动，没有杀死这个所谓的敌人。作品中，沃尔顿船长经历了从对弗兰肯斯坦的崇敬，到放弃朋友遗愿转而同情科学巨怪的情感变化。作者费尽心思地安排谋划了这一戏剧性的情感转变，从侧面讽刺弗兰肯斯坦的自私和虚伪。读者与沃尔顿一起体验了离奇的故事，从中获得了巨大的阅读快感。同时，通过对比不同第一人称叙事视角

————

①② 玛丽·雪莱：《弗兰肯斯坦》，孙法理译，译林出版社 2016 年版，第 254 页。

下的怪兽形象，读者再次印证了弗兰肯斯坦对怪物的叙述和其他两个叙述者的叙述存在前后矛盾现象。因而，小说读者很难认同弗兰肯斯坦叙述的可靠性，将其归入不可靠叙述者的行列。

综上所述，玛丽·雪莱以第一人称体验视角引导读者走进弗兰肯斯坦的内心最深处，悄然展现他极端自私的个人主义、他不负责任的天性以及企图超越自然的勃勃野心。作为一个自私虚伪、野心勃勃的人，弗兰肯斯坦叙述的可信度也就大大降低。同时，通过第一人称回顾视角的多重叙事，沃尔顿船长、弗兰肯斯坦与科学巨怪之间不同的声音便隐见于字里行间。由此，读者通过对比性阅读再次界定了弗兰肯斯坦的不可靠叙述者身份。

《修道士》中，雷蒙德和阿格尼丝讲述两人爱情故事之际运用了第一人称回顾性叙事视角。第三章中，第一人称叙述者雷蒙德"我"以故事主人公的身份，引领读者走进他的旅途历险故事，走进他和阿格尼丝的爱情故事，一点一点地发掘出人物的过往故事和事情的真相。雷蒙德在这里实际上讲述了三个故事："我"在丛林遇劫的故事、"我"和阿格尼丝的爱情故事以及滴血修女的离奇故事。作者在描述雷蒙德丛林遇劫故事时采用第一人称体验视角。"我"深入自己的内心世界，经历往事，制造悬念，引发读者的阅读兴趣。故事开始不久，叙述者"我"抛给读者两大包袱：一个是小屋女主人的待客之道，另一个是男主人两个儿子的穿着。对于"我"这个深夜到访的不速之客，夫妻两人态度完全不同：长相憨厚的丈夫对"我"坦率真诚，热情好客；而长相漂亮的妻子却"脸色忧郁，她的怨恨与敌意都写在脸上，哪怕是最粗心的人也看得出来。她的每个眼神、每个举动都传达着不满与烦躁"①。深夜归家的两个儿子体格健

---

① 马修·刘易斯：《修道士》，刘宏照译，浙江工商大学出版社2016年版，第86页。

壮，皮带上挂着弯刀，腰带上别着手枪套子。从第一人称体验者雷蒙德的叙事视角看过去，"我"无法理解女主人的不满和烦躁来自哪里，她的两个儿子为何要武器傍身。这样的疑问也深深地烙在读者心里，使读者急切地想跟叙述者"我"一起去了解这背后隐藏的故事真相。随后，女主人在"我"登上楼梯之际拉住"我"的手，使劲捏了一下，然后提示"我"看看床单。当"我"发现被血迹染红的床单时，无数纷乱的思绪和猜测占据着"我"和读者的头脑。聪明的读者可能会猜到，女主人之前表现出来的怨恨与敌意是为了引起"我"的警觉。接着，通过叙述者"我"的眼睛，读者了解到男主人的谋杀劫财计划。但是"我"和公爵夫人该如何脱险？势单力薄的"我"又该如何对付这些强盗们？年轻的女主人为何要与这样的男人结为伴侣？随着疑问越来越多，雪球越滚越大，叙述者"我"终于抖落开这个包袱，揭示出其中所隐藏的真相。在叙述者的一路陪伴下，读者看到一个又一个谜团，然后在叙述者"我"的引导下，像侦探一样想尽办法去解开这些谜团。

在这三个故事中，"我"不仅起着带领读者发掘真相的功能；同时，"我"还参与故事情节的发展，和故事人物产生了千丝万缕的联系。"我"因为搭救了男爵夫人而住进林登城堡，见到可爱的阿格尼丝并对她一见钟情。为了让男爵夫人同意"我"和阿格尼丝的婚事，"我"加倍努力去获得她的好感，却导致男爵夫人的误会。男爵夫人得知真相后惊愕、愤怒并威胁道："只要我知道是谁从我手上夺走你的心，她就要忍受嫉妒与失望给予她的各种折磨。"①"我"、男爵夫人和阿格尼丝的感情纠葛催生了雷蒙德借滴血修女之故事逃离城堡的计划。读者将再次跟

----

① 马修·刘易斯：《修道士》，刘宏照译，浙江工商大学出版社 2016 年版，第119 页。

随雷蒙德的第一人称体验视角叙事走进滴血修女的故事。"我"焦急地等待着午夜一点时钟的敲响,期待阿格尼丝能够如约而至。接下来,读者借"我"的眼睛仔细、全面地观察起乔装打扮后的阿格尼丝。"她穿着同她描述过的鬼魂一样的衣服,手臂上挂着一串念珠,头上罩着长长的面纱,修女袍上沾满了鲜血,她甚至还为自己准备了灯和刀。"① "我"和阿格尼丝乘坐的马车以快得惊人的速度穿越树林和水沟,最后冲下悬崖被撞成碎片。从昏迷中醒来的"我"首先询问阿格尼丝的情况。"使我吃惊和痛苦的是,农民们让我相信,他们没有看到任何像是阿格尼丝的人!他们说,下地劳作时,看到了我的马车碎片,还听到一匹马的呻吟声,那是四匹马中唯一还活着的一匹,马儿十分惊慌。他们还发现有另外三匹马躺在我的身边死了。"② 在这段描写中,读者跟随第一人称叙述人"我"的视角,听"我"所听,深刻体会到"我"当时的不安和绝望。但由于第一人称叙事视角的限制性,读者只能看到"我"视角范围内发生的故事,并不知道"我"救走的不是阿格尼丝而是真正的滴血修女。读者因此会产生跟雷蒙德一样的疑问:阿格尼丝为什么突然消失了?直到午夜一点钟,我的"房门被猛力地推开,一个身影走了进来,迈着庄严而从容的脚步走近我的床。我打量着这位夜半来客,吓得瑟瑟发抖。万能的上帝啊!原来是滴血修女!是我丢失的那位同伴"③ 此时第一人称叙述者"我"采用体验式讲解,直接以他的视角向读者展示他的内心活动、他的种种感受。读者也终于真切地了解并明白事情的始末。此处第一人称视角的运用便于制造故事悬念,烘托叙事气氛,引发读者的

---

①　马修·刘易斯:《修道士》,刘宏照译,浙江工商大学出版社 2016 年版,第 134 页。

②　同①,第 136 页。

③　同①,第 137 页。

阅读兴趣。可以说，正是多重视角的交叉使用使得该小说的故事情节悬念丛生、有起有伏、引人入胜。

第四章阿格尼丝被安全地救出之后，"我"主要陈述自己在圣克莱尔女修道院所遭受的一切。从假死中苏醒的"我"试图逃出坟墓。文中有这样一段描写：

> 我带着这个想法直起身来，随之双手放到一个软绵绵的东西上面。我把它抓在手里，拿到亮处看了看。万能的主啊！多么令人作呕，多么让人惊愕！尽管它已经腐烂，有许多蛆虫以它为食，我仍发现，这是一个腐烂的人头，我认出是几个月前死去的一个修女的人头！①

阿格尼丝在本段通过自己的叙述行为，用"尸体""骷髅""肩胛骨""其他遗骸"等词把一个恐怖、令人作呕的墓穴生存环境真实地传达给读者。接下来，"我"写到自己被关在这个阴森的坟墓中源于女修道院院长多米娜，她要用"有益的惩罚"去净化"我"，给"我"充足的时间来悔恨和悔改，在这样的环境中度过余生。"我"也描写着自己的种种感受："我"痛苦地看着小婴儿在怀中死去腐烂。身体日渐虚弱的"我"精疲力尽，任由虫子、蜥蜴和癞蛤蟆在身上爬来爬去。最终"我已经形同骷髅，视力已经模糊，四肢也开始僵硬"②。第一人称叙述者"我"用客观的自身经历告诉读者多米娜如何对"我"阿格尼丝进行令人发指的虐待。最终"我"被幸运地救了出来，所以"我"把这个故事讲给大家听，让读者获得第一手的现场资

---

① 马修·刘易斯：《修道士》，刘宏照译，浙江工商大学出版社2016年版，第349页。

② 同①，第361页。

料。同时，这些叙述以一种非常自然和合理的方式呈现在读者面前，让读者看到封建宗教伦理的反人道本质和泯灭人性的一面。每个稍有良知、具有理智的人都忍不住对阿格尼丝的惨痛遭遇扼腕叹息，但院长多米娜却认为这是拯救阿格尼丝灵魂的唯一方法。这样的理解差异起到进一步丰富、扩展、深化主情节所揭示思想的作用。

哥特小说的开篇之作《奥托兰多城堡》中，全知视角占据叙事的主体位置。但为了达到特定的叙事目的，全知视角叙述者也会把自己从无所不知的权威位置降到一个有限位置，有意地限制自己的叙事眼光，通过改变叙述人称的方式将有关真相以不同当事人的视角娓娓道来。对于奥托兰多城堡真正继承人西奥多的身份问题，作者以多元化的第一人称叙事视角展开叙事。第一章中，作者这样描写西奥多的首次出场："在这伙不着边际地瞎猜的人里面，有一个风闻此事后特地从附近乡村赶来的年轻人。他说，那顶奇异的头盔，与圣尼古拉斯教堂里他们祖先阿方索的那顶大理石头盔极其相似。"① 此时全知叙述者既没有直接交代这位"年轻人"姓甚名谁，也没有问"年轻人"是如何注意到两顶头盔之间的相似之处。这个叙事空白的留存导致悬念的产生。第二章中，当神父看到"年轻人"肩膀上两块箭形胎记时，他认出了这是自己的孩子西奥多。随后读者从阿方索幽灵那里得知，西奥多是他真正的后嗣。此时悬念并未解开；相反，随之而来的问题是：神父怎么可能有孩子？这个更大的悬念紧紧吸引着读者去探究其中所发生的故事。第四章西奥多以第一人称回顾视角讲述了他的身世：当年西奥多和母亲被劫持到阿尔及尔沦为奴隶。两年前"我"得救后并没有找

---

① 贺拉斯·沃波尔：《奥托兰多城堡》，高万隆译，浙江工商大学出版社 2016 年版，第 12 页。

到父亲，只是得知他在那不勒斯王国出家修行的消息。这一章结尾，"我"（西奥多）和神父杰罗米的关系才算浮出水面。但是"我"、"我"的母亲和阿方索家族又有什么关系？最后一章，神父杰罗米同样以"我"的视角展开叙述："他留给维多利亚一个遗腹子。阿方索走后，她生下了一个女儿。在分娩的阵痛中，她听说丈夫不幸身亡，以及瑞卡多继承了王位。一个没有亲朋，孤独无助的女人能做些什么呢？"[①] 有了之前章节的铺垫和本段杰罗米视角的讲述，读者已经确切地了解到杰罗米神父、西奥多和阿方索家族关系的来龙去脉。作者以不同的第一人称人物视角的互相展示，填补了所有的叙事空白。与全知叙事视角相比，这种忽明忽暗的补充性叙述丰富着读者的心理活动；读者在担心、猜测、联想的复杂心理感受中急切地寻找谜团的答案。《奥托兰多城堡》中第一人称叙事视角的转换有效避免了故事内容的平铺直叙，使作品的叙事结构错落有致，达到了一波三折、隐晦含蓄的叙事效果。

第三节　超越时空的看和说——全知视角叙事

从总体上看，本书重点讨论的哥特小说多采用全知视角的叙事模式。这种传统叙事视角的运用更加便于表现那些结构复杂、事件曲折繁多、人物关系错综复杂的文学作品，展现出一种更为广阔的生活场景。全知视角叙述者对故事中所有人物的背景和经历都了如指掌，信息一览无余；所有的故事情节亦可以根据结构需要进行重新编排。哥特式小说是一种非常注重作品的结构性和悬疑性的文学类型，因此，全知视角的使用赋予

---

① 贺拉斯·沃波尔：《奥托兰多城堡》，高万隆译，浙江工商大学出版社 2016 年版，第 111 页。

作者更大的统筹规划空间。下面仅以《奥多芙的神秘》和《修道士》为例来说明全知叙事视角的特点和功能。

一、掌控叙事节奏，塑造叙事权威

拉德克利夫在《奥多芙的神秘》中采用循环情节结构，将作品中涉及的众多人物和场景逐一展现。作者在开篇勾勒出一幅世外桃源般的人间仙境。天真纯洁的少女艾米丽和父母生活在风光旖旎的圣奥伯特城堡。从窗边远眺，橄榄种植园、比利牛斯山以及绿色的草原等自然风光映入眼帘。艾米丽一家三口经常在加伦河畔漫步，在大自然的怀抱享受天伦之乐。其后随着父母相继离世，艾米丽的安逸生活戛然而止。她遵循父亲的遗愿，跟随姑妈沙朗夫人踏上前往索卢斯的旅途。爱慕虚荣的姑妈和意大利人芒托尼的结合成为她噩梦般生活的开始。性格傲慢、残暴凶狠的芒托尼婚后发现沙朗夫人并不富有，无法帮他凑齐急需的一笔钱。为此，他把沙朗夫人和艾米丽一起带回意大利，"希望趁机把失去的财产赢回来"①。在暗无天日的奥多芙城堡，艾米丽和姑妈遭到恶棍芒托尼的软禁和迫害。沙朗夫人在芒托尼的威逼利诱、重重折磨中死去。城堡中的阴森恐怖气氛不仅让艾米丽内心饱受恐惧的煎熬，同时芒托尼对艾米丽财产的觊觎也使她经历了种种磨难。在故事后半部分，善良的艾米丽在卢多维克的帮助下逃离了奥多芙城堡，历经波折后终于获得自己应得的财产，与恋人瓦朗康特重归于好，并建立一个新的伊甸园般的家庭。而芒托尼也因野心和掠夺"达到了政府所能忍受的极限"②，被政府军悄然击败，锒铛入狱，得到了应有的惩罚。

---

① 安·拉德克利夫：《奥多芙的神秘》，刘勃译，中国人民大学出版社 2004 年版，第 200 页。

② 同①，第 533 页。

《奥多芙的神秘》中有大量关于法国、意大利等国社会与经济发展状况的描述。叙述者采用全知叙事视角对工业化背景下个人与社会的矛盾冲突、现代化文明带来的城乡冲突以及男权和女性之间的冲突做了相应的描写，勾勒出一幅广阔的社会场景。叙述者始终处于一个无所不知的叙述位置，在叙事过程中既真实客观地展现着故事情节，又拥有绝对的叙事权威，掌控着叙事进程，营造出令读者更为信服的叙事效果。第一章，全知叙述者聚焦于圣奥伯特城堡周围的自然环境和艾米丽一家的日常生活状态，对其进行了全景式的描写：

> 小屋旁有一条小溪，从比利牛斯山顺流而下，拍打着岩石，激起阵阵水花，然后悄悄地流到小屋旁。抬头仰望，透过头顶的树林，可以看见比利牛斯山雄伟的山峰，与山下空旷的草地对比，它显得十分突兀。有时只能看见残缺不全的岩石和簇拥着它的灌木丛；或是峭壁边牧羊人的小屋，被茂密的柏树或是摇曳的岑树遮蔽着。穿过茂密的树林，加斯克涅肥沃的草原和葡萄种植园与平原相接的地方，有一块视野开阔的草地，站在这里可以远远看见加伦河岸边的树林、村落和小屋，化成一幅柔和绚烂的风景画。
>
> 这也是圣奥伯特最喜欢的静修之处。他经常中午带着妻子、女儿和他的书在这里休息；或是傍晚来这里欣赏黄昏的美景，聆听夜莺婉转的歌声。有时候，他也带着自己的乐器吹奏一曲，双簧管柔和的声音在山林里传出美妙的回声。不过大多数时候这乐声中都会夹着艾米丽甜美的歌声，在这绿野山间激起层层声浪，扣人心弦。①

---

① 安·拉德克利夫：《奥多芙的神秘》，刘勃译，中国人民大学出版社2004年版，第8页。

阅读小说时，读者仿佛置身于风景秀丽的亚平宁地区，感受到周围宜人的自然风光和主人公的幸福生活：在这样一个远离尘嚣的地方，圣奥伯特一家与大自然和谐共处，过着悠闲自在的田园生活。随着艾米丽父母的相继离世，叙述者转而对艾米丽和姑妈到达奥多芙之前的生活进行全程聚焦。此时全知叙述者的视角如摄像机镜头一般广阔清晰，客观地将姑妈的虚荣和软弱、芒托尼的唯利是图和精于算计以及艾米丽的敏感和勇敢等性格特点尽情展示。在这个过程中，艾米丽一共经历了两次出游：第一次是在母亲去世之后，出于散心的目的，她陪伴父亲圣奥伯特由比利牛斯山到朗格多克。第二次是在芒托尼的胁迫下，艾米丽和姑妈共同前往意大利。两次出游中，全知叙述者的聚焦对象涉及众多人物，聚焦场景从法国的比利牛斯山、鲁西朗、索鲁斯近郊移动到意大利都灵、威尼斯和奥多芙城堡。艾米丽第一次出游时，全知叙述者常常将聚焦目光放在周围的自然风光上，以此来展现大自然对主人公身心健康和品格塑造的积极影响。在圣奥伯特先生和艾米丽的第一次长途旅行中，父女俩翻山越岭，穿过丛林、峡谷、山区，看遍四季美景。此时，全知视角叙述者对太阳、月亮、日出和日落等自然现象进行多次聚焦。旅途的第二天早晨，父女二人来到山顶呼吸林间的清新空气。此时的山谷仍被薄雾笼罩着，忽然"东边那几簇灰色的云也像被太阳点着了一样，变得通红，射出五彩光芒，最后金灿灿的阳光轻轻地滑进山谷，让自己的光芒照耀山谷和溪流的每一个角落。所有的生物好像都被唤醒了；圣奥伯特看到这壮丽的景象也像得到了重生一样"①。全知叙述者在这里使用"五彩光芒""照耀山谷和溪流"等词描述了山里日出时的

---

① 安·拉德克利夫：《奥多芙的神秘》，刘勃译，中国人民大学出版社 2004 年版，第 40 页。

景象，对大自然进行美化和歌颂。父女二人也终于被这自然景色感动。此处豁然开朗的心理变化也展现出人与自然的和谐关系能够对人的身心健康产生正面影响。随后艾米丽和父亲在瓦朗康特的陪伴下一起穿过小镇博耶，准备到修道院中休息。接下来有一段对峡谷夜景的描写："它左边的岩石和树木被银色的月光照耀着，右边却只有边缘有零星星光，漆黑一片，形成鲜明的对比；从远处看整个山谷都被淡黄色的月光包围，十分柔和。"① 在这美丽而寂静的夜晚，大自然的崇高和艾米丽的情感融合在一起，影响着她内在品格的形成，使她的心灵得到洗涤和净化，进入了更高尚的境界。

全知叙述者在讲述艾米丽第二次出游的故事时，自然环境的描写依然频繁出现。叙述者主要通过聚焦险峻、优美的自然风景来配合主人公感情的变化。例如，艾米丽启程前往意大利之前，她望着远处的草原和美丽的比利牛斯山脉，喃喃自语道："我要多久才能再见到你们呢，离开你们，我的心里是多么苦楚啊！难道我真的回不来了吗？可是瓦朗康特还在等我呢，我应该平静一点！就算我离你们那么远，他还是能通过你们看着我。"② 这里山峰被赋予人类的特征，成为联系艾米丽和瓦朗康特感情之纽带。旅途第一天的傍晚时分，艾米丽终于有机会打开瓦朗康特临行前写给她的情书。他在信中表达了对艾米丽的思念之情，并约她每晚一起看落日，因为他坚信，"我们的眼睛盯着同一个物体时，我们的思想就能对话了"③。艾米丽读完信正值夕阳西下，落日在广阔的平原上洒下一层金色的余晖，此时她心中顿感一片宁静。后来，当奥多芙城堡面临危险，

---

① 安·拉德克利夫：《奥多芙的神秘》，刘勃译，中国人民大学出版社 2004 年版，第 50 页。

②③ 同①，第 171 页。

遭遇敌人围攻之时，芒托尼安排艾米丽暂时离开城堡。她和两名护卫在暴风雨中穿过黑漆漆的森林和山谷，到达托斯卡纳的一个农庄。农庄周围种植着葡萄树、橄榄树、桑树和柠檬树，这里的草地、小溪以及和煦的阳光形成一幅和谐的自然美景，安慰着艾米丽那惶恐不安的内心。夕阳西下，太阳的余晖洒落在山上和水中。

> 她一直站在窗前，看着日落后峡谷一点点暗下来，最后变成黑乎乎的一片，只有远山的轮廓还能依稀辨别出来。不一会儿，月亮出来了，明亮的月光又赐予了山林重生的机会，把一切都变得十分温柔，有一种说不出的温馨。以前在拉瓦里被深爱自己的父母呵护关爱的情景又出现在艾米丽的脑海里，恰似眼前这份温馨感觉，不由悲上心头。艾米丽不愿看到农民妻子那副粗鄙的样子，于是没有下去吃晚饭，一直待在房里。想到自己危险的处境，艾米丽连最后一丝忍耐的力量也没有了，突然感到十分沮丧，痛哭起来，心里祈祷上帝看在父母的份上助她从这生活的重压下解脱出去。①

新鲜清爽的空气、景色宜人的自然风光自然容易让人身心放松，陷入美好的回忆之中。心灵脆弱的艾米丽此刻身心疲惫不堪，对自己未来的前途感到一片茫然。再次置身于熟悉的山林美景中，她非常自然地想念着去世的父母，怀念着曾经的温馨生活。对比往昔与今朝，多愁善感的艾米丽不由心生感慨，悲从中来，在环境的感染下放声痛哭。全知叙述者对这段风景

① 安·拉德克利夫：《奥多芙的神秘》，刘勃译，中国人民大学出版社2004年版，第429页。

的描写流畅而合乎情理，充分地表现出自然风景对人物情感的影响，展现出艾米丽强烈起伏的个人情绪。在《奥多芙的神秘》中，全知叙述者对自然美景的详细聚焦时常出现，旨在体现女主人公对美好往昔的追忆、对亲人的思念、对情人的眷恋等温柔细腻的感情。一方面，叙述者赋予大自然丰富灵动的感情，伴随着人物的情感变化而起起伏伏；另一方面，叙述者在作品中借助全知视角的目光将大自然诗歌化，不仅展现了大自然的秀美与神奇，同时也强调了大自然具有强大的心理净化功能，能够使人获得身心的自由与平衡。

另外，在《奥多芙的神秘》这部作品中，全知叙述者通常与人物保持一定的距离，以客观性的社会描写来展现时代发展所引起的社会冲突，突出作品的主题。全知叙述者的视角覆盖了艾米丽走过的所有城市和国家，所描述的人物数量众多，故事场面优美而宏大。作者通过女主人公艾米丽的经历展现了现代资本主义社会中人们之间彼此疏远、相互孤立的生活状态。全知叙述者通过对农民庆祝丰收场景的直接描绘与对城市生活的间接描绘，为读者呈现出社会发展中乡村与城市的对峙，揭示了人与社会以及自然界之间的关系。第一卷中，圣奥伯特在旅行途中突感不适，艾米丽恐惧而慌乱，只好走向远处的城堡寻求帮助。在树林中，"她看见有一块小草坪被一圈树围着，上面有几个人。走近一看，她才从他们的衣着辨认出是一群农民，而且还看见树林边有几间农舍。他们开始演奏音乐，还有许多人开始跳舞。原来是在为葡萄丰收庆祝呢"①。这里，农民们欢快的生活和艾米丽的悲伤心情形成鲜明对比。第一卷第八章中，新近丧父的艾米丽孤身一人回到拉瓦里，漫步到父亲最喜欢的

---

① 安·拉德克利夫:《奥多芙的神秘》，刘勃译，中国人民大学出版社 2004 年版，第 70 页。

悬铃树边，又看到"一群农民在加伦河畔一块开阔的亮处开心地翩翩起舞"，触景生情的艾米丽更加"孤独悲伤"。① 第三卷第十三章中，艾米丽在仆人的帮助下逃离芒托尼的魔掌，回到父亲去世的地方。这时，艾米丽因触景生情而心情压抑，她同时也担心自己与瓦朗康特的感情不知将走向何处，这时庆祝葡萄丰收的舞会开始了，六十岁的老人和小男孩跳起舞来欢乐无比。第四卷第十二章中，维尔福特伯爵等人为了能够尽早到达落脚的小旅馆，日落时分仍行走在峡谷中。忽然他们听到了欢快的乐曲声，看到一群村民跳着轻快的舞蹈。以上场景中，叙述者借全知视角直接勾勒出一幅美丽的乡村生活图景：农民总是在载歌载舞，满足于现有的一切，过着无忧无虑的生活。在这里，人们纯朴善良、不虚荣、不攀比；在这里，人与人之间的关系和谐融洽。相比之下，作者借用全知叙述者对巴黎的都市生活进行转述式的间接描写，展现工业文明的发展和城市人口的聚焦不仅使城市空间产生众多的社会问题，也对人们的生活状态、性格和思维形成造成负面影响。在《奥多芙的神秘》中，全知叙述者第一次提及巴黎是因为艾米丽的舅舅丘斯内尔先生的来访。居住在巴黎的丘斯内尔先生热衷于追名逐利，喜欢铺张奢华的生活。"他向圣奥伯特绘声绘色地讲述了亨利三世参加的那些热闹骚乱的节日庆典场面"，丘斯内尔夫人"用充满羡慕的口吻向圣奥伯特夫人讲述了乔耶斯公爵和女皇的妹妹结婚时，宫廷里豪华奢侈的舞会、晚宴和游行活动"②。作为热爱巴黎生活的城市人，丘斯内尔夫妇在某种程度上是巴黎城市精神的代言人。此处对奢华节日庆典和婚礼庆典的描写从侧面向

---

① 安·拉德克利夫：《奥多芙的神秘》，刘勃译，中国人民大学出版社 2004 年版，第 103 页。

② 同①，第 13 页。

读者传递着巴黎是个道德沦丧、利欲熏心、人情淡漠、充满虚荣、令人堕落的地方。全知叙述者又继续利用他无所不知的特权讲述着艾米丽的恋人瓦朗康特在巴黎的故事。圣奥伯特初次见到瓦朗康特时非常欣赏他的直率和热情，而且还特别低语道："幸好他还没去过巴黎。"① 艾米丽被迫生活在意大利之际，瓦朗康特来到巴黎。这个正直善良的年轻人经不住军官同事们的诱惑，沉迷于奢华宴会，染上了赌博恶习，沉醉在花花世界中不能自拔。这段经历也成为他和艾米丽感情危机的导火线，艾米丽一度中断了两人的恋爱关系。小说将近结尾时，瓦朗康特认清了繁华都市的真面目，改过自新，找回本真，并且乐善好施，帮助圣奥伯特家一名老仆修建草屋。这些事情最终感动了艾米丽，两人重归于好。拉德克利夫利用全知叙述视角将乡村生活与都市生活进行勾勒和对比，以此揭露现代工业社会的弊端，展现乡村生活是滋养人类感情更为合适的土壤；身处大自然中的人们能够更为真实地拥有纯真和善良等作品主题。

《修道士》中，全知叙述者在开篇对马德里教堂的布道盛会是这样描述的：

嘉布遣会教堂的钟声敲响不到五分钟，听神父布道的人已经集聚一堂。可别以为他们聚集在教堂是出于对宗教的虔诚，或是渴望探听消息。在来听神父布道的人们当中，没有几个是这种人。在马德里这样一个迷信横行的城市，要想寻找真正的虔诚是枉费心机。现在人们聚集在嘉布遣会教堂的原因虽各不相同，但都与表面上的目的无关。女人来这里是为了让人看，男人来这里是为了看女人：他们

① 安·拉德克利夫：《奥多芙的神秘》，刘勃译，中国人民大学出版社 2004 年版，第 40 页。

有的是受好奇心的驱使来听一个名闻遐迩的神父布道，有的是因为在剧院开场前没有更好的方法打发时光，有的是因为担心来晚了找不到空座……一半的马德里人聚集在教堂只是想见到另外一半的马德里人。真正迫切想听神父布道的人只有几个年老的狂热信徒，还有五六个神父演说家，他们是嘉布遣会教堂神父的对手，决意在对方布道时找碴挑刺，冷嘲热讽。至于其他听众，哪怕神父的布道整个儿省了，他们也肯定不会失望，很可能连神父省了布道这件事，他们也意识不到。①

在全知叙述者视野的引导下，读者透彻地了解了这些参加布道的善男信女们的心理状态：男人们和女人们挤在教堂里，不过是为了满足个人的欲望；台上受人尊崇、神情严肃的神父竟然是荒淫无度、杀母弑妹的衣冠禽兽；隔壁的女修道院里更是藏着不可告人的秘密。此处的全知叙述者高居于故事之上，向读者揭示神圣的马德里竟然是一个充满虚伪与谎言的城市，以此展现出作者对封建宗教伦理道德的批判性观点。

此外，全知视角便于叙事者塑造叙事的"权威性"，并掌控叙事节奏。同时，叙事者可以随时对小说中的情节或人物抒发己见，总结故事的内涵及意义。在《奥多芙的神秘》中，作者经常在叙述性语言后插入类似于评论性的个人话语。例如，叙述者描述艾米丽和瓦朗康特的山谷之旅时，直接对二人的关系进行评论："他们就像是生在山林中的一对情侣，这里天生的屏障让他们远离尘世的喧嚣，像这山林一样简单高尚，没有什么

---

① 马修·刘易斯：《修道士》，刘宏照译，浙江工商大学出版社 2016 年版，第4页。

比纯粹挚爱的心灵相偎相依更让他们感觉幸福的了。"① 此处叙述者使用"山林""天生的屏障""尘世的喧嚣"等词来体现他对大自然净化心灵的功能持赞同意见。由于生活环境的改变，这一对真心相爱的年轻人被迫分离。接下来全知叙述者进一步向读者描绘艾米丽随姑妈生活时的孤独感和悲伤感，同时评论道："相信大家都有这样的经验，人很容易对身边没有生命的事物产生感情，习惯了这些事物总是在身边，突然离开会是多么不情愿啊。"② 此时，全知叙述者的解释性评论激起了读者的同理心，使读者对艾米丽的孤独感具有更加深刻的理解。随后，叙述者话锋一转，讲述艾米丽遵照父亲的教诲，没有终日沉醉在无谓的悲伤中，而是用坚强和容忍克服痛苦，逃离奥多芙城堡。当艾米丽因为别人的闲言碎语误会瓦朗康特之际，全知叙述者将真相呈现在读者面前，并评论说，是瓦朗康特纯洁的心灵和顽强的信念帮他走出邪恶的束缚。两位善良的年轻人终于解除误会，重获幸福。在作品最后，作者再次利用全知叙述者可以公开进行评论的特点对故事内容进行了总结性评论："两人身心都得到了磨炼，感情也稳定下来，还真正懂得了给予的乐趣。"③读者本以为小说内容已经完结，但全知叙述者又开始对作品的创作主题和创作目的进行解释："噢！这个故事告诉我们，虽然有时候邪恶会压迫善良的心，但它们的力量始终是短暂的，它们的伤害也不是永无止境的。无辜的人经受邪恶的压抑，只要有耐心，最终能战胜不幸！"④ 这突如其来的解释不仅给读者留下了深刻的印象，而且加强和巩固了叙述者在篇首和正文中表达的观点与主题，也对故事内容进行整合与引申，避免过分跑

---

① 安·拉德克利夫：《奥多芙的神秘》，刘勃译，中国人民大学出版社 2004 年版，第 54 页。

② 同①，第 126 页。

③④ 同①，第 683 页。

题而影响读者的阅读效果。

刘易斯在《修道士》中也娴熟地运用着全知叙述者的叙事
评论，例如：

> 雷蒙德与阿格尼丝，以及洛伦索与维吉尼亚，幸福地
> 度过了上天假以凡人的余生，尽管凡人注定要成为苦难的
> 猎物，失望的玩物。但是，曾经折磨他们的巨大悲痛，让
> 他们能从容看待后来的每一个灾难。他们曾经经受了不幸
> 的箭囊中最锋利的箭矢的攻击，相比之下，剩下的箭矢就
> 没有那么锋利了。经历过命运最严重的风雨，他们就能平
> 静地看待它的恐怖；或者，如果他经历过偶发的苦难大风，
> 那么对他们而言，这场大风似乎就像夏季拂过海面的西风
> 一般温和。①

这段叙事评论出现在雷蒙德和阿格尼丝爱情故事的结局之
后。全知叙述者对故事人物的命运进行了总结性评价，点明了
故事的主题，同时警醒读者从故事结局中汲取人生经验。

每当叙事对象发生转变之际，全知叙述者也会发表评论对
故事的叙事层次进行干预，控制叙事节奏。在《奥多芙的神秘》
中存在多处全知叙述者的指点干预："我们现在有必要讲讲艾米
丽匆忙离开威尼斯到达城堡的同时，威尼斯这边发生的事情。"②
"大家应该还记得瓦朗康特，现在我们就回到他这里。"③ 最有特
色的是关于劳伦蒂尼的故事：

---

① 马修·刘易斯：《修道士》，刘宏照译，浙江工商大学出版社2016年版，第
364页。
② 安·拉德克利夫：《奥多芙的神秘》，刘勃译，中国人民大学出版社2004年
版，第282页。
③ 同①，第301页。

　　因为女修道院院长的讲述不够详细，有许多读者想知道的细节遗漏了，而且这个修女的故事和维勒洛伊侯爵夫人的命运有着直接的联系，我们干脆不讲她们在修道院客厅里的谈话，直接讲讲奥多芙和劳伦蒂尼的故事。①

　　这种全知视角的叙述干预有助于叙述者掌控叙事节奏，帮读者进入叙事场景，增强故事真实性，并实现补充故事情节的功能。

　　《修道士》中也有相似功能的叙事干预：

　　他第一次恳求妹妹告诉他，当圣厄秀拉亲眼看她喝下了毒药时，她是如何逃过一劫的。由于担心会唤起他对安东尼娅死亡情境的回忆，阿格尼丝此前一直没有把自己经历的苦难告诉他。如今，既然他主动提起了这个话题，她认为，通过讲述自己的痛苦经历，也许可以把他从那些困扰他太久的思绪上引开，便立即答应了这个要求。其他人都已听过她的故事，但是在场的人对故事中女主人公的关注使他们迫切希望再听一遍。所有的人都支持洛伦索的请求，阿格尼丝也同意了。她先讲述了在修道院的小教堂里恋情的暴露，院长嬷嬷的愤恨，还有圣厄秀拉半夜在幕后看到的事件。尽管这位修女已经描述过后一件事，但这一回阿格尼丝讲述得更加详尽，她做了如下的叙述。②

---

① 安·拉德克利夫：《奥多芙的神秘》，刘勃译，中国人民大学出版社 2004 年版，第 666 页。

② 马修·刘易斯：《修道士》，刘宏照译，浙江工商大学出版社 2016 年版，第 348 页。

　　在这段叙事干预中，一方面，叙述者担心读者无法理解自己的谋篇布局；另一方面，为了与前文故事内容形成连贯，全知叙述者特意对故事进行了一番解释，以帮助读者更好地联系事件的前因后果，实现故事情节的前后衔接，避免作品有拼凑的痕迹。

二、营造戏剧化的叙事效果

　　全知全能型的叙述者能够多方位地呈现出人物的所思所想，并且还能够深入了解故事人物不可能了解到的内容而产生戏剧化的叙事效果；同时，读者也能根据叙述者的话语，通过不同的视角描述，进一步领会小说的写作意图。在《奥多芙的神秘》第二卷第六章中，无法集中精力的艾米丽决定到另外一个房间里看看那幅神秘的画作。全知叙述者描述了这样一幅场景：

　　　　艾米丽的脚步有些犹豫，打开了门，又在门口迟疑了一会儿，然后快步走进房间，来到那幅画面前，这时她才看清原来这幅画十分庞大，挂在房间阴暗的一角。她有些迟疑，心里激动不已，颤抖着用手慢慢揭开幕布。突然之间，她放开手，幕布自己掉了下来，幕布下面根本没有画，但是艾米丽却看到了另外的东西，吓得浑身发软，她昏倒在地板上。①

　　读者此时不禁会问：艾米丽为何受到如此大的惊吓？黑幕之后遮盖的究竟是什么？会是一具模样极其恐怖的尸体吗？第四卷第十七章，全知叙述者最终向读者揭开帷幕后的真相：黑纱后面那具尸体的脸已经腐蚀变形，手脚爬满了虫子。面对这

---

　　① 安·拉德克利夫：《奥多芙的神秘》，刘勃译，中国人民大学出版社2004年版，第258页。

样一具惊悚骇人的物体，"其实，她只要再看一眼，恐惧和猜测就会烟消云散，因为她会发现那不是人，而是蜡像"。这具蜡像和奥多芙侯爵有关。他因为激怒了天主教会而被罚面壁思过，"后来做了个蜡像陪伴他，后来他死了，蜡像也就废弃了"[①]。这具蜡像制作得十分逼真；同时，城堡中也流传着各种关于芒托尼的神秘传闻，所有这一切导致艾米丽产生了恐怖的错觉。读者在全知叙述者的引导下揭开幕布后，会恍然发现那些看似不合常理的超自然现象都有据可循。由于作者在故事叙述中采取全知视角，当故事内人物对真相懵然无知时，故事外读者却对一切了然于胸，因此产生一种戏剧化的阅读效果。

第四卷第七章中，卢多维克在帮伯爵看守城堡时，突然神秘失踪。伯爵即刻检查了房间，发现"房间最外面的门也是锁上的，钥匙还在里面，那也就是说，他不是从这扇门出去的"[②]。窗户上没有强行冲破的痕迹，卧室里也没有打斗的痕迹。这些迹象使得人们相信城堡闹鬼的事实，一时间人心惶惶。故事讲述到第十四章时，叙述者向读者道出了真相：原来卢多维克的神秘失踪是一群海盗所为。他们为了不让别人发现藏在城堡地下室的抢劫物品，故意制造谣言使人们误认为城堡闹鬼。对超自然事件的穿插描写使得小说的故事情节跌宕起伏，带给读者惊恐的阅读体验和情绪上的冲击力。在故事末尾，读者借助全知叙述者的视线洞悉一切，了解故事真相，明白了文中的所有怪象非人为即自然发生，没有一件涉及鬼怪。与此同时，读者也逐渐领悟作者的写作动机在于劝喻读者切勿沉溺于虚幻想象，应以理性的态度来待人处世。

------

① 安·拉德克利夫：《奥多芙的神秘》，刘勃译，中国人民大学出版社2004年版，第672页。
② 同①，第572页。

　　上帝般的全知叙述者也可以深入人物内心世界，根据情节发展勾画人物形象，展现人物复杂的思想感情，窥视人物心底的秘密，呈现当事人的心境，带动读者的阅读情绪，引发读者进行深思。这样的全知叙述有时还会产生反讽的艺术效果。以《修道士》中安布罗西欧的形象塑造为例：安布罗西欧在信徒口中被称为"圣人"，全城有名。这些人物评价为读者塑造出一个圣洁威严的传教士形象。在嘉布遣会修道院的布道会上，安布罗西欧首次出场。叙述者运用全知叙事视角对他的外貌进行详细的描述：

　　　　只见神父举止高贵，外表庄严，身材高大，仪表堂堂。他的鼻子如鹰钩，双眼又大又黑，目光炯炯有神，两道黑黑的眉毛几乎连在了一起。他肤色很深，没有瑕疵。由于多年的学习和通宵祈祷，他的脸颊已经失去了红润。他光滑的额头没有皱纹，显得十分镇静。那写在脸上的满足好像在说此人既不知什么是忧愁，也不知什么是罪恶。他谦卑有礼，弯腰向听众鞠躬；他神态严厉，举止严肃，人人敬畏；很少有人能够忍受他那炯炯灼灼、看透人心的目光。这就是安布罗西欧，嘉布遣会的院长，人称"圣者"。①

　　此处，全知叙述者再次使用"举止高贵""谦卑有礼""神态严厉""看透人心"等词汇将安布罗西欧与圣人形象紧密联系起来。一个宁静安详的修道士形象呈现在读者面前。安布罗西欧布道时更是有种令人无法抵抗的魅力：听众们沉醉在他那时而圆润时而高亢的讲解中，为他的雄辩口才所折服。布道结束

---

　　① 马修·刘易斯：《修道士》，刘宏照译，浙江工商大学出版社2016年版，第12页。

后，安布罗西欧手中的念珠散落在人群中，"众人急切地抢起念珠，转眼功夫分得一粒不剩。任何一个拥有一颗念珠的人都把它当作圣物保存"①。对众人行为的叙述再次突出了安布罗西欧高尚圣洁的品质以及受人尊崇的社会地位。

第二章中，叙述者运用全知的叙述角度深入圣人安布罗西欧的内心世界，细腻敏感地捕捉他的思想感情变化，从而向读者呈现圣人不为人知的另一面。读者了解到他的真实生活并非像他在布道中展现的那般高尚神圣。气宇轩昂、学识渊博的安布罗西欧实际上内心骄傲、虚荣自大，"他觉得自己高人一等"②。回到房间后，安布罗西欧想着布道时的盛况而得意扬扬，认为教团里没有人能和他相匹配，称自己是唯一不腐的教会柱石。安布罗西欧沉醉在虚荣幻想中，他决定"放弃隐居的孤独，因为马德里美丽又高贵的女士频繁地出现在修道院，而且只愿意对我忏悔。我的眼睛必须习惯于观看那些充满诱惑的对象，抵制奢侈和欲望的诱惑"③。他同时又期待着能遇见某位漂亮的女士。此时安布罗西欧把目光移向对面的圣母画像：

> 多么美丽的容貌啊！她转头的姿态多么优雅！她那具有神性的眼睛多么甜美，多么庄严！她的脸颊斜倚在手上是多么温柔！玫瑰怎比得过她脸颊的红润？百合哪比得上她双手的白皙？啊！如果世上真有这样的美人存在，而且只是为我而生，那该多好！

在这段描写中，读者惊奇地发现修道士安布罗西欧竟然和

---

① 马修·刘易斯：《修道士》，刘宏照译，浙江工商大学出版社 2016 年版,，第 13 页。

② 同①，第 32 页。

③ 同①，第 33 页。

普通大众一样具有七情六欲。他对圣母画像的赞美和欲望充满世俗的渴望；他内心深处居然藏着享受世俗生活的念头，但是碍于圣人的头衔，安布罗西欧又不得不压抑自己的欲望。全知叙述者通过剖析安布罗西欧的内心世界，将一个骄傲自大又克制压抑的修道士形象展现在读者面前，使修道院院长这一圣人形象显得令人质疑。

随着玛蒂尔达和安东尼娅的相继出场，原本圣洁高尚的神父形象在读者面前呈现出诸多异样，为读者对文本的理解增添更多的深层含义。当玛蒂尔达对他坦白爱慕之情时，安布罗西欧的虚荣心得到满足，他的心里充满了对爱情的渴望。安布罗西欧稍后从狂喜中恢复意识，考虑到严苛的教规和曾经许下的誓言，他下定决心要她即刻离开修道院。安布罗西欧陷入矛盾痛苦的抉择，各种情感在他心里纠缠不休。"他意识到，出于谨慎、院规、得体等因素的考虑，他必须强迫她离开修道院。但是从另一方面讲，他有同样充足的理由允许她留下。想到玛蒂尔达真诚的告白，想到自己不知不觉中征服了一颗曾抵御住西班牙最高贵的骑士们的进攻的女儿心，他不免受宠若惊，志得意满……此外，他还想到，玛蒂尔达家产殷实，这对修道院也会大有益处。"[1] 面对诱惑和欲望，安布罗西欧最终选择走下圣坛，沉迷在玛蒂尔达的温柔乡。他从此之后一发不可收拾，再也无法抵挡那潜伏在内心深处的强烈欲望，良知泯灭、彻底堕落。值得读者注意的是，每次安布罗西欧实施完犯罪总会陷入恐惧、不安和悔恨中。例如，他的欲望首次在玛蒂尔达身上得到满足后，"愉悦迅速消失，羞愧占据了他的心胸，他对自己的

---

[1]　马修·刘易斯：《修道士》，刘宏照译，浙江工商大学出版社 2016 年版，第56 页。

弱点既困惑又畏惧"[1]；安布罗西欧将埃尔维拉杀死后，他"能想到的除了死亡、愧疚，除了眼下的耻辱和未来的惩罚，就什么都没有了。懊悔和恐惧使他焦虑不安"[2]，他想占有安东尼娅的欲望也瞬间消失。叙述者运用全知视角深入主人公的内心世界，展现安布罗西欧灵魂深处因羞耻感和罪恶感而产生的痛苦与恐惧心理，使读者产生感同身受的阅读效果。具有讽刺意义的是，"懊悔""恐惧""羞愧"等情感意识并没有拯救安布罗西欧那颗堕落的灵魂。相反，在内心原始冲动力的作用下，他和上帝、宗教以及誓约之间的距离渐行渐远，最终沦陷在兽性的残暴之中。安布罗西欧在接受宗教法庭审判之际，忍受着肉体和精神上的双重痛苦，准备向上帝忏悔，承认自己的罪过。但"想到焚烧持异端者的判决仪式，想到在烈火中毁灭，他便不寒而栗"[3]。他自知罪孽深重，无法得到上帝的宽恕，恐怕要落入万劫不复的地狱接受种种酷刑的折磨。因此，安布罗西欧在最后时刻选择把灵魂出卖给魔鬼，祈求换取生命和自由。但他最终被魔鬼从高空抛下，脑袋朝下跌落在一块岩石上，遍体鳞伤地躺在河岸上。"千万只昆虫被太阳的温暖唤起，饮着从安布罗西欧的伤口细细流出的鲜血。他无力驱走它们，它们死死叮咬他的痛处，把螫针深深刺入他的身体，千万只昆虫爬满了他的身体，给了他最痛苦也最难以忍受的折磨。岩石上的鹰把他的肉一片一片撕扯下，用弯曲的喙把他的眼珠啄了出来。"[4]在一场狂风暴雨中，失明、无助、绝望的安布罗西欧慢慢逝去，他的尸体被卷入河中。上述全知视角叙述中，安布罗西欧在经

---

①　马修·刘易斯：《修道士》，刘宏照译，浙江工商大学出版社 2016 年版，第194 页。

②　同①，第 266 页。

③　同①，第 370 页。

④　同①，第 384 页。

历了昆虫吞噬、老鹰啄食、口渴难耐等痛苦后孤独绝望而亡和
小说开篇教堂里隆重的布道场景形成鲜明对比。高贵神圣的修
道院院长变成了讽刺的对象。全知叙述者不仅将一个表面虔
诚、内心奸诈恶毒的修道士形象栩栩如生地展现在读者面前，
同时也对他那虚伪的宗教信仰进行了讽刺。《修道士》中，全
知叙述者通过对人物形象的塑造、叙事结构和故事情节的把
控，将反讽艺术应用到极致，使读者从中感受到耐人寻味的审
美观。

第四节　灵活多变的叙事视角

　　就叙述时观察故事的角度而言，作者无论采用内视角叙事
还是外视角叙事均可以创作出成功的文学作品。当我们运用叙
事视角理论去分析具体作品时，就会发现不同的叙事视角之间
并非相互独立、一成不变。也就是说，"一种聚焦叙事方式在某
一时期占主导地位的同时，也可以看到其他的聚焦方式在或多
或少地运用着。一个作家可能会钟情于某一种聚焦叙事方式，
或交替采用不同的模式"①。对于作品的创作者来说，采用不同
的叙事视角能够对故事进行充分展示，便于读者多层次地观察
故事事件，获得最佳的叙事效果。本书重点讨论的四部哥特小
说中，从全知视角转换为变换式人物有限视角的叙事方式是比
较多的，当然，作品中也存在第一人称回顾性视角到第一人称
体验性视角的相互转换。

　　一、第一人称回顾性视角到第一人称体验性视角的转换
　　玛丽·雪莱在《弗兰肯斯坦》中采用了以第一人称回顾性

---

　　①　谭君强：《叙事学导论：从经典叙事学到后经典叙事学》，高等教育出版社
2014年版，第111页。

视角为主的叙事手法，同时配合使用第一人称体验性视角，使小说具有了更深刻的内涵。小说的主体内容由三个相对独立的第一人称叙述者的叙事组成，形成环环相扣的套盒模式，有效填补了第一人称叙事过程中产生的盲点。这样的叙事手法不仅使荒诞的恐怖故事变得真实可信，而且能够向读者提供一个多维度、多视角的立体空间，有助于读者感知作品的真实内蕴。小说在第一章开篇中提到：

> 从出生地看，我是日内瓦人。我的家庭是共和国最显赫的家庭之一。我的祖先长期担任市议员和市政官。我父亲曾经担任多个公众职务，成绩斐然，政声卓越。因为他人品的清廉和对公务的勤劳，凡是认识他的人都尊重他。青年时代的他，总在为国事奔忙，各种情况迟延了他的婚姻，到了晚年他才成了一家之主和父亲。①

此处的叙事视角来自成年人"我"（弗兰肯斯坦）对家庭背景的追忆。接下来叙述者采用第一人称回顾性视角描绘出"我"的童年生活和家庭生活，将厚重的家族历史浓缩在短短的两页纸上，利用快节奏的叙事提供了丰富的信息。为了避免读者产生倦怠感，"我"在描述和伊丽莎白初次见面的情况时，叙事视角从第一人称回顾性视角转到了第一人称体验性视角：

> 最引起妈妈注意的是其中一个孩子，那孩子似乎属于另外一个种族。其他四个孩子都是结实的小流浪儿，黑眼睛；而这个孩子却很瘦弱，是明显的金发蓝眼。衣服虽然

---

① 玛丽·雪莱：《弗兰肯斯坦》，孙法理译，译林出版社2016年版，第21页。

褴褛，那头非常耀眼的金发却似乎给她戴上了一顶辉煌的金冠。①

　　叙述者在这里以"我"当时正在经历的视角来详细描述伊丽莎白的外貌。接下来，亲历者"我"有效地控制着叙事视角，始终称呼伊丽莎白为"那可爱的孩子""孩子""一个孩子"。直到父亲从米兰回来，当妈妈向他讲述伊丽莎白的来历时，她的姓名才被提及。此处第一人称体验性视角的转换营造出现场氛围，将读者带入故事场景，提高了读者的阅读兴趣。

　　第十一章至第十六章中，怪物向弗兰肯斯坦讲述了它被抛弃以后的亲身经历。怪物的自我叙述不仅与弗兰肯斯坦提供的信息产生互补效应，也经常出现从第一人称回顾性视角转到第一人称体验性视角的转换现象。怪物总是试图摆脱叙述自我，借用过去的经验、自我的眼光进行故事的讲述。例如，第十一章中的怪物有了生命意识，他躲避在森林里感受着夜的寒冷和凄凉。忽然，"一片柔和的光从天上悄悄闪现，给了我愉悦的感觉。我惊跳起来，看见一个辉煌的东西从树木间露了出来。我惊讶地呆望着。那东西移动得很慢，却照亮了我的路"②。这里的"光"和"辉煌的东西"是正在升空的月亮。但此时"我"对人类世界仍是一片懵懂，更不知道如何去命名该物体，所以只能将月亮描述为"一个辉煌的东西"，将地上的白雪描述为"一种湿的东西，冰凉的，冻得脚生疼"③。此时怪物"我"从体验视角描述当时的情形，既符合"我"的身份特征，又能拉近"我"和读者之间的距离。后来"我"继续使用体验视角讲

---

① 玛丽·雪莱：《弗兰肯斯坦》，孙法理译，译林出版社2016年版，第24页。
② 同①，第111页。
③ 同①，第113页。

述自己暗中观察菲利克斯一家的生活，逐步加深对他们的了解，加快认识世界的步伐。在"我"最初的观察中，并不知道他们三个人之间的关系，所以只称呼他们为"年轻女人、青年和老人"。后来"我"模仿他们的音调，渐渐学会了发音，知道小屋主人们的名字："老人却只有一个，就是爸爸。那年轻女人的名字是妹妹或阿加莎，男青年是菲利克斯、哥哥或者儿子。"① 但"我"发现他们一家人总是很忧伤。直到有一天，一位陌生的女士戴着厚厚的面纱来访，随后"我的朋友们脸上总是欢欢喜喜的，不再忧伤了"②。"我"在接下来的叙述中并没有对陌生女子的身份和她到访的原因展开陈述。第一人称叙述者以体验视角控制着叙事节奏，留下空白与悬念，创造跌宕起伏的叙事效果，吸引读者的阅读兴趣。第十四章中，故事的叙事视角悄然发生着变化。巨怪说道："那老人名叫德拉塞，出身于法国一个良好的家庭，在那里过了多年的富裕生活，受到达官贵人的尊重和同胞们的喜爱。他的儿子一出生就有官职，女儿是地位显赫的名媛。"③ 此时读者随着"我"的回顾性视角了解到德拉塞一家的精彩故事，有效填补了此前的叙事空白，带领读者接触到故事的真相。第十六章中，怪物再次使用第一人称体验视角讲述他怀着一颗善良真诚的心接近人类、帮助人类，试图和人类进行交流，最终却被菲利克斯一顿暴打并赶出村舍。怪物的心里愤怒无比，他恨不得把村民和村舍全部毁掉以解心头之恨。第二天早上，怪物冷静下来，认真思量一番，认为所有问题产生的原因在于自己处理事情时不谨慎的态度。他决定重返农舍和德拉塞老人进行沟通，却听到菲利克斯对伙伴说："我父亲的

---

① 玛丽·雪莱：《弗兰肯斯坦》，孙法理译，译林出版社 2016 年版，第 121 页。
② 同①，第 129 页。
③ 同①，第 133 页。

生命遭到了最大的威胁。那可怕的情况我已告诉过你。我妻子和妹妹也吓坏了，不会再回来了。"①听完这番话，怪物突然发现联系自己和世界的唯一纽带也断掉了。他虽然极度失望和极度委屈，但怪物还是一次次试图与人类交流。他好心挽救了落水姑娘的性命，却因为面目狰狞而被人类开枪击中；他认为天真不谙世事的小孩或许不会对它丑恶的容貌反感，试图将一个漂亮的孩子培养成伙伴和朋友。谁知那孩子竟被吓得大声尖叫，称他为"妖怪""丑八怪""魔鬼"。所有这一切超出了他的忍耐极限，于是怪物"抓住他的喉咙，不让他叫喊，不一会儿他就死去了"②。

　　第一人称体验性视角和第一人称回顾性视角不断转换的叙事方法详细记录了怪物的主观心理运动状态与大量的直觉印象，表现了怪物复杂的内心世界。同时，读者也明确认识到怪物不被社会认同和接受的艰难处境，理解他残忍行为的原因以及其内心的真正感受。这种叙事方法的转换为读者进一步了解科学怪物搭建了一个良好平台，强化了科学怪人的悲剧性存在，平衡了读者对故事中两个人物的客观评判，让读者有机会站在一个更全面的角度去了解故事的始末。当读者顺着怪物的描述逐步走进它的内心世界，了解到它的真实想法，就会恍然发现弗兰肯斯坦的叙述中存在着很多不确切叙述与隐瞒性信息。在此基础上，读者也会进行道德上的思考，修正之前对弗兰肯斯坦和怪物的看法。这样一来，读者对两个叙事层面进行一番对比后，情感认同会产生剧烈转变和特殊的叙述效果——读者转而对有道德污点的故事人物产生同情。正如马克·柯里在《后现代叙事理论》中所说的："对人物的同情不是一个鲜明的道德判

<hr/>

① 玛丽·雪莱：《弗兰肯斯坦》，孙法理译，译林出版社2016年版，第152页。
② 同①，第158页。

断问题，而是由在小说视角中新出现的这些可描述的技巧所制造并控制的。"①

二、全知视角到变换式人物有限视角的转换

在《奥多芙的神秘》中，第三人称全知视角叙述者既置身于故事之外又对故事情节无所不知，拥有绝对的叙事权威。同时，出于某些故事细节的特定需要，叙述者又借助不同聚焦人物的视角，构建出纵横交错的立体叙述结构。第三人称全知叙事视角和固定式人物有限视角相结合，勾勒出一幅幅生动的故事画面，使故事叙述呈现出特有的灵动性。

安·拉德克利夫意欲把自然与崇高联系起来，借这一美学观来展现她对 18 世纪英国工业社会的失望之情和批判态度。全知视角宏阔的叙述视阈和作者的写作意图相契合。拉德克利夫借助全知视角的叙述，通过对乡村与城市中人际关系和审美情趣的对比性描写展示出城市与乡村的冲突，展现了英国中产阶级试图逃避社会矛盾、在乡村中寻找慰藉的心灵渴望。同时，她将自己对文明的发展和社会现状的反思寄寓在作品中，其间夹杂着丝丝缕缕的时代焦虑感。在拉德克利夫的小说中，自然景物的描写占据了大量篇幅。雄浑旷达的自然景致成为"崇高美"的载体。全知叙述者将大篇幅的景物描写穿插在故事情节中，既能控制叙事节奏的轻重缓急，渲染、调节氛围，又能使这部哥特小说以一帧图文交织的风景画卷呈现在读者面前。

小说一开篇，全知叙述者就全方位地观察着自然景色和故事人物，带领读者跨越时空，走进加伦河畔的世外桃源——圣奥伯特城堡。从城堡的窗外可以看到吉耶纳和加斯克涅的田园风景；城堡南面的比利牛斯山和远处的草原、树林形成鲜明的

① 马克·柯里：《后现代叙事理论》，宁一中译，北京大学出版社 2003 年版，第 22 页。

对比；城堡的北面、东面、西面分别被平原和河流环抱。在这样一片充满诗情画意的自然天地里，圣奥伯特夫妇和他们的女儿艾米丽过着与世无争、归隐林间的幸福生活。

圣奥伯特先生喜欢携妻子和女儿一边在加伦河畔散步，一边听着河水拍打河岸发出的悦耳声音……圣奥伯特是一个显赫家族弱小分支的继承人……在这大山深处，他们经常能找到幽静的地方，就在这里高大的落叶松或是雪松下一边吃点心，一边喝草地上流过的冰凉沁沁的泉水，还能闻到岩石上草地里野花和芳香植物散发出的阵阵幽香……在夏日的傍晚，圣奥伯特喜欢和妻子、女儿一起坐在树下，看日落的光辉渐渐消失在远方的景色中……即使夜幕降临，他也不愿离开心爱的树林。他喜欢这种轻松的时光……圣奥伯特培养她的理解能力。他教她最基本的科学知识，并让她涉猎高雅文学的方方面面。①

上文的环境描写总是和叙述者的声音形影不离、相辅相成。全知叙述者把大自然的悦耳之音、迷人的香气和圣奥伯特一家人甜蜜情感的温柔画面一一展现，引导读者走进叙述者的故事世界，文中对黄昏景色的描写也为后续故事情节的发展埋下伏笔。黄昏的晚霞纵然美丽，但是绚烂过后伴随着黑夜的来临，一切也终将接近尾声。夜幕降临，艾米丽的父亲圣奥伯特先生却迟迟不愿离去，空气中弥漫着淡淡的感伤，这为后来艾米丽母亲的病逝以及他自己的不幸埋下了伏笔。

从第十章开始，全知叙述者一边控制着故事的进展，掌握

① 安·拉德克利夫：《奥多芙的神秘》，刘勃译，中国人民大学出版社2004年版，第4-7页。

着叙事节奏，一边将环境描写与女主人公的情感相结合，展现艾米丽丰富的情感变化以及其人生历程。即将离开拉瓦里，艾米丽看着"夜的寂静美丽让她不禁觉得向这个自己度过快乐童年的地方说再见是多么痛苦的事情，想着想着忍不住到花园里走走。穿过夜的薄雾，她静静地越过花园，急切地朝远处的小树林走去，很高兴自己能呼吸到这里自由的空气。可惜自己已是孤苦伶仃了"①。离家之前，艾米丽看着淡黄色的月光想到离世的双亲和即将离别的恋人瓦朗康特，一种焦虑而忧伤的复杂感情油然而生，此时"广阔的景色"和"碧蓝的苍穹"暂时使她心情舒缓。艾米丽被置于芒托尼的魔掌之下，是意大利清新的空气和美丽的风景让她再次回想起拉瓦里的美好时光。"她继续靠在窗边看外面淡淡的月光、朦胧的景色，感叹这个蓝色苍穹之中淡黄的星球怎么能改变人的命运呢？她记起曾多少次和父亲一起欣赏月亮，他还向她解释过天体运行的规律；可是这些回忆马上就唤起了艾米丽心中的悲痛。"② 艾米丽自由地在山林长大，性格天真烂漫。当她重新感受到山林的美好时，触景生情，自然而然地想到去世的父母和以往温馨宁静的家庭生活。在自然环境的感染下，艾米丽卸下坚强的伪装，忍不住放声痛哭。作者运用全知视角展现出此时艾米丽情绪上的强烈起伏，印证了环境因素对人类情感的巨大影响。不同于其他哥特作家常常利用环境来催生恐怖氛围，制造各种超自然现象来直接传达诡异与恐怖交织的怪异想象，拉德克利夫往往让读者借助全知叙述者提供环境的描写来发挥想象力。同时，这些宁静美好、散发着浪漫气息的自然环境又能带动作品中人物情绪的起伏变

① 安·拉德克利夫：《奥多芙的神秘》，刘勃译，中国人民大学出版社 2004 年版，第 120 页。
② 同①，第 338 页。

化，使作品更具张力。

在《奥多芙的神秘》中，全知视角的运用给叙述者提供了灵活的叙事空间，便于塑造众多的人物形象，驾驭错综复杂的叙事线索。但是，由于叙述者的无所不知性，读者无法积极地参与故事的构建和解读，只能被动地全盘接受叙述者传递的故事信息和价值判断，使阅读过程显得比较乏味无趣。为弱化上述问题，拉德克利夫采用了从全知叙述视角向固定式人物有限视角转换的叙事手法，淡化全知叙述者的存在。当读者对故事全局有了大概了解后，作者在后续故事情节的发展中将叙事观察点转向艾米丽，对她的关注时间越来越多。同时拉德克利夫也开始从艾米丽的视角来观察其他的人物和事件。此时的叙述者一般不直接讲述人物的动机、目的、思维和情感，意欲造成大量的意义空白和故事悬念。叙述者往往保持一种不偏不倚的中立态度，不试图干涉或引导读者的思维。所有的空白和悬念都有待于读者积极投入到阅读中，用自身的实践经验和理解力去揭开真相，其目的在于最大限度地调动读者的参与能动性。

作为整部小说的串联者，女主人公艾米丽主要通过她的视觉、感觉和听觉向读者传达所发生的故事。她不仅亲身验证小说中所有的神秘事件，而且大多数时候只有艾米丽自己知道事情的来龙去脉。

例如，第二章中描写了圣奥伯特夫人去世后父女二人的生活琐事。

透过玻璃，她看见父亲坐在一张小桌子旁边，面前放着一叠纸，他正聚精会神地翻看那叠纸，还不时哭泣。本想看看父亲是否不舒服的艾米丽被好奇心驱使，站在那里想看个究竟。她想看看是什么东西让父亲如此难过；她继续观察着沉默的父亲，推想那些指定是已故母亲写给父亲的信。这时父亲跪下了，艾米丽看见了父亲脸上少有的严肃且夹杂着一点疯狂，这时的父亲比任何人都可怕。他跪在那里祈祷了很长一段时间。①

很明显，这里存在从全知叙事视角转换到固定式人物有限叙事视角的过程。全知叙述者没有交代艾米丽的父亲为何翻着那叠纸哭泣，只是以艾米丽的有限视角从旁边观察着父亲的一举一动。随着视角的变换，艾米丽的叙述范围逐渐缩小，她发现画像上的女人并非自己的母亲。但随着父亲把画像放进盒子里，艾米丽的叙述也戛然而止，女子的身份成了一个未解之悬念。此时，叙事空白的产生、真相的延宕与推迟造成悬念的产生。一直到第四卷第十七章，神秘女子的身份才算浮出水面。读者跟随艾米丽的目光了解到劳伦蒂尼和侯爵的爱情纠葛、艾米丽父亲和侯爵夫人的关系以及圣奥伯特先生看着画像哭泣的原因，所有的悬念终于逐一解开。

固定式人物有限视角的运用也让读者们身临其境般地体会着女主人公艾米丽的恐怖感觉。在《奥多芙的神秘》中，作者借用艾米丽的目光这样描写奥多芙城堡："她看着阳光渐渐消失在墙角，只留下越来越深的紫色，山林也一片模糊了，可是奥多芙上面的部分还是光彩依旧。不过一会儿工夫，这里的光线也黯淡下来了，整个建筑都笼罩在夜的庄严沉寂中。寂静、孤独和庄严是这建筑物的基调，好像在挑战任何想跨进这里半步的人。"②

马车穿过漆黑的树林，驶上一条羊肠小道，不一会儿就来到城堡的大门。"这时，城堡的大门吸引了她的注意力：这座大

---

① 安·拉德克利夫：《奥多芙的神秘》，刘勃译，中国人民大学出版社 2004 年版，第 29 页。

② 同①，第 236 页。

门通向里面的庭院，身形巨大，而且左右两边分别有两个圆形的堡垒，每个堡垒上还有悬着的塔楼，塔楼上本该悬挂着家徽，现在只有野草和其他植物的根深深地扎入石缝中，对着古老的城堡，在风中叹息自己的孤独。"① 作者借助固定式人物的有限视角对城堡进行多方位的环境描写，突出展现坐落于绝壁之上的奥多芙城堡远离尘世，犹如人间地狱一般。古堡内蜿蜒曲折的秘密通道和恐怖骇人的密室、藏尸所更是在日常生活中不常见到的环境因素，为作品增添了一丝恐怖的氛围。

艾米丽生活在奥多芙城堡期间，曾在无人敢进入的房间内看到一幅蒙着幕布的画像。她在好奇心的驱使下终于鼓足勇气掀起了画像上的幕布，看到了恐怖的场景。之后，文中就不断重复出现艾米丽内心惊恐害怕的故事情节。艾米丽每次看到芒托尼就浑身颤抖，眼前浮现出恐怖的一幕。她想把自己看见的东西讲给姑妈听，但每次都是欲言又止，一句话也说不出来。恐惧、紧张的情绪一直伴随着艾米丽。她生活在这种状态中，没有人可以诉说，只能自己默默忍受。小说中对艾米丽这种孤独生活状态的描述很多。例如，在通往拉布朗克城堡的路上，艾米丽独自感受着深夜森林里阴森冷清的气氛。此处的描写也采用了固定式人物的有限视角，着重描写了艾米丽的恐惧感。读者们也跟随着艾米丽的步伐感受着这种恐怖气氛。固定式人物有限视角的运用拉长了艾米丽的恐惧感，使这种感觉贯穿于小说的首尾，增添了小说的神秘性和恐怖性。

姑妈被芒托尼囚禁的第二天早上，艾米丽站在城堡的窗口看到这样一群人，"他们穿着制服，虽然武器不同，但每个人都有武器。他们穿的是黑红相间的短夹克，有几个人还穿了披风，

---

① 安·拉德克利夫：《奥多芙的神秘》，刘勃译，中国人民大学出版社 2004 年版，第 236 页。

把整个人围了个严严实实……他们头上戴的是意大利的小帽子，有些人的帽子上有黑色羽毛，这些帽子衬托得他们的脸非常凶猛……她继续看，越来越觉得自己是在土匪窝里，可是又有一个含糊的想法出现在脑海里——芒托尼有一支部队，而且城堡就是部队的集合点"①。此处读者跟随艾米丽的限制视角间接地观察着城堡中发生的一切，猜测芒托尼和这些人聚会的真正目的。读者们身临其境般地体会着女主人公艾米丽的感受，解读文本中呈现出的重重悬念。

三、全知视角到不断变化的内视角叙事

为了达到特定的艺术效果，刘易斯在小说《修道士》中时常通过分节、插叙或者直接转换的方式实现叙事视角整体性或局部性的转换。

小说第一章主要描写神父安布罗西欧在嘉布遣会教堂进行布道的盛况。本章中叙事视角发生了多次明显的局部转换，一方面，为主人公的堕落变化和故事的悲剧性结局埋下伏笔；另一方面，又不留痕迹地为读者泄露某些至关重要的信息。全知视角叙事者用"举止高贵""鼻子如鹰钩""炯炯有神，看透人心的目光"等词语直接将安布罗西欧孤傲严厉、深不可测的性格特点呈现在读者面前。然后，作者又通过描述安布罗西欧的布道内容和观众的反应，从侧面印证他的性格特点。当他讲述人类要在来世为自己所犯下的罪恶接受惩罚时，"每个观众回顾以往的过错，不禁不寒而栗，仿佛天上有雷霆滚滚而过，他们在劫难逃，霹雳要把他们击成齑粉，万劫不复的深渊仿佛在脚下打开"②。这段描述既为新的矛盾冲突做铺垫，也和后面的故

---

① 安·拉德克利夫：《奥多芙的神秘》，刘勃译，中国人民大学出版社2004年版，第325页。

② 马修·刘易斯：《修道士》，刘宏照译，浙江工商大学出版社2016年版，第13页。

事情节发展形成呼应。全知叙述者接下来说道："安东尼娅充满渴望地目送他远去。当他身后的门关上时，她仿佛失去了某个与她的幸福息息相关的人。一颗泪珠悄悄地、无声无息地从她脸上滚落。"① 随后全知叙述者由台前退至幕后，整整 5 页的叙事内容由安东尼娅、洛伦索和莱欧娜娅的对话构成，实现了全知视角向摄像式外视角的转换。安东尼娅对修道士充满兴趣和敬意，希望他能做家里的忏悔神父。而姨妈莱欧娜娅却明确表示反对，因为"他的神情太严肃，使我浑身发抖"②，使她产生一种不祥的心理直觉。第一章尾声，叙事目光再次切换到洛伦索的视角。布道结束后的教堂无比幽静，心情忧郁的洛伦索躺在教堂的凳子上。他的梦境中有这样一幕：

> 安东尼娅尖声大叫。这个怪物紧紧抱住她，纵身跳到圣坛上，不停地用令人作呕的吻折磨她。她想从他的怀里挣脱，但不可能。洛伦索正要扑过去救她，但人们只顾逃命，吓得大喊大叫。银灯倏地熄灭，圣坛倒在地上，底下露出一个万丈深渊，吐着团团烈焰。怪物大喊一声，令人毛骨悚然。他朝深渊跳去，边跳边想把安东尼娅拖进去。他奋力拖着，但是怎么也拖不走。③

此处的描写内容像现实生活中经常发生的那样，命运纠缠的众多人物出现在同一场景中，彼此却浑然不觉。叙述者借助梦境将未来命运发生关联的人物以隐喻的形式向读者一一交代，起到了先知预言的作用，使读者对这些人物的再次相遇和命运

① 马修·刘易斯：《修道士》，刘宏照译，浙江工商大学出版社 2016 年版，第 14 页。
② 同①，第 15 页。
③ 同①，第 20 页。

纠葛等故事情节产生强烈的阅读期待，期待着谜底的最后揭开。

　　《修道士》第三章中，全知视角叙述者通过对叙事内容进行单独分节的方式转换到第一人称内视角叙事。雷蒙德和洛伦索妹妹阿格尼丝的爱情故事是这样引出的："梅迪纳，原谅我这样毫无顾忌地谈论你的亲戚。她伤害了我，我有理由恨她。等你听完我的故事，你就会相信，我的措辞并不过分苛刻。说完，侯爵便开始了叙述。"[1] 接下来在第一卷第三章和第二卷第一章中，整整两章的篇幅都是以雷蒙德的视角讲述其在林登堡的奇遇以及和阿格尼丝的爱情纠葛。为了更加真实全面地展现故事情节，叙述者在第二卷第一章中用一句话引入阿格尼丝的信件："这时，侯爵打开橱柜的抽屉，取出一张折叠好的纸，递给洛伦索。洛伦索打开信纸，认出是妹妹的字迹。信中的内容如下。"[2] 在第二章结尾，叙述者又用一段话结束了故事的第一人称视角叙事："洛伦索，你现在听完了我的漫长经历。我没有什么要为自己辩护的，要说的只是我对你妹妹的动机是最为真诚的。"[3] 这句插叙成功地完成了雷蒙德和阿格尼丝爱情线索的引入和退出，成为全知视角叙事转换成第一人称人物视角叙事，再转回全知视角叙事的明显信号。这种视角转换真实地还原了人物之间错综复杂的爱情纠葛，逼真地展示出人物的内心世界，同时最大限度地拉近了人物和读者的距离，无声无息地影响着读者对人物的思想感受产生共鸣。

　　分节和插叙是《修道士》中进行视角转换的两种主要方式。应该说，这两种方式成功地实现了作品中叙事视角的转换。叙述者借助不同视角的独特优势来体会作品想要达到的艺术效果。小说《修道士》中的视角转换自然流畅，不同视角进行优势互

---

　　① 　马修·刘易斯：《修道士》，刘宏照译，浙江工商大学出版社 2016 年版，第 82 页。

　　② 　同①，第 161 页。

　　③ 　同①，第 163 页。

补，相得益彰。这样一来，小说的创作本质不再局限于呈现复杂的故事情节和人物行为，再现历史的风尚习俗，而是深入描述每个人物心灵深处的状态，将那些不同的存在于每个人的、特别是主人公的内心世界呈现出来成为小说的根本意义所在。

第六章　哥特小说的叙事时间模式

热奈特在《叙事话语：新叙事话语》中曾这样说道："叙事是一组有两个时间的序列：被讲述的事情的时间和叙事的时间。这种双重性不仅使一切时间畸变成为可能，挑出叙事中这些畸变是不足为奇的；更为根本的是，它要求我们确认叙事的功能之一是把一种时间兑现为另一种时间。"① 任何文学作品中都存在叙事时间和故事时间两个不同概念。"所谓故事时间，是指故事发生的自然时间状态，而所谓叙事时间，则是它们在叙事文本中具体呈现出来的时间状态。前者只能由我们在阅读过程中根据日常生活的逻辑将它重建起来，后者才是作者经过对故事的加工提供给我们的现实的文本秩序。"② 作品中的叙事时间呈线性特点，但是这种线性时间不可能与真正的故事时间保持一致，因此，"叙事时间"和"故事时间"成为叙事学研究时间问题时的焦点。

热奈特就"故事时间"与"叙事时间"的关系进行了系统的理论阐述，并提出"时序""时长""频率"三个重要概念，为叙事时间的研究奠定了理论基础。本章将以上述三个概念为

---

① 热奈特：《叙事话语：新叙事话语》，王文融译，中国社会科学出版社 1990 年版，第 12 页。

② 罗纲：《叙事学导论》，云南人民出版社 1994 年版，第 132 页。

线索对哥特小说中的时间叙事技巧展开分析。

第一节　非线性叙事时序：预叙与追叙

鉴于故事时间的多维性，文本中的叙述时间和故事时间经常存在错位关系。因此，在对叙事文本的时间研究中，时序是最容易观察到的关系。如果以文本中叙述者讲述的现在作为时间参照点，在这一时间轴上主要存在两种错位关系：预叙和追叙。预叙是提前讲述某个后来发生的事件的一种叙述手段。追叙则是在事件发生后讲述其中的事实。

中西方叙事学理论家们普遍认为，预叙在西方小说中出现的频率大大小于追叙。但英国哥特小说却将这一叙事手法娴熟地运用于作品内容中。其中梦和预言是常见的哥特式预叙要素。这些要素以相对于故事本身的外在而存在，为读者提供故事人物尚未获知的信息，使读者产生阅读期待。同时，它们也在叙事结构上形成前后呼应，为故事情节发展蒙上神秘色彩，体现出浓厚的宿命论。

刘易斯在《修道士》中以梦境、诗歌和预言等形式将重要人物与重大事件的悲剧性预先透露出来，预示着一切命运都已早有安排，任何努力将于事无补。

《修道士》第一卷第一章中，叙述者用洛伦索的梦境和吉普赛女人的诗歌占卜等形式进行预叙，将安布罗西欧的堕落和安东尼娅的命运提前交代。但这些预叙像谜一般，让所看之人似懂非懂。布道结束后，心情忧郁的洛伦索躺在教堂的凳子上沉浸在幻想之中。他梦到"安东尼娅站在圣坛边，身穿白色结婚礼服，满脸绯红，少女的羞涩使她魅力四射"①。当洛伦索正要飞奔过去，抱住扑向他怀中的安东尼娅时，"一个不认识的人冲到了他们当中。那人体型庞大，皮肤黝黑，眼露凶光，口吐团团火焰，前额写着的字清晰可辨：傲慢、淫欲、残忍！"② 这陌生怪物紧紧抱住安东尼娅，亲吻着她，欲将她带入万丈深渊。在超自然力量的影响下，安东尼娅终于挣脱出来，冲天而去，并对洛伦索喊道："朋友，我们会在天堂见面。"③ 这个梦既是洛伦索的预感，也是个暗示性的预叙：后来安东尼娅果然死于安布罗西欧的魔掌。作者在第一章提前暗示安东尼娅悲剧性的命运，在文本结构上起到铺垫、前后照应的效果。

参加完布道的安东尼娅和姨妈莱欧娜娅走到她们所宿旅店的大街上。旅店的大门被聚集在门前的人挡住。安东尼娅近前一看，原来是一个高个子的吉普赛女人在给人们算命。在好奇心的驱使下，她让吉普赛人给自己卜算未来。吉普赛女人对安东尼娅的预言如下：

> 天哪！多么漂亮的手心！
> 纯洁、高贵、美丽又年轻，
> 无瑕的灵魂，完美的身段，
> 本该是神赐君子的美眷：
> 可是哎呀！这纹线透露，
> 毁灭在你头上重重盘旋；
> 魔鬼的狡猾，男人的淫荡，
> 联手带给你无尽的祸殃；
> 虽然悲痛万分离开人寰，

---

① ② ③ 马修·刘易斯：《修道士》，刘宏照译，浙江工商大学出版社 2016 年版，第 20 页。

不久魂魄必升乐土天堂。

为了推迟你的苦难，

我的话儿千万莫忘。

如果你看见有个男人，

道德高尚，超群绝伦，

从来不受罪恶侵袭，

也不怜悯邻居的过失，

要想起吉普赛老妇的忠言：

虽然他看似心地善良，

英俊的外表常常包藏

祸心、淫欲与傲慢！

可爱的小姐，含泪说声再见！

莫要为我的预言伤感；

不如顺从命运的安排，

静静等待痛苦的到来，

期待永恒无尽的极乐

在那强于人间的天界。①

　　从某种程度上看，此处的预叙具有宿命论情节，它提前将人物未来的命运基调确定，将"宿命论"氛围笼罩在整部作品中。读者也乐此不疲地参与文本阅读，探索安东尼娅的命运是否如吉普赛女人所言。如若真实，是谁造成美丽少女的悲惨死亡？而吉普赛女人所说的那个看似心地善良的男人又是谁？在种种疑问的引导下，读者始终对故事情节的发展保持着极大的耐心和好奇心。第二卷中，言谈举止自然优雅的洛伦索在安东

---

① 马修·刘易斯：《修道士》，刘宏照译，浙江工商大学出版社 2016 年版，第 30 页。

尼娅心中留下深刻印象，两人心中孕育着一份美好的情感。这样的感情本应得到家人的祝福，成为一段爱情佳话。但命运弄人，孤独无助的安东尼娅到教堂为濒死的母亲寻找忏悔牧师之际，安布罗西欧被她那清纯可爱的容貌、悦耳动听的声音打动。他内心深处强烈的世俗情欲被激发到最高程度。接下来的故事情节发展如同吉普赛女人预言的那样一一实现。这个道德高尚、超群绝伦的安布罗西欧先在玛蒂尔达的引诱下背叛了上帝，犯下了不可饶恕的罪行。此后他又看上安东尼娅，并借着到家里做忏悔牧师的机会不断地引诱她。天真纯洁的少女并没有识破安布罗西欧的阴谋，毫无警惕之心。随后安布罗西欧在淫欲的驱使下，先是残忍地掐死安东尼娅的母亲，后借助于巫术使安东尼娅呈现假死状态，在阴森恐怖的墓室里强暴她。最后为了不让自己的罪行公布于众，他竟然用匕首刺死安东尼娅，使她痛苦悲伤地离开人世。

《修道士》中，作者以"梦"和"占卜"等形式进行故事预叙，令读者产生巨大疑问的同时也唤起了他们的阅读期待。读者无须刻意解读故事结局，因为它已经通过各种形式被预示出来。这样的预叙虽然减弱了叙述中的紧张气氛，但另一种形式的阅读张力也可能产生。读者可能会产生类似"它怎么会这样发生""主人公为什么会这么愚蠢""社会为什么会容许这样一件事情发生"等疑问①。读者由此产生新的阅读兴趣，将注意力转移到对事件的发展、变化以及人物命运等方面的关注。"从叙述结构观点来看，预叙甚至比倒叙还重要。"②

安东尼娅死亡前，叙述者再次以幽灵为载体进行预叙。埃

①　米克·巴尔：《叙述学：叙述理论导论》（第二版），谭君强译，中国社会科学出版社 2003 年版，第 111 页。

②　赵毅衡：《当说者被说的时候：比较叙述学导论》，中国人民大学出版社1998 年版，第 114 页。

尔维拉去世后，忧郁的安东尼娅坐在母亲书房里翻阅着一本西班牙民谣。在这万籁俱寂的深夜时分，暴雨敲打在窗户上，微弱的烛光投映在房间里。忽然，门边出现了一个穿着白色寿衣、类似人形的鬼魂。此时钟表指向三点，"鬼魂在时钟的对面停下来，抬起右臂，指了指钟点，热切地看着安东尼娅"。鬼魂以微弱、沉闷、阴森的声音说道："再过三天，再过三天，我们还要见面。"①安东尼娅听到这样的预言吓了一跳。当鬼魂揭掉脸上的麻布，露出真容时，安东尼娅尖叫一声晕倒在地板上。读者不禁会问：这个鬼魂是谁？为何会有这样一个预言？随后安布罗西欧在玛蒂尔达的蛊惑下，用一种强性麻醉剂造成安东尼娅的假死。她声称安东尼娅四十八小时之后可以恢复意识。阅读至此，读者本以为鬼魂的预言没有实现。但安布罗西欧强行占有安东尼娅之后，因为害怕罪行败露而刺伤了她。血流如注的安东尼娅躺在闻讯赶来的洛伦索胸口，诉说着衷肠。"她的话被女修道院的钟声打断，钟在远处鸣响报时。……'三点了！'她喊道，'妈妈，我来了！'她十指交错地紧握双手，整个人瘫倒在地，没有了生命的迹象。"②至此，这个预言实现了。

　　读者看完全书，恍然发现故事中人物的命运一一应验。再回看这些预叙，读者对每一段内容无不心领神会，感慨万千。原来每个人的命运早有定数，冥冥之中早有安排，只是当事人并不知晓。这些预叙既营构了全书的悲剧性气氛和基调，又隐晦地交代了小说中人物的命运和结局。

　　《奥托兰多城堡》中的预叙主要以预言形式出现，对主人公的背景信息和神秘往事进行解读。小说第一章开篇中提到：奥

---

① 马修·刘易斯：《修道士》，刘宏照译，浙江工商大学出版社2016年版，第279页。
② 同①，第341页。

托兰多城堡里人人皆知，曼弗雷德岌岌可危的公国被古老的诅咒所萦绕。书中是这样描述这则预言的："奥托兰多城堡及其权力，一旦它真正的主人扩大到城堡容纳不下，将不再属于它现在的主人。"① 预言中还提到，只有男性后代才能成为城堡继承人。这样的开头引人入胜，吸引着读者对这则预言的真实性进行验证。第一章开始不久，小康拉德在婚礼当天被一顶巨大的头盔压死，奥托兰多城堡失去了唯一的男性继承人。此刻，预言似乎要开始应验了，使得读者迫不及待地想要阅读故事。作者也借此成功地实现了吸引读者的叙事目的。法利德里克在第四章中提到了巨大无比的圣剑，剑身上刻着这样一段话：

就在与此剑相配的那个头盔发现之地，

你的女儿正身处险境；

只有阿方索的血亲能够救她，

使亲王骚动不安的魂魄安息。②

对于读者来说，破解这样一段预叙并非难事。引文中提到的剑和压死小康拉德的巨型头盔一样，都起着阻止罪恶阴谋实现的作用。那个身处险境的少女正是西奥多要营救的伊莎贝拉，她属于高尚的阿方索的后代。最终，阿方索的鬼魂出现并宣称西奥多是他唯一的继承人。杰罗米神父提到他已故的妻子不仅是阿方索王子的私生女，也是西奥多的母亲。面对这些事实，曼弗雷德不得不承认他的祖先毒死阿方索并篡夺了他的权力。真相大白后，农民青年西奥多成为城堡的合法继承人，曼弗雷

---

① 贺拉斯·沃波尔：《奥托兰多城堡》，高万隆译，浙江工商大学出版社 2016 年版，第 9 页。

② 同①，第 77 页。

德的非法侵占到此画上了句号。文本开头的预言在小说的结局中得到应验，读者的疑问也在此得以解答，同时读者也享受到在阅读过程中悬念和恐惧所带来的愉悦感。

在《奥多芙的神秘》中，预叙很少以梦和预言的形式出现。每章开头的章头诗则起到了预叙的效果。每章开头均引用弥尔顿、柯林斯等的诗歌或莎士比亚著作中的人物台词对相关章节的故事情节或主要内容进行预叙，借助这些神秘的暗示引导或左右读者对于该章节内容的理解。例如，第三章的题辞采用了朱利叶斯·凯撒的评论，内容如下：

> 他是个出色的观察家，
> 他能看穿人们的行为。
> 他既不喜欢游戏，
> 也不听音乐。
> 他很少笑，
> 而笑起来就像嘲笑自己，
> 不屑为无谓的事情笑。
> 这样的人永远不会得到安宁，
> 因为他们背负得太多。①

这段引文实则对芒托尼的残暴性格和其从事的事业进行预叙，为读者的阅读做心理铺垫，锁定作者的注意力。

《弗兰肯斯坦》中，叙述者则以大量使用预言的形式进行预叙，将所有事件的发展贯穿起来。沃尔顿船长在写给其姐姐萨维尔夫人的第四封信中提到他遇到的惊人状况：

---

① 安·拉德克利夫：《奥多芙的神秘》，刘勃译，中国人民大学出版社 2004 年版，第 192 页。

下午两点左右，浓雾散开了。我们看见在四面八方伸展开的都是冰原，庞大而不规则的冰原，似乎一望无涯。有同志抱怨起来，我也提心吊胆，非常着急。这时，一个奇怪的东西突然吸引了我们的注意，岔开了我们对处境的担心。我们看见一辆低矮的车挂在雪橇上，由几条狗拉着往北方飞跑，离我们大约半英里。一个样子像人，但很高大的动物坐在雪橇上，驾驭着狗群。我们用望远镜观察那旅客一路飞跑，直到他消失在参差起伏的冰原远处。[①]

这个似人非人怪物的出现不仅激起船员们的好奇心，读者们也忍不住想问：这个奇怪的东西是从哪里而来？它会给人类带来灾难吗？这段预叙极大地唤起了读者的好奇心，使他们产生既兴奋又恐怖的心理预期。

沃尔顿船长把弗兰肯斯坦从海上救起后，他对船长讲了这样一番话："你寻求知识和智慧，我也同样如此。我还非常希望你寻求到的东西不会像毒蛇一样反咬你一口——我就被这样咬过。我不知道谈起我的灾难对你是否有用，但只要想起你走过的路正和我相同，你正暴露在一种危险面前，而让我落到眼前这地步的正是那种危险，我认为你可以从我的遭遇里得出深刻的教训。"[②] 如果将这一段话和后面的故事情节结合起来看，它也具有预叙功能。从文本结构上看，该预叙为此后的小说内容进行了铺垫，为即将展开的故事情节描写营造出一种神秘氛围，达到了吸引读者注意力的效果。

弗兰肯斯坦的讲述中也存在预叙现象。怪物杀害了弗兰肯

---

① 玛丽·雪莱：《弗兰肯斯坦》，孙法理译，译林出版社 2016 年版，第 12 页。
② 同①，第 19 页。

斯坦的弟弟小威廉，并嫁祸给贾斯汀。弗兰肯斯坦无法辩护，只能眼睁睁地看着贾斯汀被绞死。他被绝望和悔恨包围着，他"深信以后还会出现更多的祸害，多得多的祸害"①。随后，怪物又掐死了弗兰肯斯坦最好的朋友克莱瓦尔。而弗兰肯斯坦却被海滨小镇上的人误认为是罪犯而投入监狱。这一连串致命的打击给弗兰肯斯坦造成了沉重的心理压力。他心怀懊恼以致心情忧郁，身陷疾病而无法康复。但怪物的复仇并未结束。幡然悔悟的弗兰肯斯坦没有按照约定给科学巨怪造出一个同类的伴侣，因此，他恶狠狠地说道："那好，我走，但是你得记住，我会在你的新婚之夜来找你的。"② 弗兰肯斯坦本以为自己会是科学巨怪接下来的复仇对象，但万万没想到被杀害的竟是自己的新婚妻子伊丽莎白。因为年事已高，弗兰肯斯坦的父亲在不断经历这些意外打击后，没几天便死在弗兰肯斯坦的怀抱里。至此，弗兰肯斯坦的故事应验了之前"多得多的祸害"这一预言。故事中的预叙不仅预示着故事的结局，同时也增强了读者阅读时的心理效应。

追叙指的是"在事件发生之后讲述所发生的事实。对于故事进程来说，这个事件是先前发生的"③。相对于追叙所在的叙事文本来说，这种倒置现象形成了另一个叙述层。根据追叙是否与主叙述层汇合，叙事学家们将追叙分为局部性追叙和整体性追叙。"局部性追叙主要用于给读者提供某个看似孤立的信息，这一信息与当下所叙述的事件未必有直接的关联，但它对于理解某个情节是必不可少的。整体性追叙则以相对完整的故事情节补充叙事作品所表现的全部往事，一般来说，它在叙事

① 玛丽·雪莱：《弗兰肯斯坦》，孙法理译，译林出版社 2016 年版，第 95 页。
② 同①，第 191 页。
③ 谭君强：《叙事学导论：从经典叙事学到后经典叙事学》，高等教育出版社 2014 年版，第 125 页。

作品中占有相当重要的位置，有时，追叙在整个叙事文本中成为主要的部分，而第一叙述层次则更多地起到构成叙述框架的作用。"① 文学作品中追叙的使用，既能使故事情节产生悬念，增强文章的生动性；同时，又能避免叙述的单一性和平淡性，更加引人入胜。追叙这种独特的叙事策略，在本书重点分析的每部小说中都有所体现。《弗兰肯斯坦》和《修道士》中出现的追叙多属于整体性追叙，而另外两部哥特作品《奥多芙的神秘》和《奥托兰多城堡》则多采用局部性追叙。

《弗兰肯斯坦》中追叙的使用别具特色。作品的故事情节首先以沃尔顿和姐姐萨维尔夫人之间书信往来的形式展开。作者的主要叙述顺序如下：①沃尔顿向姐姐介绍他的海上航行计划和旅途状况。②沃尔顿中途搭救弗兰肯斯坦，并和他成为无话不谈的好朋友。③弗兰肯斯坦回忆他的离奇故事。④弗兰肯斯坦回忆他的童年时光和大学生活。⑤弗兰肯斯坦的造人过程。⑥弗兰肯斯坦所造怪物给他弟弟和仆人带来的伤害。⑦怪物讲述其诞生后试图与人为善，但遭人歧视并展开复仇之经历。⑧弗兰肯斯坦与克莱瓦尔结伴而行远赴英国，并答应为怪物制造女伴。⑨幡然醒悟的弗兰肯斯坦和怪物决裂。⑩怪物对克莱瓦尔和伊丽莎白展开报复。⑪沃尔顿船长见证弗兰肯斯坦的死亡和怪物的消失。按照故事情节在叙事文本中出现的顺序，我们将其分别标注为 A、B、C、D、E、F、G、H、I、J、K。如果再用 1（过去）和 2（现在）表示两个不同的时间位置，那么，《弗兰肯斯坦》这部小说所涉及的错时可以这样表现出来：A2-B2-C1-D1-E1-F1-G1-H1-I1-J1-K2。由此可以看出，这部作品的开头和结尾均以沃尔顿船长的信件作为主要叙事内容，构成了

① 谭君强：《叙事学导论：从经典叙事学到后经典叙事学》，高等教育出版社2014年版，第130页。

第一叙述层。C1 到 J1 的中间部分叙述则构成了第二叙述层。从叙事功能上看，作品的第一叙述层以信件为媒介引出故事内容，见证故事情节的发展，讲述故事的结局，更多地起到叙述框架的功能。沃尔顿船长在小说开篇的第四封信中提到：我"遇见了极其惊人的情况，忍不住要记载，虽然这信到你手上时你很可能已见到了我"①，文章伊始，这样的惊人事件被凸显出重要性，激发起读者强烈的好奇心去寻找事件的真相。

作者在第二叙述层中以追叙的方式将弗兰肯斯坦的故事娓娓道来。其中，第一章到第十章、第十八章到第二十四章是弗兰肯斯坦的回忆，中间七章则为怪物的追叙，它们结合起来就是追叙在整部作品中所占的篇幅。作者将追叙手法贯穿于小说核心情节的始末，构成作品中不容置疑的叙事主体。例如，弗兰肯斯坦放弃第二次造人实验后，怪物突然彻底与之断绝关系。这样的叙述状态一直持续到小说的第二十章。此后怪物只在行凶作恶时才会出现，小说中并未对它的思想意识和行踪方位进行描述。这些悬念直到小说的最后才由怪物亲自讲述出来。这样的叙述安排，一方面，顺应了小说剧情的发展走向；另一方面，小说中最值得人们深思的部分压轴出场，使读者回味无穷。这段追叙从结构上或从主题上看都非常完整，形成一段典型的整体性追叙。玛丽·雪莱在《弗兰肯斯坦》的写作过程中，通过不断地填补时间空缺，把故事情节巧妙地连接起来，形成对称的圆环结构，使作品呈现出完整和谐的状态。

小说《修道士》主要讲述安布罗西欧在情欲诱惑下逐步由受人敬仰的"圣人"转变成罪人，最后不惜和魔鬼进行交易并最终走向毁灭的全过程。故事中的主线情节基本上按照事件发生的先后顺序展开。故事的副线则以倒叙的形式追叙了雷蒙德

---

① 玛丽·雪莱：《弗兰肯斯坦》，孙法理译，译林出版社 2016 年版，第 12 页。

和阿格尼丝历经磨难后终于苦尽甘来结成眷属。第一卷第三章至第二卷第一章中，叙述者分别以《雷蒙德的故事》和《雷蒙德的故事（续）》为标题，讲述了雷蒙德和阿格尼丝的爱情经历。以《雷蒙德的故事》命名的小标题是这样开篇的：

> 我亲爱的洛伦索，长期的相处使我相信，你的天性是多么宽宏大量。我不想对你说，你对你妹妹的各种奇遇一无所知，因为有人刻意向你隐瞒了这些事。如果你已经了解，阿格尼丝和我逃离了什么样的不幸，那我们的命运就要改写了。我初次认识你妹妹时，你正在外地游历。由于我们的敌人们竭力不让她知道你的行踪，所以她不能写信寻求你的保护，也无法征求你的意见。①

雷蒙德接下来追叙了他在斯塔拉斯堡附近的丛林中保护男爵夫人；他在林登堡和阿格尼丝一见钟情；他历经磨难摆脱滴血修女的纠缠。他后来回到圣克莱尔修道院和阿格尼丝私自约会，并让阿格尼丝为他献出童贞。接下来叙述者说道："洛伦索平息了怒火，他在原位坐下，脸色抑郁焦躁，听侯爵讲述其余的故事。侯爵继续叙述。"② 随后故事的叙述切换到阿格尼丝在修道院的痛苦处境，期待着雷蒙德将她从恐怖的深渊中解救出来。此处的追叙特征非常明显。第二卷第二章开头，洛伦索同意和雷蒙德一起去圣克莱尔修道院解救阿格尼丝。但随后的故事内容讲述再次转换到主线内容。阿格尼丝的命运成了悬而未决的情节，吸引着读者继续阅读，寻找着故事中的蛛丝马迹，

---

① 马修·刘易斯：《修道士》，刘宏照译，浙江工商大学出版社 2016 年版，第 82 页。

② 同①，第 159 页。

试图了解事情的真相。第三卷第四章在以《阿格尼丝的故事结尾》为题的追叙中，讲述"我"在修道院所遭受的种种非人待遇，在阿格尼丝的自我讲述中得以揭露，读者被悬念所激发的好奇心也得以平复。

《奥托兰多城堡》中，主人公曼弗雷德被故事开头的一则预言困扰着。为了避免该预言实现，他用尽一切办法继续霸占本不属于他的奥托兰多城堡，制造了多起家庭悲剧。故事中的男女主人公也因这个预言而纠合在一起。作者以顺叙的写作手法将预言的一步步实现这条主线展现在读者面前。但是对于预言的由来，作者则非常明显地采取了局部性追叙的写作手法。作者通过曼弗雷德、杰罗米修士和年轻人西奥多等的回忆，帮助小说中不明真相的人们和现实中的读者厘清了事情的原委。第四章中曼弗雷德责备杰罗米神父放走了西奥多，并质问两人之间的关系。接下就出现了西奥多的如下叙述：

> 我的经历非常简单。我五岁的时候和母亲一起被海盗劫至阿尔及尔。不到一年，母亲就因悲伤过度死了。……
> 后来，我沦为奴隶。直至两年前，有一次我侍候主人巡海，碰到一般基督教徒的船……①

在这里，人物叙述者将叙述时间倒回到十几年前，回忆起自己和母亲的悲惨生活经历以及他与父亲关系的一些枝节末叶。接下来"他闭口不说了。听者赞许地低语起来"②。叙述者西奥多的回顾到此戛然而止，接下来"她说着就拉起曼弗雷德向法

---

①② 贺拉斯·沃波尔：《奥托兰多城堡》，高万隆译，浙江工商大学出版社2016年版，第80页。

利德里克道别了。其他的人也随着散去"①，此后的叙述内容又回到了主线中的故事情节，丝毫没有涉及西奥多和阿方索亲王家族之间的关系。第五章中，阿方索亲王的冤魂显形并宣布西奥多是他的真正继承人。此时杰罗米神父才开始追叙自己与城堡主人阿方索的女儿结合之故事，为西奥多名正言顺地继承奥托兰多城堡铺平了道路。本段提及的两处追叙都是悠悠岁月长河中的某个独立时刻。这些发生在几十年前的往事孤立地留在了时光隧道里。他们的基本功能在于对文章开头的悬念——可怕的预言，加以补充和说明，使读者对它产生强烈的印象，促使读者去探寻这一预言的由来以及它能否成为现实。这些疑问在整个阅读过程中始终伴随着读者，与文本中出现的追叙情节相配合，带给读者审美上的愉悦感。

第二节　巧妙转换叙事时长

时长属于叙事学研究中的叙事时间问题。它重在分析故事事件中所包含的时间长短与叙事文本中所表现出来的时间总量之间的关系。查特曼将之描述为："读出叙事所花费时间与故事事件本身持续时间之间的关系。"② 按里蒙-凯南所说，叙事时间属于空间问题，因此没有一个严格的标准来衡量文本的时间长短。叙事时间的跨度不像时序和频率可以从故事时间转换成文本的线性结构，难以精准量化。因此，热奈特提出，可以根据故事时间跨度和文本叙述时间长度之间的比率来测量两者之间的关系。在热奈特的分类中，叙事时长主要分为省略、概要、

---

① 贺拉斯·沃波尔：《奥托兰多城堡》，高万隆译，浙江工商大学出版社 2016年版，第80页。

② 西摩·查特曼：《故事与话语：小说和电影的叙事结构》，徐强译，中国人民大学出版社 2013 年版，第52页。

场景和停顿四种。

省略，即叙述时间为零，故事时间无穷大。概要，即叙述时间短于故事时间。场景，即叙述时间基本等于故事时间。停顿，即叙述时间无穷大，故事时间为零。

哥特小说作品的篇幅虽然长短不一，但作者们都具有清醒的时间觉悟，将省略、概要、场景和停顿四种叙述运动形式娴熟自然地运用于作品之中。下面将对这四种叙述形式的具体运用进行详细阐述。

一、省略

省略在四种叙事运动中速度最快，作品中并没有明确的叙事段落与某个故事的时距相对应，此时的叙事时间为零。热奈特将省略分为两种类型：第一种为明确省略，即文本对流逝的时间作出明确交代；第二种为暗含省略，即读者只能通过文本的表述推测某一时间段的省略，如文本中出现的空白时间段或被中断的连贯性叙述。这些省略方式重在突显事件的跳跃性并揭示某些主要事件对情节结构意义形成的重要性。

《奥托兰多城堡》主要讲述了奥托兰多亲王曼弗雷德的故事。作品开头提到的一个古老预言推动着故事情节的发展。预言中提到："奥托兰多城堡及其权力，一旦它真正的主人扩大到城堡容纳不下，将不再属于它现在的主人。"① 作者一开始就给读者设下悬念：城堡真正的主人是谁？曼弗雷德和主人之间发生了什么故事？接下来，作者省略了对主人公曼弗雷德生活背景和成长经历的描写，直接介绍道：

　　奥托兰多亲王曼弗雷德膝下有一儿一女。女儿玛蒂尔

---

① 贺拉斯·沃波尔：《奥托兰多城堡》，高万隆译，浙江工商大学出版社 2016年版，第9页。

达芳龄十八，生得花容月貌。儿子康拉德小他姐姐三岁，貌不惊人，又百病缠身，且毫无康复的指望。曼弗雷德对女儿冷漠无情，却把儿子当作心肝宝贝。他已为儿子订了婚。女方是维琴察侯爵的爱女伊莎贝拉。伊莎贝拉的监护人早已把她送到奥托兰多城堡，一旦康拉德病情允许，曼弗雷德就会立刻为他们举行婚礼。[1]

　　读者在文章开头的几句简短叙述中只看到曼弗雷德家族的基本情况：重男轻女的亲王，体弱多病的儿子，身不由己的伊莎贝拉。沃波尔在叙事文本中巧妙地运用省略手法，以故事时间无限大于文本时间的叙述手法带给读者无限的遐想空间。伊莎贝拉的监护人为何会同意这样一桩婚事？伊莎贝拉和康拉德的关系如何？康拉德能和伊莎贝拉完婚而避免预言的实现吗？这些问题的答案在小说的叙述中统统省略掉。同时，正是这种种遐想所营造出的神秘怪诞氛围吸引读者去了解故事真相，获得了比正常叙述更加强烈的艺术效果。

　　婚礼当天，康拉德被一顶从天而降的巨大头盔砸中身亡。"听到他们悲哀的叫喊，曼弗雷德大吃一惊。他唯恐自己看不真切，就疾步向前——眼前的惨状多么可怖。"[2] 作者展示这个开篇场景之际，故事的情节发展已经达到高潮，人物之间的关系也已经趋向白热化。通过省略叙述，作品的叙事兴趣焦点巧妙地转换到曼弗雷德与年轻人西奥多神秘的家庭历史。《奥托兰多城堡》中，作家将曼弗雷德的家族史与西奥多的来历交替进行叙述，其间不断通过暗含省略设下叙事悬念，使原本简简单单

---

　　[1]　贺拉斯·沃波尔：《奥托兰多城堡》，高万隆译，浙江工商大学出版社 2016 年版，第 9 页。

　　[2]　同[1]，第 11 页。

的故事被作者叙述得明明暗暗、隐隐藏藏，产生了一波三折、意犹未尽的艺术效果。

二、概要

概要是将叙事文本中某一段故事时间压缩为概括性的短文本进行陈述，其叙事速度较快，叙事时间小于故事时间。与场景描写相比较而言，概要本身相当简洁。它通常既可以用来介绍作品中一些重要人物或事件的背景信息，也可以在叙事作品中起到桥梁作用，将不同的场景连接在一起。

在刘易斯的小说《修道士》中，有这样一处概要描写：

已故的嘉布遣会修道院院长在门口发现他的时候，他还是个婴儿。他们本来想弄清楚是谁把婴儿丢在修道院门口，但是所有的努力全白费了，孩子当然也说不出父母是谁。他在修道院受教育，从那以后从来没有离开过修道院。他很早就特别喜欢读书和幽静的生活，一旦到了合适的年龄，他就立誓当修士。好像从来没有人来认领他，也没人揭开他身世的秘密；而修道士们出于对他的尊敬，也是为了对修道院有利，便毫不犹豫地宣布，说他是圣母玛利亚送给他们的礼物。确实，他生活作风异常严谨，这在某种程度上佐证了上面的传闻。他现在已经三十岁，在修道院的这些年，他时刻都在勤勉学习，远离世俗，禁欲苦修。三个星期前，他当选为所属教会的修道院院长，在此之前，他从来没有跨出过修道院。即使是现在，除了星期四给聚集在教堂听道的所有马德里人布道以外，他也从不离开修道院一步。据说，他学识最渊博，最具雄辩之才。①

---

① 马修·刘易斯：《修道士》，刘宏照译，浙江工商大学出版社 2016 年版，第11页。

作者只用了一个高度浓缩的段落对修道士安布罗西欧 30 年的生活进行了概括，他的身世、他的成长过程、他的学识以及他现在的成就全部展现在读者面前。此概要中的最后一句话对安布罗西欧进行了评述性的总结。它在小说中起到引子之功效。此概要看似极其平淡地交代着主要人物安布罗西欧的背景信息，实则为下文对安布罗西欧首次布道的盛大场景描写提供了铺垫。

《奥多芙的神秘》中有这样一段文字："他自己的婚姻和妹妹的完全不同。他的妻子是个意大利人，一出生就是家族财产的继承人，但是从天性和修养来讲，她只是个空虚轻佻的女人。"① 这是拉德克利夫用概略的方法叙述了丘斯内尔先生的婚姻状况。此处的概要加快了作品的叙述速度，用粗线条将一些无须充分展示的情境勾勒出来，使故事情节的发展更加紧凑。

《弗兰肯斯坦》第十章中这样写道："我们三月二十七日离开伦敦，在温莎逗留了几天，到美丽的树林里去逛了逛。那对我们山居的人来说是一种新的景色，参天的橡树，无数的飞禽走兽，一群群神态端庄的鹿，看上去都非常新奇。我们从那里又去了牛津。"② 在这段叙述中，几天内发生在不同地点的事情被压缩成短短几行字，既节省篇幅，使小说的故事情节紧凑，又加快了叙事节奏，赋予文本跳跃性，给读者留下广阔的想象空间。作者在第二十章做了相似的处理："三年前我干着同样的工作，造出了一个魔鬼。他那无法比拟的野蛮使我的心荒芜了，永远充满最沉痛的悔恨。而现在，我又要造出另一个魔鬼，却不知道她以后的倾向。"③ 这次，作者使用概要将三年间发生的事情压缩成三句话，不仅极力为读者营造一种平淡的氛围，而

---

① 安·拉德克利夫：《奥多芙的神秘》，刘勃译，中国人民大学出版社 2004 年版，第 13 页。

② 玛丽·雪莱：《弗兰肯斯坦》，孙法理译，译林出版社 2016 年版，第 180 页。

③ 同②，第 187 页。

且概要将"不同的叙事场景连接起来，是叙事中最好的连接组织"①。

三、场景

"场景即对故事的实况进行真实的叙述，类似人物对话和场面描写的实况记录，此时，故事时间与叙事时间长度大致相等。场景经常被认为是戏剧原则在叙述作品中最充分的应用，它的两个基本构成是关于人物对话和外部环境的描写。"② 场景通常用来展现故事情节发展的高潮部分或故事的转折点以及人物与事件的重要质变时刻。场景有两个基本构成部分：第一种是对话描写，第二种是场面描写。哥特小说中经常出现以直接引语展现的对话描写和对故事情节进行详细介绍的场面描写。

刘易斯在《修道士》中多采用零视角叙事，其中对话描写较多。

"我在哪里？"她突然问道，"我怎么会来到这里？我妈妈在哪里？我想，我看到了她！"

"冷静，亲爱的安东尼娅！"他答道，"你的周围没有危险，请你信赖我的保护。为什么你这样认真地盯着我？你不认识我吗？"

"这里什么也没有，除了坟墓、棺材与尸骨！这个地方让我害怕！好安布罗西欧，你带我离开这里，因为它让我想起我的噩梦！我以为我已经死了，葬在我的坟墓里！"

"你怕我什么，怕一个爱慕你的人什么呢？你在哪里又有什么关系？这个墓室在我看来是爱巢，这幽暗就是神秘

---

① 罗纲：《叙事学导论》，云南人民出版社 1994 年版，第 138 页。
② 同①，第 149 页。

的友爱之夜铺展开来遮住我们的欢愉的！"①

这段对话的发生地点是地下墓室。苏醒过来的安东尼娅困惑地扫视着墓穴四周。此时她和安布罗西欧的实际对话时间和叙事时间基本上同步，叙事节奏比较缓慢。这样的对话场景有利于读者了解人物当时的心理状态，对推动小说的叙事进程起着重要作用。它带给读者强烈的真实感，使读者自然地进入故事情境之中，产生一种身临其境的感觉。叙述者在此处并未刻画人物的心理活动，但从他们对话中提到的"坟墓、棺材、尸骨"等词，以及安东尼娅不经意间流露出的言辞中，读者可以深深地感觉到她的惊恐之感和惧怕之情。这种恐惧感也随着人物流进读者的体内，使他们感同身受。读者也从对话中了解到：安布罗西欧此时的人格极度扭曲变态，良知和人性完全泯灭。这一系列疯狂行为都是由其情感的极度压抑所造成的。

在《奥多芙的神秘》中，作家拉德克利夫同样巧妙地运用场景，设置大量悬念来营造恐怖氛围，激起读者强烈的阅读欲望。此处试举一段作为例证。第二卷第五章中，初到奥多芙城堡的艾米丽打算回到自己的住处。她经过一间挂满油画的房间，被一张盖着黑绸缎的油画吸引。艾米丽充满好奇地正要揭开油画，安妮特尖叫道：

> "这一定就是他们告诉我的那张威尼斯的画了。"
> "什么画？"艾米丽问。
> "是一张油画——就是油画，"安妮特有点犹豫地说，"不过我到现在也没弄明白是画什么的。"

---

① 马修·刘易斯：《修道士》，刘宏照译，浙江工商大学出版社 2016 年版，第331-332 页。

　　"安妮特，把画幕揭开。"

　　"什么，小姐，我——不行，我不行！"艾米丽转过身来，看见安妮特的脸色一下子苍白了。"你到底听说什么关于这幅画的事了，为什么这么害怕？"

　　"没什么，小姐，我没听说什么，不过我们还是先找路吧！"

　　"当然，不过我还是想看看这幅画，安妮特，那你拿着灯吧，我来揭开。"安妮特拿着灯，突然转身走了，艾米丽在后面怎么叫她，她都不停，艾米丽只好跟着她。"到底怎么了，安妮特？"艾米丽看着她，问道，"你到底听到什么了，你为什么不愿意站在那里？"

　　"我也不知道为什么，小姐，"安妮特说，"别说是我说的，我听说里面有什么恐怖的东西，所以自那以后，才用黑布蒙着，这么多年都没有人看了，听说和芒托尼先生之前这个城堡的主人有关，还有……"①

　　读者读完这段对话描写，心中产生了重重疑问：城堡的前主人是谁？黑布蒙着的到底是油画还是其他恐怖的东西？

　　第二卷第六章中，艾米丽决定去看看那幅罩着的画作。此刻，作者采用场景描写将主人公的每一个动作、每一个细节完全显露出来。拉德克利夫对艾米丽揭开幕布时的紧张氛围进行了细致入微的描写，营造出一种深入读者灵魂里的恐惧感。

　　　　当她走向通往那间房间的路时，艾米丽突然感觉到一阵紧张。它与前女主人的联系，安妮特的话，还有罩在上

---

　　① 安·拉德克利夫：《奥多芙的神秘》，刘勃译，中国人民大学出版社 2004 年版，第 241~242 页。

面的画布，都增添了神秘的色彩，让人感到恐怖。但是这种恐怖又让人激动，让人好奇，让人不自觉地想去看个究竟。

艾米丽的脚步有些犹豫，打开了门，又在门口迟疑了一会儿，然后快步走进房间，来到那幅画面前……她又有些迟疑，心里激动不已，颤抖着用手慢慢揭开幕布。突然之间，她放开手，幕布自己掉了下来，幕布下根本没有画，但是艾米丽却看到了另外的东西，吓得浑身发软，她昏倒在地板上。

艾米丽好不容易重新鼓起勇气，可是想起刚才看到的景象，又一次昏倒了。她缓慢地从地上爬起来，回到了自己的房间里；可是到了房间心还是怦怦直跳，不敢一个人待在那里。她脑子里只有两个字——恐惧，想起以前听到的传闻，猜测将来要发生的事，都害怕不已。①

至此，幕布后"另外的东西"是什么仍然还不得而知。这个悬念贯穿全篇，层层相叠，它和场景的配合使得故事事件直击读者的灵魂，由内而外生成恐惧。拉德克利夫在《奥多芙的神秘》中采用对话描写和场面描写相结合的手法表现主人公艾米丽在一定时间、空间里的具体活动，凸显时间的连续性和画面的逼真性。

场景描写在《弗兰肯斯坦》这部作品中也是很常见的一个环节。小说中大量出现对事件的场面描写和对话的细微描写，例如，在第十章中弗兰肯斯坦讲述道：他在山谷徘徊时遇到怪物并和其进行交流。该章的整个叙事节奏不紧不慢，让读者身

① 安·拉德克利夫：《奥多芙的神秘》，刘勃译，中国人民大学出版社2004年版，第257-258页。

临其境般感受着各种故事场景。第二十章中，弗兰肯斯坦放弃第二次创造怪物的情节大概是令读者印象深刻的场景之一。从"房门吱嘎作响"，到"他关上门，逼近我"，再到"我差点就抓住他了，可是他一闪而过，仓皇地奔出了屋子"，这一系列的动作描绘非常细腻到位，叙述节奏和故事的发展过程也基本统一，真实地再现出那个惊悚的夜晚。

四、停顿

停顿所指的是"在其中故事时间显然不移动的情况下出现的所有叙述部分。换句话说，相应于一定量文本篇幅的故事时间跨度为零"①。停顿的叙事速度最慢，叙事时长无限大于故事时距，故事时距为零。停顿也分为两种，分别是叙述者干预与描写停顿。

叙述者干预即通过叙述者发表一些评论性或离题性的话语来打断故事发展的进程，使故事时间处于停滞状态。叙述者干预在哥特小说中比较普遍。这是因为故事内容多由全知叙述者讲述，而这个叙述者常常需要暂停故事叙事，对所述的人物与事件发表评论或加以解释。在叙述者干预中，故事进程并没有向前推进，所以涉及了停顿。关于哥特小说中叙述者干预的现象，此前章节已有详细分析，本节不再赘述。

描写停顿是"在对某一对象进行大量描述的时候，将焦点集中在描写的对象上，在这一描写的过程中并未出现时间的流动"②。以拉德克利夫的长篇小说《奥多芙的神秘》为例：作品开头所有人物还未出场，作者首先以极其细腻的笔调描绘人物所处的环境：

---

①② 谭君强：《叙事学导论：从经典叙事学到后经典叙事学》，高等教育出版社 2014 年版，第 143 页。

　　1584 年，加斯克涅省加伦河美丽的河畔，坐落着圣奥伯特的城堡。从城堡的窗子向外望去，可以看见吉耶纳和加斯克涅田园般的风景沿着河流向远方伸展，其间更有茂密的森林和藤本植物，还有橄榄种植园。在城堡南面，宜人的景色为雄伟的比利牛斯山阻隔。山顶一会儿被云雾笼罩着，一会儿又显出奇怪的形状，时隐时现。当部分云雾散去，有时会露出光秃秃的山顶，反射其上的阳光衬着蓝色的天空闪闪发亮；有时又能见成片墨绿的松树林，从山顶一直蔓延到山脚。这高大的岩崖与柔嫩的绿色草原和点缀其间的树林形成了鲜明的对比，草原上散落着星星点点的羊群和简单的农舍。盯着峭壁时间长了，看着草原休息一下，感觉无比的惬意。城堡的北面和东面，是吉耶纳和朗格多克一望无际的平原；而西面，加斯克涅被比斯开水域团团围住。[①]

　　这一段环境描写属于典型的描写停顿。作者尚未介绍故事的主要人物与故事情节之前，先以叙述者的名义营造出一个静态的、写生画一般的舞台布景。作者描述着静静流淌的河水、郁郁葱葱的树木、云雾围绕的山顶、散落的羊群、农舍、一望无际的平原以及大片水域，展现出一派和谐共存的自然天地，带给读者直击内心之美。这幅画面真实的、内容丰富的环境图扩大了文本的信息量，自然而然地将读者带入文本所设置的情境之中。在《奥多芙的神秘》中，主人公每到一个新地点，拉德克利夫就会使用大量篇幅来描绘当地壮丽秀美的景色，作品中由风景描写构成的停顿几乎贯穿故事的始终，既为读者提供

---

　　① 安·拉德克利夫：《奥多芙的神秘》，刘勃译，中国人民大学出版社 2004 年版，第 4 页。

感官享受，又能有效地延缓叙事节奏。然而这些景物描写也并非以完全停滞不前的静态画面呈现在读者面前，它们静中有动地体现出生动活泼的语言叙事。

再看《奥多芙的神秘》中另一段描写停顿："寂静的夜，还有空气和大海都像睡着了一样，那么沉寂。宽阔寂静的天空上有几朵轻快的云在飘动，星星一闪一闪，发出纯净的光芒。"①这段景物描写充满动感：宁静的夜色、平静广阔的大海、轻快的云朵、闪动的星星。它们的动静结合令读者深深感受到美与庄严的奇妙共存。《奥多芙的神秘》中存在大量如诗如画的风景描写。总的来说，拉德克利夫对自然景观充满诗意的描写体现出作者追求人与自然和谐共处的浪漫情怀，表达着人们对美好自然景致的强烈崇敬与向往。从叙事时间的角度来看，这种对自然景物的场景描写在叙事节奏上营造出迟缓和停顿效果，与故事情节中悬念和高潮之间的快节奏交织在一起，增加了叙事的张力。

第三节　多样化的叙事频率

热奈特在《叙事话语》中提到："时至今日，小说评论家和理论家极少研究我所说的叙事频率，以及叙事与故事间的频率关系。然而它是叙述时间性的主要方面之一，而且在普通语言中恰恰以语体范畴为语言学家们所熟知。"②热奈特将叙事频率概括为四种类型：讲述一次发生过一次的事；讲述 n 次发生过 n 次的事；讲述 n 次发生过一次的事；讲述一次发生过 n 次的事。

---

① 安·拉德克利夫：《奥多芙的神秘》，刘勃译，中国人民大学出版社 2004 年版，第 485 页。

② 热奈特：《叙事话语新叙事话语》，王文融译，中国社会科学出版社 1990 年版，第 73 页。

他将前两种统一称为"单一叙事"，将第三种称为"重复叙事"，将最后一种称为"反复叙事"。本节将结合热奈特的叙事频率理论重点探讨哥特小说中的重复叙事。

重复叙事作为一种特殊的文本重复结构，能够使文本中隐含的内容得以自然显现来达到特殊的文学效果。其目的在于通过强调某个事件的重要性来引起读者的关注。因此，热奈特认为，"'重复'事实上是思想的构筑"[①]。重复叙事主要表现为三种情况：人物语言与行为的重复、情节设置与场景的重复、故事与故事的重复。重复叙事的内容在文本中通常体现为起关键性作用的事件、场景或话语。作者为了突出某件事情或者某种情感的重要性，便会采用重复叙事。其目的在于让读者在不断阅读中理解某个特殊事件对人物产生的重要意义或者体会人物当时真实的心理情感，进而引发读者对相关作品主题进行深思，领会作者的创作意图。

较之于《修道士》和《弗兰肯斯坦》而言，《奥托兰多城堡》中并没有明显的事件重复。整个故事中只存在多处关键词语的重复。第一章提到，"奥托兰多城堡及其权力，一旦它真正的主人扩大到城堡容纳不下，将不再属于它现在的主人"[②]。这个古老的预言或者其"合法性"这一阴影始终笼罩在曼弗雷德头上。叙述者时而不时地跳出来重复这一事实，或借他人之口间接喊出，或借曼弗雷德的实际活动点出，迫使他和读者一次又一次面对这个问题。作品中对这一关键词语的重复达到了事件重复的效果，加深读者对小说的理解。作者以此点明小说主题的同时，还营造出独特的心理效果和叙事效果。

---

① 热奈特：《叙事话语：新叙事话语》，王文融译，中国社会科学出版社1990年版，第73页。

② 贺拉斯·沃波尔：《奥托兰多城堡》，高万隆译，浙江工商大学出版社2016年版，第1页。

《奥托兰多城堡》中还有另外两处比较明显的关键词重复叙事。第一处是对被谋害的前公爵阿方索阴魂的重复描写。每当非法统治者曼弗雷德图谋实施恶行时,阿方索总会幻化成头盔或鬼魂等形象显灵。故事伊始,曼弗雷德心急火燎地安排体弱多病的儿子康拉德和伊莎贝拉结婚,此时康拉德被一顶硕大无比的头盔砸死。在众人悲哀的叫喊声中,曼弗雷德疾步前行并看到:"他的孩子几乎全身被压在那顶巨大的头盔下面,血肉模糊。那顶头盔要比常人所用的头盔大上百倍,外面覆盖着相当繁茂的黑色羽毛。"① 当曼弗雷德问及头盔来历时,所有人表示对此一无所知。从附近乡村闻讯赶来的一位年轻人却说:"那顶奇异的头盔,与圣尼古拉斯教堂里他们祖先阿方索的那顶黑色大理石头盔极其相似。"② 这是叙述者在文中首次提及头盔。第二次是曼弗雷德在门廊的长凳上企图对伊莎贝拉施暴时,"他瞧见了那顶致命的头盔羽饰。头盔升了起来,高至窗户。它剧烈地前后摇晃着,伴随着一阵空洞的哗啦哗啦的声响"③。第三章中,当庞大骑士团的传令官到来之时,曼弗雷德第三次看到"那顶令人迷惑的头盔上,黑色的翎饰剧烈地摇晃起来,点了三下头,仿佛是在向一些看不见的全身披挂甲胄的人致意"④。巨大头盔的出现本就是一件令人迷惑不解的事情。叙述者通过对它的重复描述加深了它在文中的神秘性和恐怖性,吸引读者继续阅读,一探究竟。最后当曼弗雷德谋命夺位的真相大白于天下,此时电闪雷鸣,地动山摇,仿佛世界末日降临。而阿方索的鬼魂最终也在关键时刻显出原形。"曼弗雷德身后的那垛城墙

① 贺拉斯·沃波尔:《奥托兰多城堡》,高万隆译,浙江工商大学出版社 2016年版,第 11 页。

② 同①,第 12 页。

③ 同①,第 17 页。

④ 同①,第 52 页。

就被一股巨大的力量推塌了。阿方索的身影无限扩大，矗立在废墟之中。"① 阿方索宣布西奥多是家族的后裔和城堡的继承人。阿方索的阴魂为拨乱反正、恢复整个贵族秩序起到了关键作用。沃波尔在这部作品中通过不断重复描写神秘、离奇的超自然鬼怪、神灵等形象，对读者形成阅读刺激。读者在这些巨大的惊吓和恐惧的刺激中释放压力，在想象的世界中暂时获得应对和解决现实生活矛盾的信心。

《修道士》中，阿格尼丝被囚禁于修道院的地牢中遭受折磨之事被二次重复叙述。洛伦索在探寻事情真相之际，圣厄休拉嬷嬷在礼物篮子里放置一张没有密封的小纸片，内容如下："千万小心，如果你珍惜对阿格尼丝的记忆并且想惩罚谋害她的凶手的话。我要说的事，会吓得你血液凝固。"② 圣厄休拉嬷嬷随后在朝圣仪式的游行中，公开指控圣克莱尔修道院院长对阿格尼丝所实施的残酷、不人道的惩罚。她诉说着自己的亲眼所见以及阿格尼丝被迫吞下毒药时所遭受的痛苦。第三卷第四章，阿格尼丝被安全救出后，她以一种非常自然、真实的方式详尽地讲述着自己所遭受的一切，并对圣厄休拉嬷嬷首次叙述中的一些细节进行了解释和补充。这样一来，阿格尼丝所呈现的信息正好迎合了读者们的期望，使叙述内容更具说服力。

同时，叙述者对墓穴、死亡等场景和魔鬼形象也进行了多次重复叙述来营造恐怖氛围，突出作品主题。玛蒂尔达在墓穴中施展巫术，以达到与安布罗西欧长期偷欢的目的；阿格尼丝被囚禁于墓穴中赎罪；安布罗西欧在墓穴里奸污并杀害安东尼娅。叙述者笔下的墓穴里灯光惨白微弱，四周遍布棺材，安放

---

① 贺拉斯·沃波尔：《奥托兰多城堡》，高万隆译，浙江工商大学出版社 2016年版，第 110 页。

② 马修·刘易斯：《修道士》，刘宏照译，浙江工商大学出版社 2016 年版，第257 页。

着圣克莱尔修道院信徒们正在腐烂的尸体。作者对墓穴这一场景进行重复叙述，一方面，在墓穴这种与世隔绝的幽闭环境能使读者产生阅读中的陌生感。在这神秘、未知的陌生世界中发生的超自然现象增强了作品的可读性。另一方面，在墓穴这种怪诞场景中，作者试图表现的不是对死而是对生的恐惧。如同坟墓总是与生育万物的大地相关联，在怪诞世界里生与死相互关联。作者在小说中表现死亡主题，事实上是对人类生存状态的拷问，体现着哥特作者对人本身的思考和关怀。在坟墓这样的密闭环境中，个人才能放开自我约束而更加真切地审视自己。与此同时，个人内心深处隐藏已久的欲望和本能开始蠢蠢欲动，罪恶也就随之发生，个人的本性也会暴露无遗。《修道士》中，墓穴、死亡等场景的设置也体现出哥特作者们试图揭开隐藏于伪善面具下的人性之恶。

　　该小说中对死亡场景的重复描写也体现了作家的创作意图。阿格尼丝亲眼目睹自己的孩子从死亡到腐烂的全过程："他很快成了一团腐烂的东西，在所有人的眼中都是一件令人作呕的东西，但是在他母亲的眼中除外。"① 这里"尸体"和"婴儿腐烂的肉"等死亡场景所制造出的恐怖气氛让读者感到窒息和压抑。安布罗西欧侵犯安东尼娅被发现时，叙述者采用摄像机镜头式的描写将他残忍杀害埃尔维拉的过程一一加以详述，给读者带来最直接的视觉刺激："埃尔维拉挣扎了很长时间，但是没能挣脱。修道士继续用膝盖顶住她的胸口，毫不留情地见证她在身下抽搐发抖，见证她的灵魂与肉体分离时痛苦挣扎的情景。临死前极度的痛苦终于结束了，她停止了挣扎。修道士拿掉枕头，

---

① 马修·刘易斯：《修道士》，刘宏照译，浙江工商大学出版社 2016 年版，第358 页。

注视着她，只见她满脸乌黑。"① 此外，叙述者对女修道院院长的死亡场景描写则带有一些夸张色彩。多米娜的罪行暴露后，愤怒的人们用尽一切残酷手段拉扯她、折磨她。最后多米娜被一块石头击中太阳穴而结束生命。作者以极其敏感细腻的文笔描写着安布罗西欧遭受痛苦、缓慢死亡的场景：

> 千万只昆虫被太阳的温暖唤起，饮着从安布罗西欧的伤口细细流出的鲜血。他无力驱走它们，它们死死叮咬他的痛处，把螯针深深刺入他的身体，千万只昆虫爬满了他的身体，给了他最痛苦也最难以忍受的折磨。岩石上的鹰把他的肉一片一片撕扯下，用弯曲的喙把他的眼珠啄了出来。火辣辣的干渴折磨着他，河水在身边滚滚流过，他听见潺潺的水声，想竭力拖着身体朝河边爬去，但怎么也爬不动。②

在《修道士》中，刘易斯将视觉、听觉、感觉等多种艺术形式与不断重复出现的死亡场景相结合，将"超自然的恐怖事物或景象与人物的主观感受和主观想象联系在一起"③，促成了恐怖氛围的升华，营造出一场恐怖的视觉盛宴。作品中对死亡场景细致而重复性的描述，不仅加剧读者的恐惧心理，同时也使读者从作品中获得审美的快感。这种审美的快感和心灵的恐惧感交织在一起，吸引读者参与阅读，与作者产生共鸣。

恶魔形象在《修道士》一书中也重复出现两次。恶魔第一

---

① 马修·刘易斯：《修道士》，刘宏照译，浙江工商大学出版社 2016 年版，第266 页。

② 同①，第 384 页。

③ 黄梅：《推敲"自我"小说在 18 世纪的英国》，生活·读书·新知三联书店2003 年版，第 376 页。

次出现在玛蒂尔达为帮助安布罗西欧获得桃金娘枝之际。这时，他的形象是一个"体型与容貌完美得无与伦比，手臂、足踝都系着钻石饰环的俊美精灵……安布罗西欧还是注意到她眼睛里的狂野，以及写在她脸上的神秘和忧郁，这些都暴露出堕落天使的本性"①。第三卷第五章中，安布罗西欧在地牢里绝望地等待着明天的宣判。陷入恐惧的他最终鼓起所有勇气召唤恶魔："魔鬼乘着硫黄味的风，又一次站在他的面前。……它的四肢迄今还带有上帝的霹雳留下的痕迹，巨大的形体通身黝黑，手脚上面有很长的利爪。眼睛里冒着怒火，会让最勇敢的人心惊胆寒。"② 恶魔的出现不仅令人恐惧，而且其强大的力量使邪恶变得无法控制。通过恶魔在故事结尾的陈述，读者得知这样的恶魔不仅控制着人类的行为，还能控制人们纯洁的心灵和梦境。恶魔这种无所不在的全能性又引发了读者们极大的不安。我们不禁要问：生命是否真的不受我们控制呢？我们是否要妥协于这种外界的或内在的不可抗拒的魔性？

《弗兰肯斯坦》中也存在发生一次而叙述多次的重复叙事。以伊丽莎白之死为例，第一章，弗兰肯斯坦提到深受大家喜爱的伊丽莎白和"我"以兄妹相称，但我们的关系却无法用语言来表达。"因为她一直到死都只能是我一个人的妹妹。"③ 第二十章，魔鬼在愤怒失望中威胁道："我会在你的新婚之夜来找你的。"④ 此处弗兰肯斯坦借怪物之口提前透露出伊丽莎白将要面对的命运。第二十三章，婚礼结束后的夜晚，伊丽莎白几乎是毫无悬念地被怪物残忍杀害。从小说的开始到结尾，弗兰肯斯

---

① 马修·刘易斯：《修道士》，刘宏照译，浙江工商大学出版社 2016 年版，第 240 页。

② 同①，第 376 页。

③ 玛丽·雪莱：《弗兰肯斯坦》，孙法理译，译林出版社 2016 年版，第 26 页。

④ 同③，第 191 页。

坦一再提起这件悲痛的往事，可见其在他心中的阴影之重。从整部小说来看，弗兰肯斯坦不断重复提及悲伤的往事既加强了故事的悲剧性，同时又给读者留下命运坎坷却令人钦佩的个人印象。读者也更能体会到弗兰肯斯坦内心的痛苦和复仇之心。这部小说中的重复叙事还体现在怪物两次向人诉说它所遭遇的孤独和歧视等不公平境遇。在第十一章到第十七章怪物首次向弗兰肯斯坦详细叙述他离开实验室后的生活，另一次则记录在沃尔顿致萨维尔夫人的信中。怪物在临死之前，向船长简要叙述了他从充满希望地追求同情、寻求友情到受人轻蔑、践踏而痛苦失望地展开报复的过程。一方面，叙述者对这一事件的重复描写体现出怪物对人类世界和人类情感的强烈渴望，同时也清晰地展现出怪物由善到恶的演变过程，以它的临终悔悟。另一方面，从叙事功能上来看，以沃尔顿视角进行的第二次重复叙述进一步证实了弗兰肯斯坦所讲述故事的真实性和可靠性。除以上两个例子，弗兰肯斯坦在文中多次表示后悔"在激烈的疯狂中制造了一个有理性的动物"[1]，触及了禁忌的领域。他发誓一定要跟踪怪物并把它毁掉。文中对该事件重要性的强调持续引起读者的关注，使读者体会到弗兰肯斯坦刻骨铭心的痛苦和仇恨，触动着读者敏感的心灵。此处的重复叙事也指引着读者对人类在自然界中的地位以及应该如何掌握和使用科学技术等主题进行思考。弗兰肯斯坦对知识的渴求、对自然的探索本无可厚非。但他的科学研究违背了伦理道德和自然规律，从而给自己、家人和朋友带来无法弥补的后果。

　　总体来说，文学作品中的重复叙事通常以重复为手段，将文本中隐含的内容自然呈现出来。其目的在于利用文本结构的特殊性，引起关注以达到某种文学效果。"这种重复的效果是使

---

① 玛丽·雪莱：《弗兰肯斯坦》，孙法理译，译林出版社 2016 年版，第 251 页。

不断发展、流逝的生活事件中某些东西有节奏地重复显示，从而提示出一种恒定的意义或产生某种象征意蕴。"① 作品中呈现出的轮回效果，就像是演奏中的重奏，反复出现而形成扣人心弦的叙事效果。哥特小说中重复叙事的应用不仅给读者带来别样的审美体验，也为主题的表达提供了有效的载体。哥特小说根据主题意义和形象塑造的需要对叙事频率进行有效的加工，运用多变的叙事频率，从不同角度、不同层面多维度地强化突显作品主题。同时，这样的叙事手法也能更有效地引导读者进行深入阅读和思考，挖掘文本的深层意义，拓展小说的艺术空间。

---

① 童庆炳：《文学理论教程》，高等教育出版社 1998 年版，第 219 页。

第七章 哥特小说的叙事空间模式

　　时间和空间是小说叙事中两个紧密相连的元素。鉴于文字的流动性和时间的线性具有同一性，人们通常认为小说文艺属于时间艺术。但我们并不能因此而忽略空间问题在叙事学研究中的重要性。正如里蒙-凯南所说，叙事时间从本质上来说属于空间范畴。任何小说文本对故事时间的再现都需要借助于一定的空间来进行展示。热奈特也提出："在小说的世界里，故事必然要在一定的场所里展开，没有空间，小说故事的叙述根本无法进行。小说具有时间维度，也具备空间维度。"① 因此，文本时间和故事时间的关系应该属于空间-时间的关系。在这一章里，首先我们将对哥特小说叙事中的故事空间和话语空间展开探讨。此外，本章还将重点分析哥特小说中故事空间的分类及其功能。

第一节　故事空间与话语空间

　　赵毅衡先生曾经说道："任何事件都必须在时间与空间中才能发生。从这个意义上说，叙述中的事件除了时间联系外，必然有空间联系。事件在空间的延续关系组成了情节中事件的空

---

① 热奈特:《热奈特论文集》，史忠义译，武汉出版社 2006 年版，第 55 页。

间链。"① 这也就是说，小说中的故事需要存在于一定的空间才能展开叙述。空间在小说的叙事过程中是一个至关重要的因素。叙事学家查特曼在《故事与话语》中首次提出了故事空间和话语空间这两个概念。他认为故事空间指叙事文本中事件发生的环境或场所；而话语空间则是叙述行为发生的场所或地点。在此理论基础上，本节将首先对哥特小说中的"话语空间"和"故事空间"稍作阐释。

　　哥特小说中对故事空间和话语空间的区分并不难理解。以《弗兰肯斯坦》为例，沃尔顿以第一人称体验性叙述者的身份，在一艘航行中的轮船上记录青年科学家弗兰肯斯坦克隆出面目丑陋的怪物这样一个故事。怪物被主人遗弃后，它遭到人类的种种不公平待遇，继而产生了强烈的复仇之心。在小说的结尾，弗兰肯斯坦尾随怪物到北极，终因饥寒交迫、疲惫不堪而去世。怪物得知主人的死讯后，亦跃入大海，悄然逝去，回归生命的本源。小说的叙述行为主要发生在轮船上，因此，这艘航行中的轮船成为叙述行为的话语空间。与此对应，作为叙述内容的人物和故事分别发生在大学校园的独立密室、英国的乡村和北极，此为小说的故事空间。该作品中的叙述者同时又是事件的亲历者，他所叙述的内容多是自己亲耳所闻、亲身所经历之事。例如，在沃尔顿船长写给姐姐的第四封信中有这样一个场景：

　　　　然后他告诉我，如果我明天有空，他就讲述他的故事。我最热烈地感谢了他的承诺。我下定了决心，只要工作不太紧张，就要尽最大努力用原话记录下他白天讲的东西。即使没有空，至少也得记下大要。这份手稿无疑将给你带

---

① 赵毅衡：《当说者被说的时候：比较叙述学导论》，四川文艺出版社 2013 年版，第 214 页。

来最大的快乐。但是对于认识他，亲自听他讲述的我来说，在未来的某一天重读这份手稿时，还不知道会有多高兴呢！即使是现在，我才开始工作，震响在我耳里的已是他那洪亮的声音。他那明亮的眼睛以其全部的忧郁和温和盯着我时，我还看见他激动地举起那只瘦弱的手，他的脸反映出他内在的灵魂。他的故事一定很离奇，也很沉痛。在航程上攫住那英勇的船只并毁灭了它的风暴一定是非常惊心动魄的。一定是这样。①

在这段文字中，叙述者通过书信的形式记录听故事时的场景，并借沃尔顿之口对弗兰肯斯坦的经历进行推测。叙述者在该话语空间中进行的记录既保留了故事主体部分的神秘感，又向读者充分暗示了这将是一个不同寻常的故事。作为故事旁观者的沃尔顿，其立场和读者不谋而合，因此他对读者来说又多了一分亲切感。读者感觉自己就是坐在沃尔顿旁边的听众。这样的空间叙事也增添了人物及其行为的似真效果。

在小说《弗兰肯斯坦》中，故事的叙述者同时又是故事中的人物，因此我们比较容易区分话语空间和故事空间。这和采用全知叙述模式进行写作的另外三部哥特小说构成巨大差异。以马修·刘易斯的《修道士》第一卷第二章为例：

在整个马德里城，没有其他地方比这座花园更漂亮，修整得更好。花园布局合理，品位高雅。奇花异草点缀其间，百花盛开，绚丽迷人。花草虽经人为精心打理，看起来却似出自天工。一股股喷泉，从白色大理石水池喷涌而出，用永恒的阵雨般的水珠湿润了空气。花园四周的墙壁

①　玛丽·雪莱：《弗兰肯斯坦》，孙法理译，译林出版社 2016 年版，第 20 页。

爬满了素馨、青藤，还有忍冬。夜晚的时光又给花园的景色增添了几分妩媚。一轮满月悬挂在蓝色无云的天空，月华如水，树影摇曳。在银色的月光下，喷泉闪闪发光。清风吹来了植于小径两侧的香橙花的芬芳，夜莺躲在人工种植的花树丛中浅吟低唱，鸣声悠扬悦耳。安布罗西欧向花园走去。①

　　叙述者在此处采用了类似于电影中的广角镜头，对修道院花园的美丽风景进行了全景式的描写。安静美丽的花园与叙述者接下来要讲的发生于此的恐怖故事形成鲜明对比。刘易斯通过对该故事空间的细致描述，为故事创造出一个真实的环境，引导读者进入虚构的故事世界聆听其全部内容。至于全知叙述者进行叙述时的话语空间，并非有意义的故事内容，作家无须写明，读者也无须知晓。作者用文字创造出来的虚构叙述者只有在成为叙述对象时，其叙述行为和叙述场所才有必要展示在读者面前。我们通过上面的简单分析发现，就叙事学中涉及的"故事空间"和"话语空间"来说，研究者们更为关注"故事空间"及其展现手法。

　　小说创作本质上是一种线性写作结构，但哥特作者们有意识地弱化了时间的表现手段，将小说中的故事时间线索模糊化。读者只能根据作品中的故事内容，建立起一种并不明晰的时间概念，由此一来，叙事作品中的空间特征相对得以强化。本章接下来所重点分析的故事空间通常指小说故事发生的场景，是作品中所描绘的人物和事件的具体活动空间。在哥特小说中，作者们多利用场景描写或人物刻画等叙事技巧巧妙地构建出三

---

　　① 马修·刘易斯：《修道士》，刘宏照译，浙江工商大学出版社 2016 年版，第 41 页。

个空间层次：恐怖的密闭空间、开放的自然空间和复杂的心理
空间。

第二节　恐怖的密闭空间

　　故事空间作为叙事文本中事件发生的具体地点，不仅为人
物行动提供客观环境，并允许人物只能在这一特定的空间范围
活动。哥特作者为了展现作品独特的审美观和文化意蕴，费尽
心思对作品的故事空间进行选择。一般来说，哥特作品的故事
空间大多选取那些呈封闭或半封闭状态的阴森恐怖的城堡、教
堂、地下室和墓穴，以此为辅助手段来营造恐怖紧张的氛围。
由于哥特作品中的人物的活动范围被封闭于一个相对局限的空
间，因此人与人之间的距离显得较为拥挤。在这些封闭性空间
里，人际关系错综复杂地纠缠在一起，人的自由被限制，人物
拥有特殊的心理体验。

　　例如，沃波尔在《奥托兰多城堡》中以神秘的古堡、漆黑
幽闭的地下室和迷宫般的暗道等封闭空间作为故事的发生地点。
作者描写了发生在封闭空间中的神秘离奇现象、超自然鬼怪神
灵和暴力恐怖事件，呈现出 18 世纪后期中产阶级的身份焦虑和
政体焦虑。沃波尔将特定空间与特定行为相结合，开创了哥特
小说特有的恐怖感。读者在阅读的过程中体验到惊吓和恐惧的
双重刺激，作品带给读者更加强烈的视觉冲击和心理感受。

　　刘易斯采用同样的创作手法将这种可怕的恐怖感推向极致。
《修道士》中怪异恐怖事件发生的主要场所是哥特式的教堂；同
时，作品中也有众多对幽闭地下室和令人作呕的墓穴等密闭空
间的描写。故事中的人物主要生活在被围墙隔开的封闭空间里：
修道院外的马德里是一个喧嚣吵闹、迷信横行的城市。修道院
的围墙在空间上起到时空隔绝的作用。这是一个远离现实的恐

怖世界，充满了压抑、诡谲、扭曲的人格和不可告人的秘密。
《修道士》中有这样一段令人触目惊心的恐怖场景描写，展示的
是关押阿格尼丝的墓穴的空间环境：

> 我渐渐恢复了力气，面对眼前的处境，我意识到自己
> 正被昔日同伴令人作呕又日渐腐烂的尸体所包围，逃离这
> 个可怖监狱的欲望增强了。我再次向光亮处移动，格栅门
> 就在我够得到的范围内，我毫不费力地推开了它，也许它
> 没有插上就是为了方便我逃离地牢。借助凹凸不平的墙壁
> 上突出来的一些石头，我用力爬了上去，从牢里爬了出来。
> 这时我发现自己来到了一个相当宽敞的地下墓室。有好几
> 个坟墓，形状与我刚刚逃出来的那个相似。坟墓有序地沿
> 着两侧排列，并且好像深深地沉入了地面。一条铁链从屋
> 顶悬下，上面挂着一盏阴森森的灯，暗淡的灯光洒在地牢
> 内。死亡的象征无处不在：骷髅、肩胛骨、大腿骨以及人
> 类的其他遗骸散落在潮湿的地面。每个坟墓都有一个巨大
> 的十字架，在一个角落里还立着一座木刻的圣克莱尔雕像。
> 我起初并没有注意这些，我的眼神完全被一扇门所吸引，
> 这是离开地下墓室的唯一出口。我将裹尸布紧紧裹在身上，
> 朝那扇门奔过去。我推了推门，使我无比惊恐的是，门从
> 外面插上了。①

神父安布罗西欧发现阿格尼丝和雷蒙德的私通信件。这件
事让心胸狭窄的圣克莱尔修道院院长多米娜颜面扫地。气急败
坏的多米娜先用麻药造成阿格尼丝的假死，随后又将她打入阴

---

① 马修·刘易斯：《修道士》，刘宏照译，浙江工商大学出版社 2016 年版，第
350 页。

森可怖的地牢，对其进行残酷折磨。对读者而言，"阴森森的灯""骷髅、肩胛骨、大腿骨""坟墓""裹尸布"这些展示出非常态环境的文字将读者置于一种异常陌生的活动空间。此处的故事空间描述使读者恍若置身其中，自然会引发一种毛骨悚然的恐怖感。

《修道士》中安布罗西欧侵犯安东尼娅的故事也发生在封闭的地下墓穴，同样令人感到惊恐无比：

> 格栅门虽然从外面被插上了，但很不结实。他将门插抬起，把灯放在边上，轻轻地把身子俯在坟墓上。在三具散发恶臭、半腐烂的尸体旁边，躺着他的睡美人。一抹有生气的红色已经浮现在她的脸颊，那是恢复生气的前兆。她躺在棺架上，被裹尸布包着，似乎在冲着周围死者的形象微笑。那些腐烂的人骨与令人作呕的形体也许曾经漂亮又可爱。安布罗西欧的目光扫过他们时，想到了埃尔维拉，是他把她弄成了与它们同样的状态。那可怕的一幕浮现时，他的心中蒙上了阴郁的恐怖，却更加坚定了他败坏安东尼娅名誉的决心。①

作者通过对施暴空间的场景式再现，使读者产生一种极为强烈的视觉刺激，唤起读者生理上与心理上的双重恐惧。

在《奥多芙的神秘》中，拉德克利夫采用传统的线性结构进行故事叙述。拉德克利夫仅仅用"几天""几天后"诸如此类概括性的时间词语，模糊地交代故事时间的流逝，但她却运用大量笔墨描述故事的发生空间——亚平宁山中的封闭古堡。

---

① 马修·刘易斯：《修道士》，刘宏照译，浙江工商大学出版社 2016 年版，第330 页。

父母去世后，艾米丽和姑妈一起来到芒托尼的故乡意大利。当他们到达一座雄伟、有着黑色发裂高墙的哥特式建筑时，艾米丽仿佛进入一个牢笼般的封闭城堡，众多恐怖事件接二连三在此上演。这座古堡年代久远，幽暗潮湿，阴森恐怖。初到奥多芙城堡的艾米丽一个人在里面转悠，只见"这座城堡背靠一块巨大的岩石，三面都是高大的围墙，另外一面是庭院的围墙和大门"。这个封闭建筑有着"高大的塔楼和城垛""高高的拱形窗子""窄长的瞭望塔"。不论望向何处，艾米丽只能看到"高大的山顶""茂密的松树林""幽深的峡谷"①。当艾米丽从城堡的封闭特征联想到它的主人芒托尼的性格特征后，终日生活在封闭空间里的艾米丽产生了"忧郁的恐惧""阴森""阴郁的景色""沉默""孤独"等一系列感受。黑夜来临之时，一种神秘恐怖的氛围笼罩在古堡四周。这种孤寂的氛围与艾米丽孤独的内心世界相碰撞，将城堡的恐怖形象无限夸大和变形，因此，作者对艾米丽脑海中不断浮现的恐怖画面的描写也就不足为奇了。

　　拉德克利夫将城堡这一典型封闭空间设为故事空间，一方面，为故事情节的发展营造独特的氛围和环境，突出了小说的哥特特征。另一方面，封闭空间带给艾米丽的矛盾性体验不但强化和丰富读者的精神体验，也引发读者重新审视自己的生存状态。在这样一个如梦如幻的哥特世界中，在这样一座位置偏僻，散布着曲折的幽道、黑暗封闭的暗门与地窖的哥特式古宅中，哥特小说家们找到了他们急欲捕捉的灵感。在这种易于孕育恐惧的阴森氛围中，读者的头脑中更容易产生那些奇异、恐惧和超自然的幻想，更容易难辨真伪，迷失自我。拉德克利夫

---

① 安·拉德克利夫：《奥多芙的神秘》，刘勃译，中国人民大学出版社2004年版，第253页。

以遥远的古堡为故事空间，带读者从熟悉的当代生活转移到一个陌生的与阴暗的异国他乡，开始了一段心灵上的冒险之旅。

伴随着历史前进的滚滚车轮，人们的生活环境也产生了相应的变化，哥特小说中的空间场景也转变成那些以阴森封闭、承载着日常生活为特征的现代建筑。《弗兰肯斯坦》中的哥特式空间意象则是一栋恐怖封闭的普通现代建筑。弗兰肯斯坦出于对科学的狂热，在楼顶的一间密室里夜以继日地致力于创造生命的科学研究。受故事发展的影响，作者的叙事空间也从封闭建筑物的幽深内部转向阴森恐怖的解剖室和屠宰场。弗兰肯斯坦在"墓地穹隆和白骨堆里过了多个日日夜夜"。在这些对普通人来说难以忍受的环境里，弗兰肯斯坦日复一日地"观察了人类的美好形象衰败腐化的过程，看见了生命花朵般的面颊为死亡所破坏的过程，看见了眼睛与头脑的奇迹被蛆虫继承的过程"[1]。作者之所以选择这些叙事空间，一方面，因为此空间里组成的画面能够营造出紧张、恐怖、压抑的氛围，为弗兰肯斯坦见到怪物时的恐惧感做细致的心理铺垫。另一方面，像密室、解剖室和屠宰场等故事空间本身具有阴森、恐怖的气氛，而读者在日常生活中较少有机会接触到此类空间。因此，这样的故事空间往往会给读者带来一种强烈的陌生感、未知感和神秘感，由此产生审美距离，使读者滋生恐惧，惊悚不已。

哥特小说中的城堡、密室等密闭空间形成了独具魅力的哥特故事空间。这些空间在为故事提供核心场景的基础上，还为小说奠定了阴暗恐怖的黑色基调。这些封闭空间的功能不仅在于描写暴力、凶杀等人间罪恶，还在于通过环境的对比来衬托事件本身的神秘性、恐怖性，借此获得较好的惊悚效果来刺激和震撼读者的心灵。如果缺少城堡、密室和墓穴等空间的设置，

---

[1]　玛丽·雪莱：《弗兰肯斯坦》，孙法理译，译林出版社 2016 年版，第 46 页。

那么整个哥特作品的构架便失掉了赖以存在的环境基础和主导氛围。读者阅读这些建构在陌生空间的哥特故事之际，既能分享小说主人公所经历的折磨和恐惧，激起自身本能的战栗，产生恐惧的快感。同时，读者又清醒地认识到现实世界和非现实世界的差别，清楚这样的危险并不会发生在自己身上。因此，哥特小说中所营造的各式各样的骇人情景给人们带来强烈的视觉冲击和心理感受，"从痛苦之中，从恐惧之中激起我们的恐惧与怜悯之情，使之惊心动魄"①。

叙事学家龙迪勇在《空间叙事学》中指出："很多小说家对空间很感兴趣。他们不仅将空间视为故事发生的地点和叙事必须的场景，还利用空间来表现时间和安排小说结构，甚至利用空间来推动整个叙事进程。"② 哥特小说家们往往利用空间来安排小说的叙事结构以推动整个叙事进程。本书重点分析的四部哥特作品中，封闭性的故事空间切换基本取代了叙事中的时间功能，积极地推动着小说的叙事进程。

例如，《奥多芙的神秘》中的叙事空间随着女主人公艾米丽生活场景的变化而不断迁移。小说中的众多人物在多个空间里自由活动，将故事情节与人物关系编织在一起，推动着主题的发展。该作品中的叙事空间大致有三个：圣奥伯特城堡、索卢斯姑妈家和奥多芙城堡。从地理区域上看，该小说的故事空间可以划分为两个重要部分：圣奥伯特城堡和奥多芙城堡。作家采用圣奥伯特城堡—奥多芙城堡—圣奥伯特城堡这样循环的叙事空间展现主人公的生活背景以及不同物理空间中的社会关系的建构。多重叙事空间的存在有效地推动着故事情节的发展，

①　亚里士多德：《诗学》，载《诗学·诗艺》，罗念生译，人民文学出版社1984年版，第43页。
②　龙迪勇：《空间叙事学》，生活·读书·新知三联书店2015年版，第112页。

使作品内容得以全面展示，也证明了叙事空间在小说建构中的重要功效。小说的叙事内容可以被分为两大部分：圣奥伯特城堡是艾米丽的出生地和故乡，该空间中所叙述的故事主要是父亲去世前艾米丽纯真幸福的少女时光。奥多芙城堡是芒托尼强迫艾米丽和姑妈到达意大利后的住宿地。此时，艾米丽要时刻面对来自他人的威胁和无处不在的危险，经历了众多的人生磨难。拉德克利夫将叙事空间切割成多个部分，作为小说的叙事支点，通过空间的前后对比来展现人物生活状态和情绪状态的变化。作家在小说第一卷将圣奥伯特城堡中宁静优美的田园生活呈现在读者面前：

> 紧邻着温室的东侧，有一间面对着朗格多克草原的房子，艾米丽把它作为自己的天地。房里有她的书、画、乐器，还有她喜欢的植物和小鸟。因为喜好高雅艺术，她经常在这里读书、画画、抚琴。本身的天赋，辅以圣奥伯特夫妇的教导，让她小小年纪就对此精通不已。房间的窗子很漂亮，是长长的落地窗，外面就是环绕整栋房子的草地。不远处还有茂盛的小树林，里面夹杂着杏树、棕榈树、花簇和香桃树，再往远处望去就是蜿蜒的加伦河。①

艾米丽在这个美丽又充满生机的自然空间中，和父亲共同研究植物，学习科学知识。她精通拉丁文和英语，擅长琴棋书画。在大自然的熏陶下，在家人的呵护中，艾米丽渐渐长大，成为一名聪颖、热情、仁爱的少女。"但她还表现出一定程度的

---

① 安·拉德克利夫：《奥多芙的神秘》，刘勃译，中国人民大学出版社 2004 年版，第 5 页。

敏感，不能忍受持续的平静，这使她显得内向、举止温柔。"①圣奥伯特先生深知性格敏感的危险性，因此，他努力引导艾米丽要学会独立思考，提升自控力和冷静处事等能力。圣奥伯特先生认为，艾米丽首先要成为一个意志坚定的人。这样一来，当艾米丽面对人生的巨变和复杂的外部世界时，她才能够抵御诱惑，稳定不安情绪，寻找到属于自己的幸福。总的来说，圣奥伯特城堡是艾米丽出生后，父母为其创造的生活空间。这座城堡不仅帮助艾米丽抵御来自自然界的风暴，也是她心灵上的避风港。拉德克利夫在这个封闭的叙事空间中描绘出艾米丽幸福的少女生活以及圣奥伯特先生一家的惬意生活，体现出拉德克利夫对温馨家庭生活的渴望，而这也正是孤女艾米丽后来一直追寻的精神家园。

从第二卷开始，有一个空间意象频繁出现，贯穿小说的第二卷和第三卷，那就是奥多芙城堡。第一卷第十三章中，瓦朗康特首次提到芒托尼在亚平宁的那座城堡周围环境诡异。但城堡的正式出场被安排在小说的第二卷第五章。父母去世后，艾米丽随庸俗无知的姑妈和芒托尼一起回到意大利。于是故事的叙事空间发生了变化，他们在深夜时分到达庞大而古老的奥多芙城堡。城堡的大门吸引着艾米丽的注意力，这座身形巨大的大门通向里面的庭院，"左右两边分别有两个圆形的堡垒，每个堡垒上还有悬挂的塔楼，塔楼上本该悬挂着家徽，现在只有野草和其他植物的根深深地扎入石缝中，对着古老的城堡，在风中叹息自己的孤独"②。奥多芙城堡的出现主要有两大叙事功能：

一方面，限制着艾米丽的人身自由，导致她精神上的流离

---

① 安·拉德克利夫：《奥多芙的神秘》，刘勃译，中国人民大学出版社2004年版，第7页。

② 同①，第236页。

失所，从艾米丽踏入奥多芙城堡的那一刻起，她感觉自己被关进了荒凉的牢笼，失去了与外界的一切联系。心灵上的孤独使艾米丽终日沉浸在谋杀的想象以及对黑布覆盖的油画和上锁房间的莫名恐惧中。城堡这个故事空间成为展现主人公主观情绪的特定场景。在这个封闭的空间里，艾米丽内心的情感无法得到有效的沟通和释放。当面对陌生的环境和未知的将来时，艾米丽常常处于幻想之中，容易将不存在的神秘无限扩大，对事物的正常变化产生不相对称的惊恐之感。在奥多芙城堡里，黑色幕布后的恐怖事物不过是一具蜡像，惊悚声音是关在地牢和误入夹层中的犯人发出的叹息声。鉴于以上分析可以看出，奥多芙城堡不仅是一幢静止不动的古老建筑，同时也是少女艾米丽的主要生活空间。她依靠与空间的互动性行为，认识所在的客观世界，完善自己的精神世界。从这个意义上来看，读者在探寻奥多芙的神秘中漫游到艾米丽那幽深的灵魂世界，奥多芙也成就了艾米丽心灵的成长之路。

　　另一方面，拉德克利夫借城堡这一叙事空间安排接下来的故事情节，使一系列事件不断上演，丰富哥特小说的内涵。奥多芙城堡也是艾米丽和作品中其他人物之间连接的桥梁。她在奥多芙城堡认识了形形色色的人，见识了大大小小的场面。芒托尼自私、冷酷、残忍，他为了金钱与权力，不惜利用各种卑劣手段侵吞沙朗夫人的财产；他还试图将艾米丽卖给地位显赫的莫拉诺伯爵进行财产交易；他雇用兵匪征战四方进行抢夺，与政府军对抗；他将艾米丽囚禁在城堡中威逼利诱。侍女安妮特和仆人卢多维克既是艾米丽的仆人也是她的朋友。艾米丽从他们口中获得最新消息，委托他们去办理重要事情。艾米丽是在安妮特和卢多维克的帮助下才能成功逃出奥多芙。她在奥多芙城堡见识了人性的美与丑、善与恶，收获了友情。在故事的最后一卷，侍女安妮特和仆人卢多维克随艾米丽回到圣奥伯特的城堡，并成为她的管家。同时，艾米丽还将领地的一部分作为结婚礼物赠予安妮特。

从以上对《奥多芙的神秘》中的叙事空间分析来看，哥特小说多利用地理空间形成内在结构，弱化时间在叙事中的功效，突显空间在叙事中的作用，推动故事情节的有序发展。哥特小说摒弃传统叙事中常采用的线性逻辑关系，别具一格地运用空间转换来表现小说的节奏感和韵律感，使读者感受到由空间转换所带来的别致的阅读体验。

美国文学批评家布依尔认为："叙事作品中的空间从来不是价值中立，很多时候，由于描述空间的话语方式不同，作品中的空间也表现为不同的意义。"① 布依尔在这段阐述中强调了故事空间与作品主题之间的关系。作家对故事空间的选择不仅能够促进故事情节的发展，同时作家对于故事空间的阐释也有助于读者去理解作品的主题。《奥多芙的神秘》中，圣奥伯特城堡和奥多芙城堡两个故事空间构成了作品的情节结构。但对于艾米丽而言，圣奥伯特城堡不仅是她记忆中欢乐的田园生活之地，也是她情感和精神上的慰藉之地。艾米丽最终在众人的帮助下重返故园。恋人瓦朗康特认清繁华都市的真面目后，也重新找回自我，赢得艾米丽的芳心并缔结良缘。小说故事空间的转换不仅代表着女主人公所经历的情感心理历程，也展现作者对现代生活的思索，深化了小说中对前工业社会田园牧歌式生活的怀旧主题。

再如《修道士》中，故事的主要情节多发生在修道院。小说的起始、结束、主要人物的关键行动都紧紧围绕着嘉布遣修道院和圣克莱尔女修道院两个地点进行。净化民众心灵的修道

---

① Lawrence Buell, *The Future of Environmental Criticism*, MA: Blackwell, 2005, p. 147.

院竟然成为承载各种恶行的故事空间。嘉布遣修道院见证了安布罗西欧的成长，也造就了他扭曲的性格。安布罗西欧自小生活在修道院里，他在老院长的教导下过着远离世俗、清心寡欲的生活。"他学识最渊博，最具雄辩之才。他这一生中，从来没有违反过任何规定。他的品德没有任何污点，据报道，他严守贞操，竟连男女有什么不同都不知道。因此，常人都尊他为圣人。"① 但圣洁的安布罗西欧最终没能逃脱人类本能的驱动力。在这个封闭的宗教空间里，觉醒的安布罗西欧冲破宗教伦理道德的禁锢，疯狂地沉溺于个人欲望，与玛蒂尔达私通。为了达到占有安东尼娅的目的，他亲手掐死自己的生母，在修道院的墓穴里玷污并杀死安东尼娅。神圣的修道院变成安布罗西欧一步一步走向堕落的承载空间。正如书中所说：

> 如果他的青春不是在与世隔绝的情况下度过，他可能就会显示出许多杰出的并具有男子气概的品质。他天生有进取心，意志坚定，无所畏惧，具有战士的勇气。……他的天性中并不缺乏宽宏大量的品质，受苦受难的人总会发现他是一个富于同情的倾听者。他的思维敏锐，他的判断力不同寻常，可靠而坚定。具备了这样的禀赋，他本来可以成为一个为国争光的人。②

然而，修士们教导他要摒弃那些与修道院无关的无私美德，告诫他对其他人过失的同情就是最大的罪恶。他们用最恐怖的语言描绘人类在地狱中所遭受的种种折磨。安布罗西欧生活在

---

① 马修·刘易斯：《修道士》，刘宏照译，浙江工商大学出版社 2016 年版，第 11 页。

② 同①，第 205 页。

这样的空间环境中，他的性格变得胆怯而自私、骄傲而虚荣。
他在修道院所受的教育和天性在他身上所激发出来的感情存在
不可调和的矛盾。一旦机会来临，欲望的洪流必将冲破宗教的
禁锢。由此可见，安布罗西欧行为上由善到恶的转变与他在修
道院这个宗教空间所接受的教育有很大关系。刘易斯借以揭露
修道院中的罪恶与黑暗，表达他对现实社会的不满。小说中的
另一个故事空间圣克莱尔修道院表面上扮演着守卫宗教道义的
角色，实际上是对人性的禁锢。修道院院长多米娜心胸狭窄，
没有仁爱之心。为了在安布罗西欧面前挽回面子，她将阿格尼
丝囚禁在地牢里进行残酷的折磨。圣克莱尔教堂的地牢里"寒
冷刺骨，空气也更污浊不堪，令人窒息"。阿格尼丝在那里遭受
着令人难以置信的折磨。最终多米娜被暴民殴打致死，圣克莱
尔修道院也在大火中彻底烧毁。多米娜的罪有应得和修道院的
毁灭反映出作者反宗教的叙事主题。

《修道士》中的修道院见证着小说中主人公命运的变化。主
人公们的感情轨迹和人生命运与故事空间紧紧地联系在一起，
给读者留下深刻的印象。简而言之，哥特小说中的空间意义不
仅在于渲染作品的恐怖黑暗氛围，建构故事情节，同时也加深
了读者对故事情节的认识，提升了读者对作品主题的理解力。

第三节　开放的自然空间

自然空间是人类生活和社会关系建构的基础，对人类的生
活模式和思维模式的形成有着重要影响。哥特小说受题材因素
的影响，文中多有涉及自然空间的段落描写。哥特作品中对开
放性的森林、山川、河流等自然景观的描述构成了故事中的必
要场景。这些自然空间的描写或褒或贬，在向往与美化中夹杂
恐惧，为哥特小说情节的发展储备叙事动力，丰富人物形象和

性格塑造。

一、储备叙事动力

本书重点分析的四部哥特作品中，作者往往习惯于通过对自然空间进行细致描写来储备叙事动力，然后再展开故事情节的描述。小说《弗兰肯斯坦》中，弗兰肯斯坦对童年幸福生活的回忆占据了第一章和第二章的主要篇幅。他和家人住在风景秀丽的日内瓦。那里的崇山峻岭跟随一年四季的流转变化让他的家人和朋友享受其中，流连忘返。而弗兰肯斯坦对这开放空间的自然美景却毫无兴致，他说道："世界对我就是个秘密，一个我渴望探索的秘密。"[①] 他对大千世界的好奇心，他征服世界的决心引起了读者的阅读兴趣。随后作品的正文部分拉开了帷幕，此处的空间描写促进了叙事进程的有序发展。

小说《奥多芙的神秘》同样具有"优美的描写和如画的风景"[②] 等特征。作品中大段对欧洲自然风光和乡村美景的空间描写得到司各特的高度评价，他认为作家拉德克利夫"同时具备画家的眼睛与诗人的灵魂"[③]。小说一开始，拉德克利夫就花费大量笔墨描写拉伐雷这样一个风光秀丽、令人流连忘返的"世外桃源"。云雾笼罩的比利牛斯山、墨绿的松树林和柔嫩的绿色草原形成了一幅峰峦叠嶂、笔墨清爽的风景画。羊群和农舍散落在这个远离尘嚣的地方。"山林一片寂静，偶尔能听见羊脖子上套的铃铛声和远处的狗吠。阴郁的树林，期间被微风吹得摇曳的树枝，在黄昏的天空掠过的蝙蝠以及时隐时现的远方农舍

---

① 玛丽·雪莱：《弗兰肯斯坦》，孙法理译，译林出版社 2016 年版，第 27 页。

② Deborah D. Rogers, *The Critical Response to Ann Radcliffe*, London：Greenwood Press，1994，p. 17，99.

③ Deborah D. Rogers, *Ann Radcliffe：A Bio - Bibliography*, London：Greenwood Press，1996，p. 9.

的灯光"①，又构成了一幅动静结合的人与自然和谐共处之景象。作者描写完拉伐雷优美的自然风光和幸福的田园生活，突然笔锋一转，记录了艾米丽母亲去世后她和父亲到朗格多克的游玩经历。艾米丽父女二人在游历过程中拥有更广阔的开放空间。他们越过比利牛斯山朝朗格多克走去，经过田野山川，穿过丛林峡谷，看遍四季景色。辽阔平原上的树林、大片的种植园一直延伸到远方，色调和谐而美丽；加伦河从山顶顺流而下汇入远处的海湾。这些美丽的自然风光触动着艾米丽的心灵，抚慰着她那悲痛的心情。叙述者之后又写道：艾米丽父女在茂密的山林深处遇到瓦朗康特，他们三人结伴而行到达博耶、鲁西朗等地。以上六章的主要篇幅都是以自然的开放空间为背景，描写了艾米丽与父母的田园生活，以及他们和瓦朗康特的美好时光。此后，作者开始叙述艾米丽在芒托尼的带领下前往意大利游历。与开放的自然空间生活相比，封闭的城市空间中尔虞我诈的人际关系、纸醉金迷的生活方式使艾米丽惶恐不安、忧心如焚。由于艾米丽的精神长期处于压抑紧绷的状态，她经常对身边事物的微小变化产生不同寻常的反应。该作品中，空间转换往往引起主人公情绪上的波动并留下众多未解的悬念。这些悬念自然而然地推动着故事情节的发展，调动着读者的好奇心，使读者沉醉于恐怖所带来的独特的审美体验。

二、丰富人物形象

从亚里士多德的《诗学》到 20 世纪的结构主义、形式主义和叙事学，西方文学理论界普遍认为：人物作为叙事三要素之一，其本质是参与故事情节的建构，是动作的执行者，仅起到附属作用。国内学者申丹认为："叙述学的人物观为'功能性'

① 安·拉德克利夫：《奥多芙的神秘》，刘勃译，中国人民大学出版社 2004 年版，第 8 页。

的。这种人物观与传统批评中'心理性'的人物观形成鲜明的对照。'功能性'的人物观将人物视为从属于情节或行动的行动者。情节是首要的，人物是次要的，人物的作用仅仅在于推动情节的发展。"① 尽管中西方文学理论家一致赞同人物不及情节重要，但这并不代表人物在叙事学研究中不重要。学者龙迪勇提出："人物是构成小说诸要素中唯一一个差不多可与情节比肩的要素。"② 作者们对人物形象的塑造并非一蹴而就，而是需要与叙事文本创作进行密切结合，一步一步地拼砌出丰满的人物形象。叙事者塑造人物形象主要依赖于两种方法：一是直接对人物进行外貌描写，通过静态形象的呈现让读者对人物形成直观印象。二是通过人物的言谈举止展现其行动，让读者在阅读中理解和把握人物的性格特点。但在作品有限的篇幅中，作家不可能对人物的全部外貌特点、行动特征和心理活动进行详尽的描写。同时，鉴于叙事作品的线性特征，读者对人物形象的理解有赖于记忆力。而记忆力的易逝性也会影响读者对人物形象的准确把握。考虑到以上问题，一些作家在塑造人物形象时，倾向于选择特定的空间来刻画人物性格，"从而对之产生一种具象的、实体般的、风雨不蚀的记忆。而这，也构成了叙事作品塑造人物性格、刻画人物形象的又一种方法——空间表征法"③。

吴士余先生也指出："人物性格是发展的。那么，孕育性格的社会生活环境就不能凝固不变。小说创作应该按照人物性格发展的个性要求，恰如其分地设置相应的活动场景。"④ 西方哥特小说通常选取多个特定空间来烘托典型人物形象。故事情节的发展和空间变换存在密切关系，这样既突出了人物特征，又

① 申丹：《叙述学与小说文体学研究》，北京大学出版社1998年版，第56页。
② 龙迪勇：《空间叙事学》，生活·读书·新知三联书店2016年版，第255页。
③ 同②，第261页。
④ 吴士余：《中国小说美学论稿》，复旦大学出版社2006年版，第208页。

体现了空间对人物形象和人物感情的塑造性。下面将以哥特作品中开放性自然空间的设定为例来具体分析它在塑造人物形象、展现人物性格方面的功能。

首先来看看以描述自然风光闻名的哥特作家拉德克利夫创作的《奥多芙的神秘》。作者将开放的自然空间和她要描绘的人物、情节等内容联系在一起。自然环境的不断变化给主人公带来了多元化的空间体验，使其情感也随着场景的变换而发生转变，得到升华。作者一开篇就写道："1584 年，加斯克涅省加伦河美丽的河畔，坐落着圣奥伯特的城堡。从城堡的窗子向外望去，可以看见吉耶纳和加斯克涅田园般的风景沿着河流向远方伸展，其间更有茂密的森林和藤本植物。"① 拉德克利夫对圣奥伯特城堡周围的自然风光进行 500 多字的介绍后，又用三段话对圣奥伯特从幼年到中年的生活进行概括性描绘。然后作者对周边开放空间的自然景观与圣奥伯特一家现在的生活状况进行交叉式描写。读者在阅读过程中对艾米丽的性格特征有了一些基本了解：她聪明热情但又内向敏感。为了改变女儿柔弱的性格，圣奥伯特教导艾米丽要学会坚韧，抵制冲动。艾米丽性格的完善主要通过空间变化得以实现。母亲去世后，艾米丽和父亲徜徉在大自然中以忘却失去亲人的悲痛。第一次游历中，广袤的自然空间开阔了艾米丽的视野；优美的自然风光感染了她的内心。这些与她的情感融合在一起，抑制她性格中那些敏感、情绪化的力量，触发强烈的感情。艾米丽的父亲去世后，她在芒托尼的带领下开始了另一段从乡村到城市的游历过程。此次由一个国家到另一个国家的空间转移中，环境变换与主人公情感转变的结合显得更加紧密。例如，艾米丽在前往意大利的途

① 安·拉德克利夫：《奥多芙的神秘》，刘勃译，中国人民大学出版社 2004 年版，第 3 页。

中收到瓦朗康特的信件。他在信中说："我会坚持看每天的落日，我很高兴，因为我相信我们的眼睛盯着同一个物体时，我们的思想就能对话了。你不知道，艾米丽，这个时候我感到多么舒畅，相信你也会有相同的感觉。"① 此处瓦朗康特建议艾米丽以落日寄情，借用空间交流情感。当艾米丽目不转睛地盯着太阳缓缓落下之际，她终于从之前的情绪波动中解脱出来，内心感到一片平静。第二次游历中，艾米丽看到了被战争破坏的街道、受伤的士兵。他们一行人根据地势环境的变化而不断地变换交通工具。开放空间的不停转换，路途自然环境的不断恶化，以及不得不面对的陌生危险的人和事，这一切使艾米丽产生对生命的不安全感和恐惧感。随着艾米丽到达封闭空间奥多芙城堡，这种精神上的压迫感和内心的惶恐不安达到了顶峰。最终艾米丽突破重重磨难，重返圣奥伯特那自由广阔的开放空间，找到了终身的幸福依靠。她的心灵也在自然美景中找到寄托，得到了温暖和安慰。如果文中没有开放的自然空间和封闭的城市空间等场景的对比性描写，艾米丽的情感和性格不会如此深刻地展现，读者亦无法领会艾米丽情感和思想的深刻转变。

与拉德克利夫一样，雪莱夫人也善于运用变换的空间来展现人物性格，塑造人物形象。在小说《弗兰肯斯坦》中，弗兰肯斯坦的心理和情感同样随着空间场所的变化而悄然转变。作者以日内瓦的乡村空间、英格尔斯塔德大学的城市空间和阿尔卑斯山周围的自然空间三个场景，勾勒出一个多维度的生活环境来刻画弗兰肯斯坦性格特征的变化。

弗兰肯斯坦在景色壮丽的瑞士附近度过了他的童年。开放空间里的四季流转令其家人感慨不已，享受其中，但弗兰肯斯

---

① 安·拉德克利夫:《奥多芙的神秘》，刘勃译，中国人民大学出版社 2004 年版，第 171 页。

坦却对大自然中隐藏的秘密有着强烈的好奇心和求知欲。他想学习的是"天与地的奥秘""人类神秘的灵魂""世界的物质奥秘"。[①] 弗兰肯斯坦性格中对知识永不知足的追求精神促使他离开熟悉的乡村空间，来到英格尔斯塔德大学学习征服自然的本领，他渴望尽快实现自己的雄心壮志。因此，在英格尔斯塔德大学求学期间，弗兰肯斯坦将自己和开放的自然空间完全隔绝，独自生活工作在楼顶的阁楼中。弗兰肯斯坦被征服自然的执念所控制，终日闭门不出，几乎处于疯癫的状态中。他不顾道德行为准则的约束，将科学研究推向了非理性极端。在此期间，他漠视自然美景，无视家人朋友的关心。"那是个最美丽的季节。田野里长出了空前繁茂的庄稼，葡萄结出了空前肥硕的果实。但我的眼睛却对大自然的美景漠然置之。同样的冷漠也让我忽略了周围的场景，忘记了若干英里之外的亲友——我已经很久没有见到他们了。"[②] 弗兰肯斯坦与自然空间的隔绝导致他和家人朋友、和自我的隔绝。对自然科学的极度沉迷破坏了他的身心健康并使他的性格发生了巨大变化。他从一个善良文雅的年轻人转变成一位孤独自私、沉默敏感、游离于人类社会的科学狂人。

面对他制造出来的新物种，弗兰肯斯坦心里充满了恐怖与厌恶。选择逃避现实的他最终回归到开放的自然空间里，在大自然的怀抱中重塑自我，找回自我。从第十章到第二十四章，小说的故事空间主要是高山、大海、沙漠和北极等险峻的自然空间。这些开放空间所带来的崇高体验让弗兰肯斯坦丧失再次造人的勇气，促使他的行为方式和思想意志发生改变，最终获得心灵的平静与救赎。弗兰肯斯坦朝阿尔伏峡谷走去时，峡谷

---

① 玛丽·雪莱：《弗兰肯斯坦》，孙法理译，译林出版社 2016 年版，第 29 页。
② 同①，第 50 页。

里"富丽堂皇的大自然威严肃穆，一片寂静，只偶然能听到波涛声、群山间大块流冰的撞击和破裂声以及雪崩声。聚积的冰块宛如大自然的玩物，按照无声的永恒法则挤压和崩裂。崇高壮丽的景色给了我所能得到的最大安慰，把我从琐碎的情绪里解放了出来"①。此时自然空间里高耸的群山、奔腾的山洪、隆隆的瀑布等壮丽惊人的景色带给弗兰肯斯坦心灵上的震撼。这一切使他不再恐惧，减轻他精神上的负担。开放性自然空间带来的慰藉不仅表现在情感层面和精神层面，它还触动弗兰肯斯坦的心灵深处。他感受到了大自然坚韧、忍耐的原始力量，对宇宙万物有了新的领悟。他认识到人与自然的相互关联，并开始反思自己探索自然奥秘这一想法的虚无性。当怪兽要求弗兰肯斯坦制造出一个女性伴侣时，他"第一次想到我的承诺可能带来的后果。我想到未来的世代会咒骂我，说我筑就了他们的灾祸，我由于自私自利竟然毫不犹豫以很可能是全人类的生存为代价，换取自己的平安"②。从这一段对弗兰肯斯坦内心的描述中不难看出，弗兰肯斯坦已经逐渐从封闭的自我世界里走了出来，回归到理性的人类世界，变成一个能为他人着想、勇于承担责任的社会人。最后为了寻找并毁灭怪物，弗兰肯斯坦穿行在蜿蜒的罗讷河畔，长途跋涉在荒芜险恶的原野中。而他也在几乎可以抓到怪物之际耗尽体力，走到了生命的终点。

　　综上所述，弗兰肯斯坦在自然界中感受了超自然的伟大力量，在自然界的崇高体验中改变了自己的性格，最终治愈其心灵并获得灵魂上的救赎。在弗兰肯斯坦的成长过程中，开放性自然空间改变了他的思想意志，促使他的行为发生转变，带来其人生观与价值观的改变，影响了其命运的最终走向。开放的

---

①　玛丽·雪莱:《弗兰肯斯坦》，孙法理译，译林出版社 2016 年版，第 102 页。
②　同①，第 188 页。

自然空间意象对实现弗兰肯斯坦这一人物形象的丰满塑造起着重要的作用。

第四节　复杂的心理空间

心理学家勒温认为："心理现象与物理空间的自然现象相类似，是一种空间的时间，因此人的心理世界也可以认为是由若干领域或空间所组成的。这些领域表示个人及现实事物的各种不同表现，体现着个人在一定时间空间上的关系，这些领域也就是人的心理空间。"① 这里所指的心理空间领域主要包括人们在进行思维和谈话时建立的时空、信念和存在性等小空间群。在哥特小说作品中，作者经常运用梦境和内心独白等叙事手法建构人物的心理空间，从而表达出人物的真实心理感受，映射个体的心路历程，以反映现实社会的冲突与矛盾。本节将重点对哥特作品中的人物心理空间描写展开分析与研究。

在《弗兰肯斯坦》中，作者采用第一人称叙事对弗兰肯斯坦进行多处心理描写和情感抒发，借科学幻想故事来反映人类的生存困境。弗兰肯斯坦的心理空间经历了从探究、恐惧到反思的过程。从正文第一章开始，弗兰肯斯坦追忆自己如何创造怪物，怪物如何迫害他的家人和朋友以及他对怪物的追捕过程。弗兰肯斯坦的心理空间也随着叙事内容不断地发生变化。年幼时期，弗兰肯斯坦对自然科学和人体奥秘等知识无限痴迷。随着年龄的增长，这种好奇心和探索意识也越来越强烈。进入大学后，"有一种几乎是超自然的热情激励着"弗兰肯斯坦投入到对生命起源的研究中。经过无数次的探究，他成功发现了生命进化的原因并且拥有了造人能力。对弗兰肯斯坦来说，"这最初的发

---

① 时蓉华：《社会心理学词典》，四川人民出版社 1988 年版，第 116 页。

现给我带来的惊讶，很快就转化成了快乐，甚至狂喜。……这发现太精彩，我兴奋得不知所措，甚至忘记了一步步攀爬时所感到的种种痛苦。我看到的只是结果：开天辟地以来最具智慧的人所研究和追求的东西，现在攥在了我手里！那豁然展现在我面前的东西并不是魔术表演"①。弗兰肯斯坦发现自己将史无前例地成为一个杰出新物种的创造者，并由此而获得全人类的感谢。弗兰肯斯坦这一阶段的心理空间经历了从痛苦、惊讶、狂喜到盲目自信的过程。怀着这种复杂的心理感情，弗兰肯斯坦开始造人的科学实验。他在两年多的不懈努力下，创造出一个身高 8 英尺、外貌奇丑的科学怪人。面对该成果，弗兰肯斯坦之前所建构的美好心理空间瞬间土崩瓦解，"充满我心里的是叫我喘不过气来的恐怖与厌恶"②。此后，每当文中出现"痛苦""恐惧"等字眼，随之而来的是怪物对弗兰肯斯坦家人与朋友的伤害。得知小威廉去世的消息，"我从接到亲人来信时的欢喜变成了绝望"；贾斯汀被绞死之后，"沉重的绝望和悔恨还紧压在我的心头，无法摆脱"③。作者借怪物和弗兰肯斯坦之间的冲突，将他那恐惧和焦虑的心理空间形象化、扩大化。弗兰肯斯坦欲望的膨胀和破灭不仅给他带来心理上的恐惧和人生的磨难，还引发了他对本我与科学创造的深刻反思。为了避免怪物继续进行杀戮报复行为，弗兰肯斯坦答应为它创造一个女性伴侣相依为命。但在创造的过程中，他对科学怪物存在的合理性进行了反思。他担心这个女性伴侣可能比怪物还要狠毒，比怪物还要厌恶自己的畸形。一旦她离开怪物进入人类社会，孤独的他可能会发起更恐怖的报复性行为。他预想着："即使他们俩都离开

① 玛丽·雪莱：《弗兰肯斯坦》，孙法理译，译林出版社 2016 年版，第 47 页。
② 同①，第 53 页。
③ 同①，第 95 页。

了欧洲，到新大陆的荒漠里去居住，他们渴望的同居生活的第一个后果就是孩子。一个魔鬼民族就会在地球上繁衍生息，为人类制造一种充满恐惧的危险局面。我有权为了自己的利益而把这样的灾祸带给无穷的未来世代吗?"① 弗兰肯斯坦意识到眼前的这项工作可能给人类社会带来巨大危害时，他在心里庄严发誓再也不从事此类工作。经过心灵的反思，弗兰肯斯坦最终选择放弃自我欲望，抛弃科学怪人，履行人类职责。综上所述，主人公弗兰肯斯坦的心理空间经历着从探究、恐惧到反思的转变过程。弗兰肯斯坦感受到造人成功的狂喜后经历一系列的家庭悲剧，继而开始反思自我欲望的满足、科技的进步和人类未来的复杂关系。他最终付出生命的代价才能弥补自己所犯下的罪孽。

《奥托兰多城堡》中，作者对曼弗雷德的心理空间也有一些刻画。来看小说中的这一段心理描写：

> 他沉默了许久——就连悲痛引起的沉默也不会延续得如此长久。他呆呆地注视着，陡然地希望那只是一个幻觉。他仿佛已经不再关注丧子之痛，却陷入了对酿成此祸的庞然大物的沉思默写中。他抚摸着那顶致命的头盔，仔细查看，甚至王子血肉模糊的肢体也不能使他从那个不祥之物上分神。②

新婚之际，儿子被从天而降的头盔击中身亡。身为父亲的曼弗雷德心里没有悲伤和焦虑之情，而是陷入对头盔来源的推

---

① 玛丽·雪莱:《弗兰肯斯坦》，孙法理译，译林出版社 2016 年版，第 188 页。
② 贺拉斯·沃波尔:《奥托兰多城堡》，高万隆译，浙江工商大学出版社 2016年版，第 11 页。

测中。此处心理空间的描写从侧面呈现出他的冷酷和无情。曼弗雷德为了保住自己的爵位和家族财富，不惜违背伦理道德，强迫准儿媳伊莎贝拉和自己结婚生子，逼迫女儿玛蒂尔达嫁给法利德里克侯爵进行家族联姻。杰罗米神父的反对态度使他忧心忡忡；西奥多和阿方索面容的相似性使他惶恐不安。所有这些矛盾聚集在一起，折磨着他的精神。同时，曼弗雷德内心的骄傲和野心又不允许他直接放弃王位。他选择劝说善良的希波利塔同他离婚，以促成他和伊莎贝拉的婚事。读至此处，读者对曼弗雷德内心深处的困惑与不安有所了解，也对他那残忍冷酷的性格特点有了更加深刻的体会。《奥托兰多城堡》中对曼弗雷德心理空间的描写在刻画其残暴冷漠性格方面起到了重要作用。

《奥多芙的神秘》中不仅有对封闭城堡空间和开放自然空间的呈现，也描摹了一个逐步走向成熟的女性心理空间。该空间表现出女性在探索自我与他人、自我与外界的过程中所表现出的孤独、压抑、陌生化等心理状态。作者将梦境与想象等虚幻心理空间与现实空间相结合，揭示出艾米丽内心细腻的情感变化，将艾米丽认识自我和完善自我之旅展现在读者面前。

圣奥伯特犹如一座远离现实世界的乌托邦城堡，保护着艾米丽无忧无虑地生活在此。随着父母相继离世，艾米丽失去了庇护的港湾。城堡附近的一草一木都让她浮想联翩。小溪旁边"清风吹过松树好像也发出阵阵悲伤的叹息，还通过岸边的柳枝窃窃私语。她感觉这种声音和自己的心情和谐极了"[①]。艾米丽终日生活在悲痛和幻想中，心里曾经拥有的安全空间被无所依靠所带来的恐惧感替代。艾米丽随姑妈居住在奥多芙城堡期间，

①　安·拉德克利夫：《奥多芙的神秘》，刘勃译，中国人民大学出版社 2004 年版，第 107 页。

陌生的封闭空间加剧着她心理上的惊恐感与惧怕感。艾米丽看到城堡附近黑漆漆的树林，她的脑海中浮现出恐怖画面；奥多芙城堡荒凉的庭院加剧着她脑海中恐惧画面的构建；她看到城堡厚重的围墙和塔楼时，又想到了谋杀事件。这里的一草一木、一举一动都能在她心中唤起各种暴力、血腥、恐怖场景。艾米丽在城堡里寻找被芒托尼囚禁起来的姑妈，此时她心里时不时地浮现出姑妈被害的画面，于是"她颤抖着，尽力呼吸——她有点不敢向前，停下了脚步"①。艾米丽由于身体遭受禁锢，精神上得不到慰藉，心理空间时刻处于压抑、恐惧的状态，所以一点轻微的响动都会在她的心里掀起轩然大波。

　　艾米丽幽居在奥多芙城堡的日子里，独自忍受着孤独与恐惧，不惧危险和胁迫，逐渐掌握了在险恶环境中生存的技能。以艾米丽看到黑色幕布后的景象为例，她当时害怕极了。但是等心情渐渐平静下来，她压制着告诉姑妈真相的冲动，因为她害怕姑妈轻率、冲动、靠不住。"我还是等等吧，"她对自己说，"不论怎样，都不能因为一时冲动，而让自己后悔终身啊。"② 阴沉的夜晚，艾米丽独自在古堡中寻找姑妈，她颤抖着说："也许我进去只能发现姑妈已经死了，或是看到恐怖的画面。我觉得再看到那么吓人的东西，会被吓死的。"③恐惧使艾米丽停下了脚步，但一想到自己的责任，她又坚持继续前行。柔弱的艾米丽正是在不断的磨难中，逐渐建立起强大的心理空间，学会有策略地保护自己的生命和财产安全。从巴纳丁嘴里得知姑妈的消息后，艾米丽心里一阵狂喜，随后她开始冷静地思考整件事情。她反复回味着巴纳丁说话时的语气，心里经历了从不安、困惑、

---

　　①③　安·拉德克利夫：《奥多芙的神秘》，刘勃译，中国人民大学出版社 2004 年版，第 317 页。

　　②　同①，第 260 页。

犹豫到安心的转换过程。姑妈去世后，艾米丽成为其财产的唯一继承人。虽然芒托尼用尽种种手段逼迫艾米丽在财产合同上签字，但她展现出非凡的勇气去面对任何折磨，因为"她心中有一股神圣的骄傲，让她有力量对抗不正义的行为，甚至觉得自己的行为是一种荣誉，特别是想到自己是在为瓦朗康特的利益努力。她第一次感到自己比芒托尼强大，开始轻视以前害怕的芒托尼的权威了"①。心理空间的成熟不仅帮艾米丽保全了个人的私有财产，还使她成功逃出奥多芙城堡，回到美丽的拉瓦里，和瓦朗康特过上幸福生活。

从圣奥伯特城堡到奥多芙城堡，从一个熟悉的自然空间到一个陌生的封闭空间，艾米丽不断地寻找着精神栖息地，重塑自我的心理空间，经历从脆弱恐惧到成熟笃定的成长之路，完成了心灵的浪漫之旅。

《修道士》中心理空间的建构主要通过大量的内心独白来实现。内心独白多通过采用第一人称来直接描写人物的意识和潜意识活动去表现人物的内心世界。由于人物的无意识活动具有随意性和非线性等特点，这种表达手法不受时空和逻辑关系的制约，更加方便读者走入人物内心世界，感受人物的心理变化。刘易斯对主人公安布罗西欧不同时期的心理空间及相关行动进行了淋漓尽致的描绘，让读者清楚地体会安布罗西欧每一次面对命运转折时的心理世界波动。

在《修道士》中，安布罗西欧的身份是德高望重的修道院院长，众人眼中的"圣人"。第一章，作者向读者展现了安布罗西欧在教堂进行布道宣传的盛况。他向听众们讲述上帝在来世为人类罪恶准备的各种惩罚，谈论拥有善良美德的人们在天国

① 安·拉德克利夫：《奥多芙的神秘》，刘勃译，中国人民大学出版社2004年版，第395页。

的美好前景。献身上帝、不为恶、遵守伦理道德是安布罗西欧布道的主要内容。宗教教义与宗教精神占据着他全部的精神空间，促使他克制人生欲望，忍受平淡的物质生活，同时还不遗余力地宣传宗教思想，救赎世人。然而，与普通大众一样，走下圣坛的安布罗西欧内心深处隐藏着对世俗的渴望。安布罗西欧沉湎于虚荣之中。想起自己刚才的布道激起了听众高昂的热情，不禁欢天喜地，满脑子奇思幻想。他环顾四周，得意扬扬，骄傲地认为自己比同类优越。他为自己拥有克服激情和冲动的能力而骄傲；他为自己富有影响力的教会身份而自豪。同时，他也心存疑惑："难道我不会受诱惑而偏离正道吗？难道我不是肉胎凡身，性格软弱，容易犯错吗？"① 他此刻对圣母画像的迷恋和爱慕已经超越了宗教道德的界限。为了忘记这个邪恶念头，他在心里这样为自己开脱："让我充满狂热的不是女人的美貌，让我羡慕的是画者的技艺，是画中纯洁的神性！"② 这段心理独白让读者看到一个压抑自我欲望、恪守教规而又敏感脆弱，情感欲望强烈的传教士形象。

　　见习修士罗萨里欧的出现激起了安布罗西欧的情感欲望，引起他对异性的迷恋与渴望，使他坠入罪恶的深渊。在修道院幽静的花园里，罗萨里欧向安布罗西欧坦白自己男扮女装的身份以及她对修道士的暗恋。安布罗西欧最初以违背教规和誓言为由，义正词严地拒绝玛蒂尔达的爱情并命令她即刻离开这里。但面对玛蒂尔达的以死相逼和半裸的身体，"一时之间，他心乱如麻。刚才的一幕在他胸中激起各种情感，使他无法确定哪一种能占上风。该如何对待这个打扰自己内心安宁的人，他举棋

---

　　①② 马修·刘易斯：《修道士》，刘宏照译，浙江工商大学出版社 2016 年版，第 33 页。

不定"①。安布罗西欧明白，从个人身份和宗教规则方面来说，他必须要求玛蒂尔达离开修道院。但她的深情告白也极大地满足着他的虚荣心，他害怕与玛蒂尔达分离后无法排解心中的空虚寂寞。终于情感的欲望在安布罗西欧心里占据了上风，使他瞬间心软，同意将玛蒂尔达留在修道院。他这样为自己开脱：

> "我又会有什么风险呢？"他暗自思量道："如果允许她留下来呢？"我可以完全相信她说的话吗？忘记她的性别，仍然把她当作朋友和门徒，这很容易吗？她的爱情一定是如她所述的那样纯洁。如果她的爱情仅仅出自淫荡，那她能够隐藏那么久吗？难道她不会设法让自己的情欲获得满足吗？她做的一切正好相反。她竭力不让我知道她的性别，如果不是由于害怕被人察觉和我一次次恳求，她是不会说出这个秘密的。她遵守宗教职责之严格不在我之下。她不曾企图唤醒我那沉睡已久的激情，直至今晚之前她也没有与我谈论过爱情的话题。如果她一直渴望获得我的爱情而不是我的尊重，她就不会如此小心谨慎地向我隐藏她的妩媚。直到现在，我也没有看见过她的面容。但可以肯定的是，她的面容一定楚楚动人，身材一定仪态万千，从她的……我已经看到的那部分来判断。②

此时作者对安布罗西欧内心情感的欲望斗争之描写表明异性美与性诱惑不仅引起他的兴趣，也使他非常烦恼。这一内心独白把安布罗西欧既想拥有世俗爱情，又摆脱不了宗教道德束缚的矛盾心情体现得淋漓尽致，也为他命运的悲剧性转变奠定

---

①②　马修·刘易斯：《修道士》，刘宏照译，浙江工商大学出版社 2016 年版，第 56 页。

了基础。他把玛蒂尔达留下的那一刻就注定了他的堕落。他最终屈服于玛蒂尔达的诱惑，忘记了自己的身份和誓约，迷失在肉欲的世界里。自此，人类的各种欲望占据了中心位置，控制着安布罗西欧的精神空间，支配着他的外在行动，推动着小说的故事情节发展。

当安布罗西欧渐渐对玛蒂尔达失去兴趣时，前来忏悔的安东尼娅自然而然地吸引了他的目光。与玛蒂尔达在他心中所激起的感情不同，"他现在感到的是混合了柔情、爱慕和尊敬的情感。一种温柔又怡人的忧郁注入了他的灵魂，他甚至不愿意用它来换取最愉快的狂欢"①。他幻想着能在心灵上和安东尼娅交流，赢得她的芳心，共享这份纯洁的感情。"当念及这种幸福的幻想对他来说永远也不可能实现时，一颗泪珠从他的脸颊上滚落下来。"② 他只能愤怒地在房间里走来走去，然后极其愤怒地把圣母画像从墙上撕下来。安布罗西欧此时的内心独白和行为方式表明了他在对待安东尼娅问题上矛盾重重的内心世界。一方面，他想拥有这位纯洁善良的姑娘；另一方面，又觉得这是一种非常严重的犯罪行为。在内心冲突的挤压下，安布罗西欧终于借着埃尔维拉生病的机会，一步一步地接近安东尼娅，并试图侵犯她。埃尔维拉发现他的欲行不轨后，安布罗西欧假装镇静地回到修道院。羞愧、恐惧、焦虑和担忧等各种情绪交织在他的内心深处。下面的内心独白将他当时的感觉刻画得极其传神：

> 他不知道该怎么办，由于不能与安东尼娅见面，他无法满足现在已成为他生活一部分的激情。想到自己的秘密

---

① 马修·刘易斯：《修道士》，刘宏照译，浙江工商大学出版社 2016 年版，第 209 页。

② 同①，第 210 页。

掌握在一个女人的手里，当看到面前横着一堵绝壁时，他不免吓得发抖。想到如果不是埃尔维拉，他已经拥有了自己想要的东西，他又不免气得发抖。他用直接的诅咒发誓要对埃尔维拉进行报复，他发誓不论付出多大的代价，仍然要占有安东尼娅。①

安布罗西欧为了占有安东尼娅，借助玛蒂尔达的巫术对她欲行不轨。害怕丑事曝光，他又杀死了突然出现在房间里的埃尔维拉。此刻"死一般的冰冷占据了原先在胸中燃烧的热情。他能想到的除了死亡、愧疚，除了眼下的耻辱和未来的惩罚，就什么都没有了。懊悔与恐惧使他焦虑不安，他准备逃离现场，不过他的恐惧没有使他完全失去主见，还不至于使他忘记为自身的安全采取必要的防范措施"②。虽然安布罗西欧心中的情感欲望已经压制住宗教伦理道德，但他的理智尚存，欲望与道德、善与恶不断在他的内心深处斗争纠缠着。"想到自己在罪恶的道路上走得这么快，安布罗西欧吓得浑身哆嗦。"③ 也正是懊悔、恐惧等主观意识使他的良心极度痛苦。随着时间的流逝，安布罗西欧发现他并没有因为此事受到任何惩罚，他的恐惧情绪慢慢有所恢复，因悔恨而产生的自责也慢慢减轻。最终"人的性欲构成人恶的出发点"④，安布罗西欧为了满足个人情欲，再一次滑落到罪恶的深渊。在玛蒂尔达的援助下，安布罗西欧在墓穴侵害了无辜的安东尼娅并失手将她刺死。罪行暴露后，羞愧

---

① 马修·刘易斯：《修道士》，刘宏照译，浙江工商大学出版社 2016 年版，第 230 页。

② 同①，第 266 页。

③ 同①，第 267 页。

④ 彼得-安德雷·阿尔特：《恶的美学历程：一种浪漫主义解读》，宁瑛等译，中央编译出版社 2014 年版，第 21 页。

感和罪恶感促使安布罗西欧进行忏悔，以期回到上帝身边。但是一想到上帝不可能宽恕他、原谅他，安布罗西欧的恐惧感倍增，他的想法更加阴郁和沮丧。"他发现自己身处燃烧的地狱和烈火熊熊的洞窟之中，被指派来折磨他的魔鬼包围着，魔鬼迫使他经受各种酷刑，一种比一种可怕。"① "地狱""洞窟""酷刑"和来自后世的审判，所有这一切浮现在他的睡梦中，给他带来精神上的恐惧和灵魂上的分裂。本来，"羞愧是人在背离神圣生命、陷入罪的沦落之后对自己存在的破碎的直接感悟，确认自己本然生命的欠缺和有限性。羞愧感已经在启发生命感觉的转向，对本然生命的忘恩负义豁然开悟，向上帝重新敞开心扉"②。而"罪感意向引发的不是生命的自弃感，而是个体生命修复自身与神圣生命的最初关系"，"是把人与上帝重新联系起来的第一个环节……沦落要走向赎回，罪人只有回到上帝身边才能重生"③。但是安布罗西欧内心的羞愧感和罪恶感失去了其应有的功能，他选择将自己的灵魂出卖给魔鬼来逃避宗教审判以及来世的惩罚。

在《修道士》中，刘易斯以极其细腻的心理空间刻画描绘出安布罗西欧由仁爱善良到遭受诱惑，再到人格扭曲，最后堕落成恶魔的人生历程，重点突出了安布罗西欧在面临宗教誓约和个人情欲选择时的痛苦、恐惧和疯狂。安布罗西欧恶魔形象的生动塑造在于作者对人物彷徨矛盾心理空间的详细剖析，这不仅将人物性格的多面性呈现在读者面前，同时也抨击了宗教伦理道德的虚伪和教规压抑下人类原始欲望所引发的罪恶，突出了坚持修道院誓约与人性欲望满足之间的矛盾冲突这一主题。

---

① 马修·刘易斯：《修道士》，刘宏照译，浙江工商大学出版社 2016 年版，第371 页。

② 刘小枫：《拯救与逍遥》，生活·读书·新知三联书店 2001 年版，第 149 页。

③ 同②，第 157—158 页。

参考文献

[1] Chatman S. , *Story and Discourse: Narrative Structure in Film and Fiction*, Ithaca: Cornell UP, 1978.

[2] Clery E. J. , *Women's Gothic: From Clara Reeve to Mary Shelley*, Devon: Northcote House Publishers, 2000.

[3] David B. Morris, "*Gothic Sublimity*", *Gothic: Critical Concepts in Literary and Cultural Studies*, London and New York: Routledge, 2004.

[4] David Punter, *The Literature of Terror: A History of Gothic Fictions from 1765 to the Present Day*, London: Longman Group Limited, 1980.

[5] Deborah D. Rogers ed. , *Ann Radcliffe: A Bio-Bibliography*, London: Greenwood Press, 1996.

[6] Deborah D. Rogers ed. , *The Critical Response to Ann Radcliffe*, London: Greenwood Press, 1994.

[7] Devendra P. Varma, *The Gothic Fiction*, Oxford: The Scarecrow Press, 1987.

[8] Devendra P. Varma, *The Gothic Flame: Being a History of the Gothic Novel in England: Its Origins, Efflorescence, Disintegration, and Residuary Influences*, London: The Scarecrow Press, 1987.

[9] Duncan Tovey ed. , *The Letter of Thomas Gray*, New York: Kraus Reprint Co. , 1968.

[10] Edith Birkhead, *The Tale of Terror: A Study of the Gothic Romance*, London: Constable, 1921.

[11] Eino Railo, *The Haunted Castle: A Study of the Gothic Romance*, London: Routledge, 1927.

[12] Ellen Moers, *Literary Women: The Great Writers*, New York: Doubleday, 1976.

[13] Fowler R., *Linguistics and the Novel*, London: Methuen, 1977.

[14] Frank F. S., *Gothic Fiction: A Master List of Twentieth Century Criticism and Research*, London: Meckler Corporation, 1988.

[15] Gerard Genette, *Narrative Discourse*, Ithaca: Cornell University Press, 1980.

[16] Jessica Bomarito ed., *Gothic Literature: A Gale Critical Companion*, Detroit: Gale Cengage, 2006.

[17] John Langhorne, "A Review of The Castle of Otranto (Second Edition)", *Monthly Review*, May 1765, pp. 392–397.

[18] John Locke, *An Essay Concerning Human Understanding*, USA: Prometheus Books, 1995.

[19] Jonathan Culler, *Framing the Sign: Criticism and its Institutions*, Norman: University of Oklahoma Press, 1991.

[20] Lawrence Buell, *The Future of Environmental Criticism*, MA: Blackwell, 2005.

[21] Lubbock Percy, *The Craft of Fiction*, London: Jonathan Cape, 1966.

[22] Marie Mulvey-Robert ed., *The Handbook to Gothic Literature*, New York: New York University Press, 1998.

[23] Mario Praz ed., *Three Gothic Novels*, Baltimore: Penguin Books, 1968.

[24] Mary Shelley, "Frankenstein", Nora Crook ed. , *The Novels and Selected Works of Mary Shelley*, London: William Pickering, 1996.

[25] Michelle A. Massé, *In the Name of Love: Women, Masochism, and the Gothic*, Itahca and London: Cornell University Press, 1992.

[26] Montague Summers, *The Gothic Quest: A History of the Gothic Novel*, New York: Russell and Russell, 1964.

[27] Richard Hurd, *Letters on Chivalry and Romance*, Berkely: University of California Press, 1963.

[28] Rictor Norton ed. , *Gothic Readings: The First Wave* 1764–1840, London and New York: Leicester University Press, 2000.

[29] Robert Keily, *The Romantic Novel in England*, Cambridge: Harvard University Press, 1972.

[30] Roman Jakobson, "Closing Statement: Linguistics and Poetics", Thomas A. Sebeok ed. , *Style in Language*, Cambridge: MIT Press, 1974.

[31] Samuelr Klige, "The 'Goths' in England: An Introduction to the Gothic Vogue in Eighteenth–century Aesthetic Discussion", *Modern Philology*, Vol. 43, No. 2, 1945, pp. 107–117.

[32] Samuel Taylor Coleridge, "A Review of Mysteries of Udolpho", *Critical Review* , August 1794, pp. 361–372.

[33] Sandra M. Gillbert, Susan Gubar, *The Mad Woman in the Attic: The Woman Writer and the Nineteenth – Century Literary Imagination*, Princeton, N. J. : Yale University Press, 1979.

[34] Seymour Chatman, *Story and Discourse: Narrative Structure in Film and Fiction*, Ithaca: Cornell UP, 1978.

[35] Shlomish Rimmon–Kenan, *Narrative Fiction: Contempo-*

rary Poetics, London: Methuen, 1983.

[36] Terry Castle, *Female Thermometer: Eighteenth-Century Culture and the Invention of the Uncanny*, New York: Oxford University Press, 1995.

[37] Thomas Paine, *The Age of Reason*, New York: Kensington Publishing Corp, 1988.

[38] Tzvetan Todorov, *Grammaire du Decameron*, The Hague: Mounton, 1969.

[39] Victor Sage ed., *The Gothic Novel*, London: The Macmillan Press, 1990.

[40] Walter Scott, *Lives of the Novelists*, London: J. M. Dent and Sons, 1906.

[41] Waring E. Graham, *Deism and Natural Religion: A Source Book*, New York: Frederick Ungar Publishing, 1967.

[42] William Godwin, *Enquiry Concerning Political Justice*, Hamondsworth: Peguin, 1976.

[43] William Shakespear, *As You Like It*, Ⅲ, Everyman's Library, 1997.

[44] Wilmarth S. Lewis ed., *The Yale Edition of Horace Walpole's Correspondence*, New Haven: Yale University Press, 1937–1983.

[45] 埃得枷:《小说的艺术》,载龚翰熊主编:《欧洲小说史》,四川大学出版社 1997 年版。

[46] 安·拉德克利夫:《奥多芙的神秘》,刘勃译,中国人民大学出版社 2004 年版。

[47] 安·拉德克利夫:《意大利人》,毛华奋、李美芹译,浙江工商大学出版社 2016 年版。

[48] 彼得-安德雷·阿尔特:《恶的美学历程:一种浪漫主义解读》,宁瑛等译,中央编译出版社 2014 年版。

［49］陈姝波：《沃波尔的焦虑和愿景：〈奥特朗托城堡〉中哥特想象的政治解读》，《外国文学评论》2017 年第 1 期。

［50］海伦·加德纳：《宗教和文学》，沈弘译，四川人民出版社 1989 年版。

［51］贺拉斯·沃波尔：《奥托兰多城堡》，高万隆译，浙江工商大学出版社 2016 年版。

［52］华莱士·马丁：《当代叙事学》，伍晓明译，北京大学出版社 2005 年版。

［53］黄禄善：《境遇·范式·演进——英国哥特式小说研究》，上海外语教育出版社 2012 年版。

［54］黄梅：《推敲"自我"小说在 18 世纪的英国》，生活·读书·新知三联书店 2003 年版。

［55］郎吉纳斯：《论崇高》，载拉曼塞尔登编：《文学批评理论——从柏拉图到现在》，刘象愚、陈永国译，北京大学出版社 2000 年版。

［56］李乃刚：《艾萨克·辛格短篇小说的叙事学研究》，浙江大学出版社 2013 年版。

［57］李伟昉：《西方哥特式小说的经典之作——论马修·刘易斯的〈修道士〉》，《河南大学学报（社会科学版）》2002 年第 3 期。

［58］李伟昉：《英国哥特小说与中国六朝志怪小说比较研究》，中国社会科学出版社 2004 年版。

［59］刘小枫：《拯救与逍遥》，生活·读书·新知三联书店 2001 年版。

［60］刘怡：《哥特建筑与英国哥特小说互文性研究：1764—1820》，四川大学出版社 2011 年版。

［61］龙迪勇：《空间叙事学》，生活·读书·新知三联书店 2015 年版。

［62］罗纲:《叙事学导论》,云南人民出版社 1994 年版。

［63］洛里哀:《比较文学史》,傅东华译,商务印书馆 1931 年版。

［64］马佳:《十字架下的徘徊》,学林出版社 1995 年版。

［65］马克·柯里:《后现代叙事理论》,宁一中译,北京大学出版社 2003 年版。

［66］马修·刘易斯:《修道士》,刘宏照译,浙江工商大学出版社 2016 年版。

［67］玛丽·雪莱:《弗兰肯斯坦》,孙法理译,译林出版社 2016 年版。

［68］米克·巴尔:《叙事学:叙事理论导论》(第二版),谭君强译,中国社会科学出版社 2002 年版。

［69］米克·巴尔:《叙述学:叙述理论导论》(第二版),谭君强译,中国社会科学出版社 2003 年版。

［70］热奈特:《热奈特论文集》,史忠义译,武汉出版社 2006 年版。

［71］热奈特:《叙事话语:新叙事话语》,王文融译,中国社会科学出版社 1990 年版。

［72］申丹:《西方叙事学:经典与后经典》,北京大学出版社 2010 年版。

［73］申丹:《叙述学与小说文体学研究》,北京大学出版社 1998 年版。

［74］时蓉华:《社会心理学词典》,四川人民出版社 1988 年版。

［75］苏耕欣:《哥特小说——社会转型时期的矛盾文学》,北京大学出版社 2010 年版。

［76］苏珊·S. 兰瑟:《虚构的权威:女性作家与叙述声音》,黄必康译,北京大学出版社 2002 年版。

［77］谭君强：《叙事理论与审美文化》，中国社会科学出版社2002年版。

［78］谭君强：《叙事学导论：从经典叙事学到后经典叙事学》，高等教育出版社2014年版。

［79］威廉·贝克福德：《瓦塞克》，王丹红译，浙江工商大学出版社2016年版。

［80］韦恩·C. 布斯：《小说修辞学》，华明等译，北京大学出版社1987年版。

［81］吴士余：《中国小说美学论稿》，复旦大学出版社2006年版。

［82］伍蠡甫：《西方文论选》，上海译文出版社1979年版。

［83］西摩·查特曼：《故事与话语：小说和电影的叙事结构》，徐强译，中国人民大学出版社2013年版。

［84］肖明翰：《英国文学中的哥特传统》，《外国文学评论》2001年第2期。

［85］休谟：《人性论》上册，关文运译，商务印书馆1994年版。

［86］亚里士多德：《诗学》，载《诗学·诗艺》，罗念生译，人民文学出版社1984年版。

［87］应锦襄等：《世界文学格局中的中国小说》，北京大学出版社1997年版。

［88］詹姆斯·费伦：《威茅斯经验：同故事叙述、不可靠性、伦理与人约黄昏时》，载戴维赫尔曼编：《新叙事学》，马海良译，北京大学出版社2002年版。

［89］赵毅衡：《当说者被说的时候：比较叙述学导论》，中国人民大学出版社1998年版。

［90］朱光潜：《西方美学史》上卷，人民文学出版社1984年版。